Édition : Books on Demand,
12/14 rond-Point des Champs-Elysées, 75008 Paris
Impression : BoD - Books on Demand, Norderstedt, Allemagne
ISBN : 9782322272822
Dépôt légal : décembre 2020

J.-F. Marival

Libertinum

Au revers du fait divers

Roman

Préambule

Ce roman est inspiré de faits réels librement transposés dans leur époque et leur situation géographique.

Les deux principaux faits, devenus faits divers, se sont déroulés juste avant le passage à l'an 2000.

Une femme jugée pour avoir fait assassiner son ancien amant qu'elle suspectait de lui avoir transmis le virus du sida, avait été acquittée.

Faire appel d'une décision de justice rendue par un jury d'assises était alors impossible.

La décision prise sous influence de l'opinion publique et médiatique par un jury populaire avait transformé le fait divers en fait de société.

Elle avait surtout amené plusieurs organes de presse soucieux d'objectivité, à s'interroger sur la façon de rapporter ces informations.

Jean-François Marival, journaliste et intervenant durant plusieurs années dans une école de journalisme, avait longuement travaillé ce thème avec ses étudiants.

Du même auteur

« *La mémoire interdite* » *(première version). Ed. Les Encres. Décembre (2002). La maison d'édition Les 2 encres ayant cessé ses activités en mars 2018, réédité chez BoD en décembre 2020.*

« *Globe* ». *Ed. d'Orbestier (2004) ; réédité au format poche, collection Bleu Cobalt en 2017.*

« *Histoires pêchées dans les ports de Vendée* », *nouvelles, éditions de l'Etrave (2006)*

« *Régénérescences* », *éditions de l'Etrave (2011)*

Janvier 2021
ISBN : 9782322272822
© jfmarival

1 (Leila-Sacha)

- On devrait quand même faire attention !
- A quoi ? …
- Tu sais bien mon Léo. Même avec un stérilet, rien de garanti à 100 %. Pas envie de me retrouver enceinte… Sans compter les saloperies qui traînent. On a beau se faire confiance…

Leila avait dit ça presque distraitement. Son calme, son assurance, cette maîtrise d'elle-même après des instants pareils, me laissaient pantois… Moins de deux minutes plus tôt, elle criait encore, « Encore ! » ; semblait sublimée par les sens, transportée très loin dans une indicible osmose avec le plaisir.

Ses retours si fulgurants à des préoccupations somme toute basiques avaient le don de me rendre perplexe. À me demander si elle n'en rajoutait pas un peu avec ses jouissances très démonstratives. Si tout simplement elle ne feignait pas l'extase.

Un truc de femme pour flatter mon orgueil de mâle.

Je ne voyais pourtant guère de logique à cette éventualité.

L'amour que nous faisions ensemble pouvait durer très longtemps. Et Leila y mettait vraiment du sien pour prolonger ce qui était, de toute évidence, un réel bonheur. Non, s'il s'agissait d'une comédie, elle y accorderait moins de temps. Me solliciterait moins souvent aussi. Voire pas du tout.

- Tu ne dis rien toi. On dirait que tu t'en fiches. C'est vrai quoi, j'ai une frousse bleue des complications de ce genre, avec les maladies et tout ça. Rien que d'y penser… Bouh ! J'en ai des frissons. Et puis Alain, bien qu'il soit un inconditionnel du libertinage, n'apprécierait pas du tout ! Je ne veux surtout pas l'exposer à ça… Elle insistait. Moi, encore haletant après notre corps-à-corps marathon conclu au grand galop, je flottais toujours dans une bulle de volupté, incapable d'aborder tout autre sujet de conversation que celui du sexe.

- La prochaine fois, je ne veux plus que tu viennes comme ça en moi. On fait comme avec les autres : on joue couvert. Surtout qu'il y a plein de trucs marrants à faire aussi avec les préservatifs. Si tu ne vois pas quoi, je t'en montrerais… D'accord ?

Mon attention atteinte par la hardiesse coquine de cette doléance, j'ai réussi à bredouiller une réplique.

- Comme tu veux, pourvu qu'il y ait des prochaines fois…

La réponse parut lui convenir. Elle absorba ma bouche avec une gourmandise que rien ne semblait susceptible d'assouvir. Dans le même mouvement, elle sauta hors de mon lit pour filer vers la salle de bain. Légère, nullement embarrassée d'un quelconque sentiment de culpabilité. Non, impossible vraiment ; cette femme se révélait incapable de simuler le plaisir. Elle le prenait, le partageait. C'était simple. Simplement bon.

Leila est une femme mariée. Alain est son mari. Tous les trois, nous partageons désormais une amitié aussi étrange que complice.

La première fois que j'ai vu Alain, c'était à l'occasion d'un pot offert par l'une de mes apprenties, reçue à son examen du CAP. J'avais été très gêné. La relation à la fois amicale et professionnelle entre sa femme et moi s'était ouverte au registre sexuel, tout juste une semaine plus tôt.

Nous avions fait l'amour, presque par surprise, en tout cas pour moi, puis recommencé tous les jours où le travail nous avait réunis, soit tous les jours, sauf le dimanche.

Dans l'exiguïté de la pièce, autour de ce pot agrémenté d'amuse-gueules, j'avais cherché à éviter l'époux cocufié. Même si c'était plus par la volonté de sa femme que par la mienne.

Très amusé par mon attitude, Alain avait cru bon m'aborder pour me mettre à l'aise, m'apprenant qu'il n'ignorait rien de la nature de mes ébats extraprofessionnels avec Leila. Qu'il en connaissait même quelques détails parmi les plus croustillants. Sous la douche où elle était venue me retrouver la première fois, sur le parking avec un plaisir décuplé par l'excitation du risque encouru d'être surpris, sur l'un des fauteuils du salon de coiffure où, pour la première fois, nous avions vraiment pris notre temps...

Alors, comme ça, elle lui racontait tout. Ce qui avait eu pour effet de me mettre encore plus mal à l'aise.

2 (Sacha)

Je m'appelle Sacha Pozzi, j'ai 37 ans, je suis coiffeur.

Pour l'amour supposé d'une femme qui m'a quitté après quelques mois de vie commune, j'ai posé un jour mes valises, mes ciseaux et ma destinée en bordure d'océan, à Saint-Gilles-Croix-de-Vie. Il y aura bientôt huit ans de cela.

Saint-Gilles-Croix-de-Vie est une petite ville de la côte vendéenne, à la fois portuaire et balnéaire, paisible et vivante. Elle occupe les deux rives de l'estuaire d'un fleuve joliment nommé La Vie. L'endroit est à la fois plein de charmes et de rudesses. Des contrastes éprouvés jusque dans les personnalités de quelque 25 000 habitants. Des gens de mer qui finissent par se connaître tous, plus ou moins.

Je n'y avais jamais mis les pieds auparavant. On y rencontre beaucoup de matelots. Des artistes aussi, peintres ou photographes à l'affût d'une lumière toute particulière, musiciens et mélomanes se retrouvant dans les bars branchés jazz. L'été, les touristes dorent sur la plage ou frissonnent sous de fraîches ondées venues du large, selon les humeurs d'un océan tantôt gris, tantôt bleu. Tout cela dans une ambiance de port de pêche et de plaisance.

Je me suis senti respirer ici. Même après l'échappée de celle qui m'avait attiré là. Elle en était partie. J'y suis resté.

Je suis le petit-fils d'un immigré italien. Du sud de l'Italie.

Au plus fort de sa vitalité d'homme puissant et travailleur, mon grand-père était venu en France avec ses huit enfants, au milieu des années 50.

Sevré de soleil et de grand air, il avait usé sa nature ardente dans les mines de charbon du Nord et du Pas-de-Calais. Cela n'a rien d'une image. Il en est vraiment mort, bien avant l'âge de la retraite, sans avoir jamais revu sa Calabre natale.

Une indestructible solidarité filiale s'est constituée autour de ce sacrifice. J'en ai bénéficié très directement.

Ma famille, longtemps inquiétée par ma volonté de devenir danseur ou comédien, est à la fois rassurée et fière de moi aujourd'hui. Sans m'interdire de suivre mes formations artistiques, elle avait su me convaincre d'apprendre, en un parallèle prioritaire, ce qu'elle appelait « un vrai métier ».

De ce côté-là, plus la moindre inquiétude pour elle depuis que je dirige, sur un quai de La Vie, mon propre salon de coiffure. Depuis huit ans déjà.

En fait, mon ancien patron, au moment de se retirer, m'avait proposé la reprise de son affaire. Il m'aimait bien, comme il le démontra avec les conditions inespérées de son offre. Un véritable cadeau justifié par la hantise de voir après lui, sa boutique entre les mains « d'un gougnafié » disait-il. Comme s'il avait confié en partant le destin d'un être cher.

Le banquier était un client. Il estimait m'être redevable en raison des subterfuges lui permettant de cacher encore quelque temps sa calvitie progressive. Il m'avait prêté une partie de l'argent nécessaire, sans trop insister sur les garanties que j'étais loin de réunir. Et c'est là qu'intervient la solidarité familiale.

Trois de mes oncles Pozzi se sont associés dans « l'affaire » avec moi, en réunissant la part manquante du capital.

En contrepartie, j'ai dû céder sur le choix de l'enseigne imposée par les tontons : « Pozzi tifs ». Pour un salon de coiffure, ils trouvaient ça génial. Aujourd'hui encore, ça me semble carrément balourd.

Je suis donc le patron du salon de coiffure « Pozzi tifs ». Il emploie une demi-douzaine de personnes, certaines en renfort pour les mois d'été et l'afflux des touristes. Ici, entre juin et septembre, il arrive que la population, dopée par le tourisme, soit multipliée par dix.

C'est à la faveur de ce renfort estival que Leila a intégré mon personnel. Elle est belle Leila. J'ai prolongé son contrat pour l'automne. Puis elle a accepté une embauche définitive. Je dis bien accepté. Car Leila n'a nul besoin de travailler. Alain, son mari, consacre son temps à faire de l'argent dans la prospection immobilière. Nullement vital donc son salaire de shampouineuse, même si cela lui procure « un nécessaire sentiment d'indépendance » dit-elle.

Je ne couchais pas encore avec elle lors de sa prolongation d'embauche au-delà de l'été. Moi, je tenais à garder dans mon salon de coiffure cette quadragénaire, pour un motif purement mercantile. Plus sensuelle que parfaite d'un point de vue physique, d'humeur enjouée et positive, aguicheuse sans vraiment le vouloir en raison d'une aisance innée, elle avait fait par sa seule présence dans l'équipe, progresser de façon spectaculaire la part de clientèle masculine qui faisait jusque-là défaut au chiffre d'affaires.

A ce moment-là, j'entretenais des rapports assidus avec une apprentie, pas plus jolie que ça mais très coquine, une autre avec une serveuse du bar voisin. La volatilité sans exclusive de nos relations convenait à chacune. En toute transparence vis-à-vis de ces partenaires aussi libres d'esprit que je l'étais moi-même, mon indéfectible passion pour les femmes ne souffrait d'aucun relâchement.

Bien agréable mais sans avenir…

Mon apprentie coquine a eu son examen. Elle est partie pour travailler ailleurs. La serveuse s'est trouvé un fiancé et, à deux mois du mariage, m'a signifié que, toute fiancée dispersée qu'elle fut jusque-là, elle concevait devenir une épouse fidèle.

Rien de tout cela n'avait échappé à Leila qui, un soir après la fermeture, m'avait rejoint sous la douche installée dans le vestiaire. Elle y avait mis tant de naturel que tout s'était passé comme si elle me gratifiait simplement d'un shampoing supplémentaire.

- Alors comme ça tes petites amies délaissent une si belle affaire, avait-elle dit, en enserrant fermement mon sexe avec la main, sans détourner son regard du mien.

- Ce n'est pas une raison pour te sentir obligée. Tu sais, je ne suis pas un animal. Je maîtrise les périodes d'abstinence inhérentes au célibat.

- Mais si, tu vois, nous avons tous un côté animal. Pourquoi s'en défendre ? avait-elle susurré.

Déconcertant, mais terriblement excitant. Me défendre ? Je n'y avais pas songé...

Très sincèrement, je n'avais pensé à aucun instant qu'elle puisse s'intéresser à moi. Je ne suis pas très grand, pas très beau, pas très costaud non plus. J'ai été marié une fois, très jeune. Ma femme est partie avec un ancien patron alors que nous projetions un premier enfant.

La deuxième union, libre, celle pour laquelle j'étais arrivé sur les rives de la Vie, avait fait long feu elle aussi. La belle avait mis les voiles, au sens propre comme au figuré, avec un skipper qui avait eu ses heures de gloire dans la course au large, avant de se recycler dans le convoyage des voiliers de plaisance construits dans les chantiers de Saint-Gilles-Croix-de-Vie.

Pas terrible pour l'assurance masculine.

J'étais alors un sentimental. Ainsi étais-je sorti meurtri de ces deux expériences. En réaction, je m'étais donc promis au célibat et m'en tirais plutôt bien, papillonnant, mettant un terme à toute relation dès le premier signe d'attachement. Sans doute le fait de jouir d'une certaine notoriété avec ce statut de chef d'entreprise, favorisait-il mes rapports avec les femmes. Mais pas seulement. Je les aimais comme des amies, des amies très intimes. Car l'amitié franchissait souvent les limites généralement fixées par les morales de tous poils. Ce « désir amical », elles le justifiaient souvent par une « attirance pour mon côté artiste », disaient certaines d'entre elles.

- Elles aiment ta douceur, ta sensibilité, la part féminine qui est en toi, tentait parfois d'expliquer Leila

Peine perdue car je me moquais bien de donner une explication à ces amitiés particulières que d'aucuns réprouvent mais, j'en suis convaincu, envient en secret. Pour moi tout allait bien comme ça.

N'ayant pas une très haute opinion de mon pouvoir de séduction, je ne m'aventurais pas pour autant à tourner autour de femmes qui me semblaient toucher l'absolu féminin.

Aussi avais-je été surpris, ce soir-là, de voir Leila ouvrir la porte de la douche, me regarder avec un vrai sourire de connivence, se déshabiller et m'y rejoindre.

- Nulle charité de ma part mon petit Sacha. J'y pense depuis longtemps, mais tu étais occupé.

- Quoi, Leila, tu ne vas pas me dire que tu m'aimes ?

- Entre nous, rien de ce genre. Surtout pas ! Mais je te vois marcher. Je t'ai regardé danser. Je suis persuadée que les bons danseurs, je veux dire à la danse naturelle au contraire des exécutants de figures imposées, font également très bien l'amour. Et je ne me suis jamais trompée. Voyons si ça se vérifie encore une fois.

Je me prêtais à cette vérification sans me faire prier le moins du monde. Alors que nous faisions l'amour, cependant, je pensais à la comparaison qu'elle faisait peut-être avec de précédents danseurs. Je fus surpris de constater, en fait, combien cette idée m'excitait...

Au fil des mois suivants, ma relation avec Leila a perduré, l'assiduité des premiers jours en moins. Elle fut par contre jalonnée d'expériences pour moi inédites. Alain et Leila sont de vrais libertins. Des libertins à l'ancienne, davantage attachés, disent-ils, à l'esprit qu'à la consommation du sexe. Ils m'ont entraîné parfois dans leurs jeux. Je me suis rendu compte à quel point j'avais été idiot, au tout début, en considérant Alain comme un cocu ordinaire. Dire que j'avais cherché à l'éviter, justement pour ça.

Au fil de nos rencontres, tous deux m'ont révélé une voie nouvelle dans la passion amoureuse. Ils s'aiment profondément, ne cherchent que la satisfaction de l'autre, prolongent ainsi sans limite leur désir mutuel, le plaisir de se faire plaisir. J'avais l'impression que jamais de ma vie je n'avais encore côtoyé un couple uni sur tant de connivence.

J'en étais là de mes rêveries quand cessa le murmure de l'eau coulant dans la cabine de douche.

L'expression de mon visage était sans doute béate à l'évocation de ce parcours relationnel. Je le devinais à l'œillade amusée lancée par Leila sortant de la salle de bain. Déjà séchée et toujours en tenue d'Ève, elle s'arrêta à mi-chemin entre le lit et la chaise où elle avait posé ses vêtements une bonne heure plus tôt.

- Eh bien mon p'tit Sacha, c'est ce qui s'appelle sourire aux anges, me dit-elle.

Je lui répondis par un sourire un peu plus appuyé. Elle vint s'asseoir près de moi et commença, pour se rhabiller, par enfiler ses bas. M'ayant surpris ainsi, les pensées égarées, elle voulait en connaître le fond. Leila, toute discrète qu'elle fût sur le non-conformisme de sa vie sentimentale, était une curieuse invétérée.

- En tout cas, tu m'avais l'air bien pensif. Serais-tu amoureux ?

Sa question me fit rire. À nouveau vêtue du tailleur foncé dont elle avait fait sa tenue de travail durant les mois d'hiver, remisant les robes plus légères de l'été, elle allait partir.

- Bon, je vois que je n'en saurai guère davantage ce soir...

Mais elle resta un instant encore devant moi, à l'affût d'un début de réponse que je me décidais à ébaucher.

- Que non, je ne suis pas amoureux. Tu sais bien que je suis vacciné pour un moment.

- Taratata ! Ça te tombera bien dessus encore une fois sans même prévenir. Regarde, moi, je suis toujours amoureuse d'Alain, comme au premier jour... Bon, tu ne veux pas m'en dire plus ? Tu n'as plus confiance ?

Le tout dit avec une mimique de confidente lui conférant une irrésistible expression d'espièglerie. Elle me faisait alors penser au plus célèbre des portraits de Marilyn Monroe, mais en brune.

- Non, je pense tout simplement à notre histoire...

- Bon, tu me raconteras tout ça plus tard mon p'tit Sacha. Il faut que je file, ce soir repos car demain, Alain m'emmène à un bal masqué, tu sais bien.

- Comment pourrais-je ne pas savoir, tu me bassines avec ça depuis des jours...

- Mais on voudrait tant que tu viennes, on avait une surprise pour toi.

- Il fallait m'en parler avant, j'ai promis depuis des semaines...

15

- Oui je sais. En plus tu me laisses gérer seule la boutique tout le samedi pour passer deux jours en mer sur un chalutier dans les odeurs de poisson et de gasoil… Ah tu vas t'amuser !

- Eh bien oui, ça m'amuse…

- Bon, je vois qu'il n'y a rien à faire, Monsieur préfère ses marins rustiques à la douceur de nos peaux, tant pis pour lui.

Leila avait quand même titillé ma curiosité.

- Tu pourrais me dire pour cette surprise puisque de toute façon elle tombe à l'eau, lui dis-je.

- Certainement pas, on te la garde pour une autre fois, elle n'est pas perdue. Pour un prochain bal masqué !

Et elle virevolta avec un dernier regard entendu sur la signification du fameux « bal masqué ».

Je n'ai rien perdu du spectacle de Leila quittant ma chambre.

Quelle légèreté !

Quelle aisance !

Cette femme, n'inspirait que de l'appétit pour la vie.

J'ai entendu la porte de l'appartement se refermer derrière elle, le rythme des chocs laissés par ses talons sur les marches de l'escalier. Chaque fois, je tendais l'oreille le plus longtemps possible afin de saisir jusqu'à son évanouissement la musique de ses pas. Et c'était encore une forme de ravissement.

J'avais beau vivre au jour le jour notre relation d'amis-amants encore largement réprouvée par une société toujours à prompte à désavouer les sexualités hors de ses propres normes, loin de moi l'idée que nous venions de faire l'amour pour la dernière fois.

C'était un vendredi, un an et demi déjà. Je n'avais pas eu de nouvelles d'elle durant le week-end qui avait suivi. Normal, j'étais bel et bien en mer, à relever des casiers, des chaluts, et le défi lancé par des marins pêcheurs curieux de jauger la trempe de leur barbier et compère de bistrot.

Et puis je savais bien ce que signifiaient les « bals masqués » d'Alain et Leila. Ils m'y avaient souvent convié. Les quelques fois où j'avais accepté de les accompagner, je m'étais éclipsé au tout début de ce qu'ils appelaient *« les hostilités »*...

3 (Nina)

Nina Bastaos parcourait, pour la centième fois peut-être, une sordide revue de presse.

Elle avait découpé et soigneusement collé dans de grands cahiers à spirale, une impressionnante collection d'articles. Tous étaient consacrés à Gwladys, sa sœur de deux ans son aînée.

Dix-huit mois plus tôt, le corps de Gwladys avait été retrouvé, « atrocement mutilé » précisaient les textes, plus ou moins longs selon les journaux, de cette épouvantable rédaction invariablement rangée sous la rubrique des « *Faits divers* ».

Les auteurs reprenaient au mot près, et semblaient s'en délecter pour certains, les expressions du truculent procureur de la République « *chargé de cette affaire* ».

Pour les journalistes, il s'était montré généreux en détails des plus sordides. L'état du corps ne permettait pas « *d'affirmer que la jeune femme avait subi des sévices* ».

Mais le doute que le magistrat laissait ainsi planer avec de « *probables relations sexuelles* » avait induit une certitude que rien pourtant n'étayait. La plupart des articles étaient d'abord entourés de précautions de pacotille avec des formules du genre : « *certes l'autopsie n'a pas permis de le confirmer, tant les corps étaient mutilés* ».

Mais la conviction partagée par les enquêteurs, les rédacteurs, puis les lecteurs, s'avérait incontournable : «*la jeune femme a sans doute été violée, même si aucune trace tangible n'a pu être retrouvée en dépit des moyens d'analyse les plus poussés...* »

La nausée étreignait Nina, chaque fois qu'elle ouvrait ses cahiers à spirale. Elle lisait et relisait une abominable énumération de détails sur le calvaire supposé de Gwladys et Éric, son compagnon.

Des mots, des phrases d'une précision à livrer au voyeurisme, presque mieux qu'avec des photos, deux corps découpés et leurs morceaux partiellement brûlés. Des restes entassés dans des sacs en toile de jute. De ceux qui servent habituellement au transport des pommes de terre.

Ils avaient été dissimulés, coulés, lestés de lourds parpaings de chantier, dans les eaux du Marais breton vendéen, une zone humide peu habitée, enchevêtrement d'étiers et canaux sur deux départements. Une partie au nord de la Vendée, l'autre au sud de la Loire-Atlantique et l'estuaire de la Loire.

Mais le niveau de ces canaux varie en même temps que le va-et-vient de l'océan tout proche, dès que sont ouvertes les portes d'écluses pour un subtil mélange entre eau douce et eau salée dont résulte l'eau saumâtre indispensable à l'équilibre de ces zones humides.

À la faveur d'un de ces mouvements d'eau, à marée basse, les sacs affleurant à la surface avaient attiré la curiosité d'un pêcheur à la ligne habitué des lieux. Il avait expliqué que les jours précédant sa découverte, il avait cassé son fil de nylon à plusieurs reprises à cet endroit, sur un énorme poisson-chat avait-il pensé. Les hameçons étaient en fait plantés dans les sacs percés et investis par des dizaines d'écrevisses de Louisiane.

Il y avait même un article pour expliquer comment les crustacés, imprudemment importés pour un élevage quelque peu exotique, avaient proliféré puis colonisé le marais, anéantissant du même coup l'espèce d'écrevisses « indigènes ». Et le journaliste insistait sur « l'appétit sans limite de ces animaux, friands de charognes... »

- De charognes !

Elle n'avait pas su retenir un cri, plutôt une plainte incontrôlée venue du tréfonds de sa gorge nouée.

Nina referma violemment le cahier de sa revue de presse. Si le journaliste auteur de ces lignes s'était trouvé dans les parages, sûr qu'il aurait passé un sale quart d'heure.

Dix secondes plus tard, agenouillée devant la cuvette des toilettes, elle renvoyait le curry de crevettes dont elle avait fait son dîner.

Elle raffolait des saveurs orientales ou asiatiques, des finesses des plats indiens. Une bonne vivante Nina ; un trait commun dans la famille.

Gwladys avait aimé comme elle, sans gourmandise mais avec délectation, les bons vins, les bonnes tables, le jeu, les plaisirs et les hommes.

Mais les deux sœurs ne croquaient à belles dents que des mets choisis. Aussi ne se laissaient-elles pas ouvrir l'appétit par le premier venu.

Quand cela arrivait, c'était toujours sans retenue, mais avec élégance et beaucoup de discrétion. Si bien que lorsque Gwladys s'était arrêtée sur Éric pour tenter l'expérience de la vie commune, elle campait sur une réputation de « *fille sage* », précisaient aussi les journaux. Car ils avaient estimé nécessaire de fouiller « *la vie privée des victimes* ».

Une fois chassée la nausée et l'image d'innombrables écrevisses fouillant le corps dévasté de sa sœur, Nina reprit sa lecture, à l'affût du moindre détail.

« *L'enquête était bouclée* », mais pas pour elle.

Trop simples, trop faciles, trop évidentes ces conclusions.

De leur prison, deux hommes se rejetaient la responsabilité de ce double crime. Un troisième, à la « *responsabilité moins engagées* » selon le juge d'instruction, était tenu de rester chez lui ou à proximité, un bracelet électronique verrouillé à la cheville. Celui-là affirmait ignorer lequel, parmi les deux emprisonnés, avait tué le jeune couple, et pour quelle raison.

Les « *auteurs présumés* » du meurtre de Gwladys et Éric ; des meurtriers, des pauvres types dont Nina ne se contentait pas. D'instinct, et aussi pour avoir si bien connu sa sœur, elle ressentait le goût du secret si souvent cultivé par Gwladys.

Il y avait selon elle, autre chose. Mais elle ne disposait d'aucune piste pour deviner quoi. Tout juste de quelques signes et sa puissante intuition.

4 (Patrice)

Un bracelet électronique verrouillé autour de la cheville gauche, Patrice occupait son temps à mater la télé.

Il aimait bien les séries américaines, surtout les plus débiles avec des rires en fond sonore, les documentaires sur les animaux, vidéo gag et les films érotiques. Trop rares à son goût car il n'avait pas de quoi se payer un abonnement satellite. Alors il fallait attendre le soir, tard, à condition d'être tranquille.

Il aurait bien passé en boucle sur le vieux magnétoscope des années 80, les cassettes de films de cul piquées dans un dépôt-vente, si sa grand-mère ne l'avait traité de « sale vicieux » chaque fois qu'elle l'avait surpris, les sens sens dessus dessous, la main agitée dans son pantalon devant ces images de filles à la fois sublimes et dévergondées.

Elle lui avait même dit une fois : « c'est à cause de ça qu't'es dans la merde aujourd'hui ».

Il avait grandi avec cette femme désireuse de se montrer simple et sans joie. Et elle lui répétait, pour la cent millième fois peut-être, « la bonté » qu'elle avait eue « de le recueillir » alors qu'il n'était qu'un bébé. Elle disait « un papote ». Et que sa « pauvre mère embobinée par un beau parleur, avait foutu le camp sans laisser d'adresse... » Et la vieille soupirait en ajoutant que « c'était sa croix ».

Il ne voulait pas croire les histoires rapportées surtout par ses cousins. Que cette mère inconnue, avant de disparaître pour de bon, avait longtemps travaillé pour le beau parleur en question, à faire des passes à Nantes, dans les parages du stade de la Beaujoire où on ne jouait pas qu'au football.

Depuis tout petit, lui ne retenait que deux choses : il était « une croix » portée par la grand-mère ; il était aussi un « recueilli ».

Sa place n'était nulle part et du plus loin qu'il se souvienne, il avait grandi sous les quolibets. Dans cette étrange famille, il était « le bâtard », « le fils de pute », encore moins important que le chien, même s'il ne dormait pas dehors dans la niche.

Et voilà qu'à cause de ce fichu bracelet électronique, il était cloué là. Quand il en avait marre, il risquait quelques pas dehors, à promener le chien dans la campagne environnante.

Mais pas loin ; la cause à l'interdiction de s'éloigner. Pas longtemps non plus, car même sur les chemins le plus souvent déserts du Marais breton, il craignait par-dessus tout, la rencontre de promeneurs, de voisins, de pêcheurs à la ligne.

La seule idée d'être reconnu, d'avoir à croiser un regard trop souvent accusateur, lui tordait les boyaux. Si bien que ces promenades ne duraient guère plus d'un quart d'heure la plupart du temps.

S'il lui arrivait de s'attarder un peu, c'est qu'il avait trouvé des herbes hautes. Il s'y allongeait sur le dos, hors de vue. S'inventait un monde magique dans le ciel bleu azur et les formes des nuages malmenés par le vent. Il suivait aussi les traînées cotonneuses abandonnées dans le sillage d'avions qui allaient et venaient d'un continent à l'autre par-dessus l'Atlantique.

Alors il n'en finissait pas de maudire Jean-Luc et Jean-Marc, ses deux cousins. C'est bien à cause d'eux, les faux durs qui se faisaient appeler Lucky et Marco, s'il se trouvait dans cette galère aujourd'hui.

5 (Sacha)

Un an et demi plus tard, mes repères à nouveau bouleversés par le départ de Leila et Alain, ma vie avait changé.

Je n'avais pas eu de contact avec Leila durant son week-end de « bal masqué » au cours duquel j'étais moi-même embarqué dans une partie de pêche en mer.

Elle n'avait pas travaillé ce lundi-là. Mais le mardi, son arrivée très tôt au salon bien avant les autres salariés, ne présageait rien de bon. Elle savait que j'étais là une heure avant tout le monde.

- Mon p'tit Sacha, je pars.

- Tu pars au soleil ? avais-je tenté de plaisanter.

Des rides creusaient des sillons sur les contours de sa bouche, de la base du nez jusqu'au menton. Jamais je ne lui avais vu les traits aussi marqués, la mine aussi défaite. Pour la première fois, elle faisait son âge, et même un peu plus.

J'ai songé, si elle m'informait prendre quelques vacances, que cela lui serait salutaire. Un bref instant, j'ai même redouté l'annonce d'une santé défaillante.

C'est que, les cheveux simplement tirés et attachés en une triste queue-de-cheval, les épaules légèrement affaissées, elle ne dégageait pas grand-chose de sa superbe habituelle. Leila était fatiguée. Ce n'était pas la première fois. Mais qu'elle s'accommode de cette fatigue et la laisse transparaître, ça s'était nouveau.

- Tu ne crois pas si bien dire, nous partons au soleil avec Alain, me dit-elle, tentant un sourire qui n'accrocha finalement pas ses lèvres.

Je n'essayais même pas de faire le patron ennuyé par son absence quelque peu soudaine.

- Et vous partez longtemps ?

- Durée indéterminée, peut-être pour tout le temps...

Et elle me confia comment Alain nourrissait « depuis toujours », le projet d'essayer son sens des affaires dans les îles où ils allaient au moins une fois par an, en vacances chez des amis que je ne connaissais pas. Ils m'avaient raconté de ces séjours les sorties en bateau, la pêche sous-marine, la douceur des nuits et la chaleur des corps, la liberté. Nul doute qu'ils y seraient à leur aise.

Leurs deux enfants, deux garçons âgés de 21 et 23 ans, vivaient en quasi-indépendance à Nantes où ils avaient petite amie rencontrée dès le lycée, appartement payé par les parents et cycle d'études tout tracé. La dépendance des enfants à leurs parents étant rentrée dans la normalité pour cette génération.

Toujours est-il que, une fois résolue la question des frais d'entretien à leurs rejetons, finalement faciles à pourvoir même à des milliers de kilomètres, rien ne les retenait vraiment à Saint-Gilles-Croix-de-Vie. Alain n'y manquait ni d'associés ni de collaborateurs pour reprendre ou poursuivre ses activités, même à distance.

Bien que soudaine, l'annonce de leur départ collait donc à leur façon d'être, à leur goût pour la vie et pour l'instant, à leur spontanéité. À cette sorte d'angoisse très perceptible chez eux, de laisser filer sans rien en faire un temps si précieux, celui de la relative jeunesse.

J'avais longtemps trouvé futile ce genre d'inquiétude.

En approchant moi aussi de la quarantaine, je pensais et agissais de plus en plus comme eux désormais. Une adhésion telle à cette forme de philosophie, que je me surprends davantage chagriné par le vide émotionnel d'une journée que par une mauvaise recette à la caisse du salon de coiffure.

Leila et moi ne nous sommes pas quittés comme des amants, encore moins comme un patron et son employée, mais comme des amis. Nos mains tenues, un instant sa tête contre mon épaule ; elle s'est retournée au moment de franchir la porte et m'a lancé dans un sourire sans joie un « tu viendras nous voir », qui me parut sincère mais éveilla en moi une vague inquiétude. Comme si quelque chose ne tournait plus rond dans leur sphère d'apparence idyllique.

Ils partirent le lendemain. Tous les aspects pratiques furent gérés par des intermédiaires. Leila ne donna pas de nouvelles les premières semaines. Mais depuis un peu plus d'un an, nous entretenons par mail ou sur quelque site de dialogue par internet, une correspondance sobre et régulière.

Ils vont bien. Alain a monté une affaire de promenade en mer et quand la saison touristique bat son plein, elle travaille avec lui. Elle ne fait plus de shampoings, semblait très assagie les premiers temps. Mais évoque à nouveau de « jolis instants de complicité et des endroits très chauds qu'ils aimeraient me faire découvrir... »

6 *(Nina)*

Nina avait fini par installer son bureau dans sa chambre. Elle s'y sentait à l'abri, en sécurité. Elle glissa les cahiers de sa revue de presse dans un tiroir puis s'assit encore un instant sur le lit. Il fallait sortir et ça lui coûtait. Elle aurait bien aimé que Jérémy soit là pour l'accompagner. Mais n'avait pas osé lui demander. Jérémy, le joyeux et doux Jérémy. Ils étaient restés amis.

Il y aura bientôt six mois de cela, malgré trois années de vie quasi commune, il avait mis fin à leur relation amoureuse, la mort dans l'âme. Il s'était fait violence pour exprimer à Nina les raisons de cette décision, elle qui avait tant besoin de sa tendresse, de sa présence, et ne doutait pas qu'il le savait.

- J'ai aimé une Nina pétillante, enjouée, prête à croquer la vie par tous les bouts. En dépit de ma patience, de mes incitations à te faire renouer avec le plaisir, tu n'es plus que tristesse et obsession morbide. Tu n'es plus la même Nina…

- Comprends-moi. J'essaie, mais je n'y arrive pas…

Il la comprenait mais n'en pouvait plus.

Elle avait simulé, cherché en de vaine illusion la démonstration qu'il se trompait. Au fond d'elle-même pourtant, elle sentait bien à quel point il avait raison. Elle avait donné le change pour paraître à nouveau joyeuse. Jérémy n'avait pas été dupe.

- Tu vois, je fais des efforts, lui disait-elle

- Le goût pour la vie n'a pas besoin d'efforts. Il est, ou il n'est pas, avait-il lâché.

Comme la mélancolie ne lui allait pas, Jérémy était redevenu un ami. Au début, il avait téléphoné chaque soir. Puis une fois ou deux par semaine, et leur relation s'était contentée de contacts de plus en plus espacés.

Comme elle n'osait plus lui parler de son doute obsédant. Celui-là même qui avait, elle le savait bien, gâché leur relation amoureuse, de cette certitude de « ne pas tout savoir » sur la mort de sa sœur, ils n'avaient plus grand-chose à se dire.

Mais il était là pour elle, de temps en temps. Elle s'en satisfaisait. Car elle n'avait rien d'autre à lui offrir et renonçait désormais à faire semblant, à faire des efforts pour ça.

Nina devait sortir et ça lui coûtait...

7 (Sacha)

Quelques mois après le départ de Leila, j'ai découvert l'art de la fâcherie par internet. Nos conversations par écrans et claviers interposés s'étaient peu à peu installées dans nos habitudes. Mais ce jour-là, mon ancienne shampouineuse avait exprimé sa colère en me balançant une série d'émoticônes des plus expressives.

Leila ressentait tout simplement une absence de « passion » dans notre dialogue, ça ne lui convenait pas du tout.

- Toi tu m'écris tout en pensant à autre chose, m'avait-elle reproché.

Je n'avais rien trouvé de mieux à répondre qu'un « non, non... » vraiment peu convaincant.

- Personnes ne t'oblige à me causer. Si je suis passée de mode, dis-le plus franchement.

- Non, ce n'est pas ça, je suis troublé par un truc que j'ai lu dans le journal, avais-je tenté d'expliquer.

- Dans Play-boy alors...

- Non, dans un quotidien régional enfoui sous les magazines. Tu sais ceux qu'on donne aux clientes du salon pour les faire patienter le temps de sécher sous le casque...

- Parce que tu lis ça toi maintenant ? Tes dérobades me vexent !

Et elle avait interrompu la communication. Loin là-bas, je l'imaginais contrariée elle aussi...

On a beau dire, la relation électronique n'égale pas le contact humain. Car en d'autres circonstances, physiquement proche de moi, Leila aurait à coup sûr perçu le trouble qui me submergeait ce jour-là. Aurait peut-être tenté de m'en débarrasser, ou au contraire m'aurait fichu la paix, estimant qu'attendre et laisser passer serait encore le mieux.

8 (Nina)

Nina devait sortir, et replonger dans l'univers de l'enquête sur la mort de Gwladys. La veille, elle avait reçu une lettre du procureur de la République. Il répondait à une requête formulée un an plus tôt, lorsque l'enquête avait été « bouclée », comme disaient les journaux.

Elle imaginait les affaires personnelles de sa sœur, empoussiérées dans les sous-sols du greffe du tribunal, le supportait vraiment mal.

« Nous souhaitons récupérer les pièces sans utilité pour l'enquête », avait-elle écrit au procureur, sous la dictée de l'avocat censé conseiller la famille depuis son immersion dans un cauchemar sans issue. Pas de réponse.

Nina avait fini par se faire une raison. Les agendas, les photos, quelques effets et l'ordinateur portable de Gwladys devaient probablement rester sous scellés.

Elle se disait que la demande était probablement incongrue puisque personne n'avait même daigné lui répondre.

Et voilà qu'une lettre officielle convoquait « un ayant droit de Mlle Gwladys Bastaos » dans les locaux de la gendarmerie « où ont été transférées afin de restitution, des pièces saisies lors de l'enquête… ».

Ça voulait dire que des objets ayant appartenu à Gwladys leur seraient rendus. Ses parents, vaincus par le chagrin, fuyaient toute nouvelle épreuve. Même si le père, avec cette colère froide qui ne le quittait plus, sous-entendait régulièrement une vengeance, sans l'exprimer vraiment.

C'est donc Nina qui irait. C'était maintenant. Et elle ne s'était pas imaginé à quel point elle appréhenderait ce que l'avocat appelait « cette formalité ».

9 (Sacha)

Je ne m'étais pas du tout dérobé en attribuant mon humeur songeuse à un article lu par hasard dans le journal, lors de ma fâcherie sur internet avec Leila.

Cet après-midi-là, j'avais eu une heure à combler car le rendez-vous de 15 h, que j'avais d'abord cru en retard, n'était pas venu. Les empêchements, ça arrive.

La dame avait fini par appeler vers 15 h 30, me priant de l'excuser, un enfant malade qu'elle avait dû reprendre avant l'heure de la sortie à l'école. Des choses qui arrivent. Vrai ou pas vrai ; je m'étais inquiété de l'état de santé de l'enfant, démonstratif dans ma totale compréhension aux arrière-pensées commerciales. Ça n'était pas bien grave. Pour l'enfant non plus.

Pour m'occuper jusqu'au rendez-vous suivant, j'avais entrepris un tri parmi les magazines. De ceux qui occupent la clientèle sans qu'elle se prenne trop la tête. Certains dataient de plusieurs semaines, bons pour la poubelle. Je les mettais de côté.

Parmi eux, des exemplaires intacts, sous leur film plastique avec mon adresse dessus, du quotidien départemental « Nouvelles de l'Aisne ».

Quand j'avais quitté ma ville natale de Saint-Quentin-en-Picardie, les amis de la troupe de théâtre dans laquelle j'avais été longtemps l'homme à tout faire, comédien, trésorier, secrétaire, m'avaient offert cet abonnement au journal du coin. « Pour que même loin, tu puisses suivre nos succès », avaient-ils écrit sur la carte d'abonné.

Deux ans plus tard, le journal m'apprenait la dissolution de l'association, faute de moyens et de disponibilité de salle pour les répétitions. Entre-temps, la municipalité avait changé de couleur politique.

Comme pour garder un lien avec le département de mon enfance, je n'ai jamais pu me résoudre à résilier cet abonnement. Je sentais bien pourtant, combien la région m'était devenue étrangère au fil des années. Mon intérêt pour son actualité avait faibli au point de devenir quasiment nul. Je n'ouvrais plus les pages de « Nouvelles de l'Aisne » qu'au moment d'emporter les magazines périmés au conteneur de recyclage du papier. Et encore, ne parcouré-je bien souvent que la rubrique nécrologique, la dernière où je trouvais encore quelques noms connus.

J'en étais là. Mon regard glissait distraitement sur les unes de « Nouvelles de l'Aisne », sur les principaux titres. L'un d'eux attira mon attention : *« Le coiffeur abattu devant ses clients ! »*

Une petite moue de dégoût pour ce choix de vocabulaire, me disant qu'on abattait les animaux. Que dire ou écrire « tué » pour des gens serait plus judicieux. L'auteur associait ici le meurtre à l'abattage. Pourquoi pas. C'est dans le dictionnaire. C'est surtout rentré dans un langage courant.

J'attribuais finalement mon trouble au fait que l'humain « abattu » fût un coiffeur, comme moi. La similitude ajoutant probablement au choix des mots pour ce titre qui se voulait accrocheur.

J'aurais pu jeter le journal au conteneur de recyclage des vieux papiers, avec cette futile raison supplémentaire d'un désaccord de vocabulaire. Au contraire, j'ai cherché la page.

Déplacé, irrespectueux, mais finalement adroit, le journaliste « accrocheur » avait atteint son objectif, accroché ma curiosité.

Pas seulement avec des mots dont les plus durs pouvaient heurter, mais aussi avec cette photo agrandie. L'image était extraite d'une prise de vue plus large à l'origine. Recadrée en portrait, elle avait perdu en netteté et montrait un homme mature, souriant.

J'hésitais quelques secondes à mettre un souvenir précis sur ce visage. Convaincu d'avoir avec ce gars-là, partagé un bout de vie.

Incapable sur l'instant d'exhumer de ma mémoire des détails précis, rien qu'un ressenti trouble où convictions et d'intuitions s'entremêlent. Sur l'échelle de mon existence, cette connaissance incertaine naviguait de l'adolescence au début de ma vie de jeune homme. Durant cette intense et brève période où je m'étais enrichi l'esprit de tant de rencontres, professionnelles, amicales, artistiques.

J'ai lu l'article.

Accroché ! Un peu que j'étais accroché…

Comment avais-je pu laisser filer sans la voir une telle information ?

Pas une « info » mais une nouvelle pour moi. Une bien mauvaise nouvelle ! Elle meurtrissait mes souvenirs. Le titre certes, tout ce qu'il exhalait d'incongruité avec cet homme qu'on abat, tel un animal de boucherie. Un coiffeur en plus, comme moi. Et puis la photo, mauvaise et vaguement familière au début. Le doute sur cette image un peu floue, confirmé par la lecture, dès les premières lignes

« Jeudi matin, vers 9 h 15, peu après l'ouverture de son salon, un coiffeur a été abattu de deux coups de fusil tirés à bout portant, devant ses clients. Le meurtrier, un homme agissant à visage découvert, a pris la fuite aussitôt. Modeste Person, la victime, avait 35 ans. Dans le quartier proche du centre-ville où a eu lieu cette sanglante agression, il était honorablement connu et personne ne parvient à donner la moindre explication à ce drame qui ressemble tout autant à un acte gratuit qu'à un règlement de compte… »

Mais Modeste Person était mort et ma mémoire ne défaillait plus…

J'ai cherché dans les parutions suivantes du journal « Nouvelles de l'Aisne » les articles consacrés à cette « *affaire* ». Le journaliste poursuivait par une enquête de voisinage avec, de ligne en ligne, des considérations qu'il me plaisait de parcourir. Modeste Person y était évoqué de son vivant comme *« un homme sans histoires. »*

J'y apprenais que Modeste était père d'un *« petit garçon de 8 ans »*. Je notais, sans même y réfléchir, l'abus d'adjectifs d'un auteur désireux d'attendrir son lecteur, ou attendri lui-même. Une attention au texte et à la justesse des mots, qui ne m'avait plus quitté depuis mes quelques années de théâtre amateur. Après tout, peut-être cet enfant était-il grand pour ses 8 ans.

Cela n'était pas mentionné clairement, mais on supposait, comme ces choses lues entre les lignes, que Modeste Person ne vivait pas avec la maman à laquelle l'auteur n'accordait d'ailleurs pas le moindre mot. Au fil de la lecture, je découvrais *« un gars sympa »*, un commerçant *« dynamique, impliqué dans la vie associative »*, un client *« joyeux, jovial et agréable »* dans les cafés et restaurants de la place.

Une description conforme à mon souvenir. Me revenaient ces conversations avec un tout jeune homme, dans les coulisses du club de théâtre, à la table des bistrots où nous refaisions le monde après les répétitions, jusqu'à ce que le cafetier, las et inquiet pour son autorisation d'ouverture tardive, nous prie gentiment d'aller dévorer ailleurs les restes de la nuit.

Modeste, c'était bien lui. Mais personne ne le nommait comme ça à l'époque. Pas vraiment enchanté d'avoir à porter un tel prénom, il se faisait appeler Léo. Il était fan de Léo Ferré, de ses textes, de ses idées, de sa liberté et de ses révoltes. Pas de hasard…

Dans des moments comme celui-là, Leila et Alain me manquaient. S'ils n'étaient pas partis si loin, j'aurai pris le temps de leur raconter tout ça. Je ne voulais pas le faire par internet. Pour discuter ce genre d'émotion, les mots seuls sont insuffisants. Ils ont besoin, insérés dans les phrases, de compléments de silences, de soupirs, de gestes, de sourires, de larmes et de regards…

10 (Patrice)

Allongé dans des herbes hautes, Patrice cherchait en vain une forme à imaginer pour s'évader dans les nuages. Mais par cette trop belle journée de printemps, le bleu colonisait le ciel, comme il arrive souvent sur ce bout de littoral atlantique dit « Côte de Lumière ». De toute façon, il n'arrivait pas à se concentrer sur une quelconque évasion dans l'imaginaire. Le matin, il avait eu rendez-vous avec un avocat. Cette rencontre lui tournait dans la tête, jusqu'à l'obsession. Pas moyen de songer à autre chose.

Il n'avait pas tout compris. Mais, ça semblait évident. Rien n'était simple dans cette affaire. Le « maître » lui avait posé de drôles de questions.

Patrice se demandait s'il avait bien entendu que ce type arrivait dans l'histoire pour le défendre. Car voilà qu'il avait dû s'expliquer, comme il l'avait fait avec les gendarmes, avec un procureur, et enfin avec ce juge à cause duquel il était coincé ici, comme prisonnier de ce maudit anneau enserrant sa cheville.

Il ne parvenait pas à se défaire du malaise ressenti sitôt cet entretien terminé, et ressassait les incessantes questions auxquelles il n'avait pas plus de réponses aujourd'hui qu'hier. Une histoire de fous. À tel point qu'il se persuadait avoir déraillé grave, perdu les pédales, pété un câble…

Les réponses, il les cherchait pourtant dans sa tête qu'il pensait désormais malade.

Qu'avait-il fait le « soir du crime » ?

Un crime ! Il n'avait pas vu de crime.

C'était un samedi soir comme tant d'autres. Il avait retrouvé ses cousins au bistrot. Comme souvent, le patron les avait flanqués dehors quand Jean-Luc et Jean-Marc avaient commencé à chercher des crosses à des clients attablés.

De ça, Patrice s'en souvenait parfaitement : ça s'était mal mis avec des jeunes, des Parigots ou quelque chose comme ça.

L'un d'eux, un noir, serrait contre lui une blonde bien roulée. Le genre de truc à énerver les cousins.

Déjà pas mal imbibés par la bière, Jean-Luc et Jean-Marc s'étaient mis à parler fort, pour être entendus, de cette « salope » ou « belle pute ». Penchés sur le bar, ils gardaient le nez sur leur verre en ricanant et lançaient de temps en temps sur la fille des regards appuyés.

Ça s'était gâté quand la blonde en question s'était approchée sans dire un mot, avait pris sur le bar la chope de bière de Marco, en avait versé doucement le contenu sur le pantalon de Lucky, au niveau de la braguette. Avant même que les cousins réagissent, la fille avait déjà repris sa place, appuyée sur l'épaule de son ami.

Il n'avait pas échappé à Patrice que le black en question fût une armoire à glace dont l'apparente tranquillité ne présumait rien de bon. Une autre fille et deux types, bien bâtis aussi, étaient assis avec eux.

Déjà pas mal entamés par l'alcool, lui et ses cousins ne feraient pas le poids si ça tournait à la baston. Le patron ne leur laissa pas le temps de vérifier ce rapport des forces. Ils s'étaient retrouvés dehors à grogner de ces menaces qui réconfortent un amour-propre endommagé.

Pour se venger, ils avaient tous les trois pissé sur la voiture de « ces cons de touristes qui feraient mieux de rester chez eux et nous foutre la paix ». Même pas une grosse bagnole, une guimbarde de gonzesse immatriculée 49, encore des « connards venus de la ville et qui nous prennent pour des cons »…

Un samedi soir comme les autres en somme, pour le trio de cousins. Mais alors, un crime… De quoi lui parlaient tous ces gens, des gendarmes à l'avocat d'aujourd'hui.

La suite de la soirée, il n'en avait gardé aucun souvenir.

Il était beaucoup plus jeune que ses cousins dont l'un des plaisirs consistait à le faire boire jusqu'à l'abrutissement. Il finissait par perdre conscience et sombrer dans un sommeil de plomb, une sorte de coma, allongé sur la banquette arrière de la voiture le plus souvent. Ça faisait marrer les deux cousins. Patrice se fichait bien de la gueule de bois à venir. Comme il les amusait, il existait, et ça lui suffisait. Peu importe la manière, pourvu qu'on soit quelqu'un pour quelqu'un d'autre...

Le dimanche après-midi suivant, Patrice s'était levé tard. Il ne se rappelait pas s'être couché, ni même comment il était rentré, mais il s'était réveillé dans son lit, dans la maison de sa « Vieille grand-mère » comme il en parlait, au milieu des marais.

- C'est à qui cette belle bagnole dans la cour ? avait-il demandé.

- Ben, à tes cousins. T'as déjà oublié ? T'ont pourtant bien ramené avec au matin. Mais t'était tellement bourré...

Sa grand-mère avait répondu avec ce ton vif, habituel, mais sans le moindre reproche cependant. La beuverie du samedi soir était chose normale. Les cousins n'étaient pas là...

11 (Nina)

Ce fut bien une formalité. À la gendarmerie des Sables-d'Olonne, Nina n'eut qu'à signer un bordereau présenté par une jeune gendarme totalement inconnue. Si elle savait quoi que ce soit de l'affaire, la fille en uniforme bleu n'en laissait rien paraître. Aux questions de Nina, elle avait répondu être « juste là pour rendre les pièces », puis s'était réfugiée dans une amabilité feinte.

Pour les enquêteurs, l'affaire était bouclée depuis longtemps. C'était celle des juges désormais. Nina l'avait bien compris. Elle n'insista pas.

Les objets ayant appartenu à Gwladys, saisis lors de l'enquête, tenaient dans un seul carton. Dans sa voiture, elle l'avait posé sur le siège du passager, comme s'il s'agissait de sa sœur, qu'elle l'emmenait faire un tour.

Tout autant soulagée qu'affligée, Nina sentait le chagrin lui nouer la gorge. En même temps, une sensation de joie irradiait son visage. Elle resta longtemps assise, les mains sur le volant, sans pleurer, à regarder la vie autour d'elle. Des gens entrer et sortir de la gendarmerie, un vieil homme glisser des bouteilles vides dans un conteneur de récupération de verre, deux goélands se disputer sur un toit une place où faire leur nid, des mains d'enfants dans des mains d'adultes à la sortie de l'école maternelle voisine…

- Tu vois ma sœur, la vie continue, sans toi, dit-elle en posant le plat de la main sur le carton à côté d'elle.

Puis elle tourna la clé du démarreur et quitta son stationnement. L'épreuve tant redoutée n'avait pas été si pénible. Le plus dur restait à venir. Ce carton, il faudrait bien l'ouvrir. Avant, en faisant un petit détour sur le chemin du retour à Nantes, elle avait à rendre une sorte de visite…

12 (Patrice)

De temps en temps, Patrice s'évadait encore en laissant s'envoler son imagination dans les formes blanches des nuages, quand il y en avait. Mais depuis sa dernière visite chez l'avocat qui prétendait le défendre tout en l'accablant de questions, pire que les gendarmes, il s'était entiché d'une nouvelle distraction.

C'est la Vieille grand-mère qui avait eu l'idée : profiter de cette sortie obligée en ville pour acheter une paire de jumelles de forte puissance.

Elle disait qu'elle en avait marre de voir dans le chemin tous ces curieux.

Depuis « l'affaire », jamais ce coin de marais n'avait connu si grande affluence de promeneurs. Il ne fallait pas lui faire : ces fouineurs ne passaient pas par là par hasard, mais bien pour voir l'endroit où deux sacs avaient été découverts au fond d'un étier avec dedans deux corps encore jeunes et en morceaux.

Et même, avec un peu de chance, verraient-ils la trombine d'un criminel si idiot que le juge n'avait pas estimé nécessaire de le maintenir en prison. Elle en avait même vu qui prenaient des photos.

Patrice avait maintenant une mission confiée par sa grand-mère : surveiller le chemin, avec les jumelles.

La grand-mère n'avait jamais voulu d'un molosse agressif. Pourtant, chaque fois que la chienne de Marco mettait bas une portée de 5 ou 6 chiots, les cousins essayaient de lui en fourguer un ou deux exemplaires. Rien à faire, elle regrettait à présent s'être contentée de la compagnie tranquille d'un vieux chien de ferme qui n'aboyait jamais. Pire, quand il courrait vers un promeneur sur le chemin communal balisé en itinéraire de randonnée, c'était pour quémander une caresse, jamais pour l'éloigner.

Mais bon, en surveillant avec les jumelles, quand ces espèces d'emmerdeurs se pointaient, on pouvait comme ça se planquer dans la maison. Ne plus être surpris en pleine besogne, ne plus être dévisagés comme des bêtes curieuses.

Cette surveillance présentait au moins l'avantage de distraire le garçon privé de liberté par le simple port d'un bracelet électronique à la cheville.

Et voilà qu'une voiture s'était garée à distance. Cette fois, Patrice n'en dit rien à sa Vieille grand-mère, qui parfois ne paraissait pas si vieille que ça...

La femme qui venait d'en descendre ne manquait pas d'allure et il n'allait surtout pas se priver d'un tel spectacle. Il ajusta la netteté.

Ouh la la, quelle nana ! Et seule en plus...

Il la regarda s'engager à pied sur le chemin. Elle s'arrêtait souvent, regardait autour d'elle, au loin, vers la maison, vers les étiers.

Ses hésitations amusaient Patrice. Elle portait un pantalon court et des chaussures plates, se protégeait du soleil sous un chapeau de paille, mais n'était pas pour autant déguisée en randonneuse. Presque sûr qu'elle cherchait un endroit où faire pipi. Il ne voulait pas manquer ça...

Elle semblait parfois rebrousser chemin puis se raviser et avancer encore. Tant mieux, ça faisait durer le plaisir de la mater !

Il la voyait s'approcher tout au bord d'un étier, revenir sur le chemin, tourner doucement sur elle-même en regardant partout.

Finalement, peut-être ne cherchait-elle pas « un p'tit coin ». Cette fille ne s'était pas arrêtée là par hasard.

Patrice, en était à cette déduction et se disait qu'il valait quand même mieux se planquer dans la maison et s'épargner une nouvelle engueulade de la Vieille grand-mère quand il comprit qu'il était trop tard.

La fille s'était arrêtée. Une main en visière au-dessus des yeux, elle regardait fixement en direction du tronc d'arbre sur lequel il était assis. Un saule décharné, penché presque à l'horizontal pour avoir tant ployé sous les assauts des vents marins.

Cette fois elle marchait vers lui, le pas décidé, sans le quitter des yeux. Et le jeune homme n'eut même pas l'idée de fuir alors qu'il le pouvait encore, tant cette fille le fascinait.

Elle ne fut pas longue à arriver jusqu'à lui. À une dizaine de mètres de l'arbre, elle s'arrêta, le fixant toujours.

Elle ressemblait à s'y méprendre à celle de la photo que les gendarmes puis le juge lui avaient mise sous le nez à maintes reprises. Celle de la fille retrouvée en morceaux au fond de l'étier. Mais celle-ci était brune.

13 (Nina)

Sans doute parce qu'elle avait renoué avec quelque chose de sa sœur, Nina avait enfin trouvé le courage de se rendre à l'endroit où avaient été découverts les corps de Gwladys et Éric, ainsi que leur voiture. Elle s'était jurée de le faire depuis longtemps. Et ne trouvait plus d'excuse pour n'avoir jamais osé.

Le temps était venu, tout simplement.

Au sortir de la gendarmerie des Sables-d'Olonne, elle avait pris la route du marais. En d'autres circonstances, elle aurait pu trouver le paysage fascinant. Là, cette étendue d'herbe et d'eau, plane à l'infini, ne lui inspirait que morosité. Quelques arbres y poussaient, recroquevillés dans d'étranges postures d'autoprotection contre un vent chargé d'embruns dont l'agression serait toujours venue du côté de la mer. Il régnait un calme absolu.

« Jamais Gwladys ne serait venue pour le simple plaisir de la balade dans un endroit pareil », songea-t-elle. Gwladys qui se qualifiait elle-même de « bouffeuse de macadam ». Elle n'aimait que la ville.

Nina contemplait cette campagne insolite, dominant ses émotions plus facilement qu'elle l'avait redouté, une main serrée dans la poche de son blouson sur une petite bombe de gaz dont elle se servirait à la moindre rencontre agressive à son égard.

Mais elle ne croisait personne, jusqu'à ce qu'elle distingue une présence. Celle d'un gamin perché sur un arbre bas. Il braquait dans sa direction une paire de jumelles. C'est ce détail qui l'incita à avancer vers lui sans la moindre hésitation.

Maintenant qu'elle se trouvait à une dizaine de mètres, le « gamin » apparaissait plutôt comme un jeune homme au sortir de l'adolescence. Machinalement, elle s'arrêta, assura son emprise sur la petite bombe lacrymo serrée dans sa poche. Mais l'attitude du garçon exprimait davantage de lassitude que d'agressivité.

- Je passais par-là, dit-elle, trouvant aussitôt la phrase absurde.

Mais elle n'avait rien trouvé de mieux pour rompre un silence qui la gênait déjà. Il l'observait.

- Tu habites ici ? questionna-t-elle, soulagée d'avoir trouvé une interrogation plus pertinente.

- Oui, répondit le garçon, avec un geste en direction d'un ensemble de constructions basses, un peu moins de 200 mètres derrière son arbre.

Le regard de Nina suivit machinalement le geste, se posa avec plus d'attention sur la maison déjà aperçue au loin, quand la jeune femme avait stationné sa voiture. Une fermette bien entretenue, égayée par différentes sortes de fleurs sur le devant. Le mur de façade semblait mangé par une végétation vert pâle, un lierre ou une glycine peut-être. À cette distance, Nina ne pouvait faire la différence.

Sur cette couleur tendre, se détachait une silhouette immobile, quelques mètres devant la bâtisse. Celle d'une femme qui, à cette distance, paraissait courte et robuste dans une robe droite et sombre. Les mains posées sur les hanches, elle l'observait elle aussi, mais sans jumelles.

Nina se détourna à nouveau vers le garçon assis sur son arbre. Le silence de cette campagne, tout juste troublé par le chuchotis du vent dans les herbes et, de temps en temps, le cri d'un animal. L'inquiétude lasse et muette de ces gens…

Cet environnement l'oppressa soudain. Elle venait de réaliser. Non seulement elle était au bon endroit, mais aussi avec les « bonnes » personnes, si on peut dire.

Dix mètres devant elle, chaussés de baskets en toile, les pieds du gamin, pendaient dans le vide et battaient l'air dans un frénétique mouvement de balancier. Bientôt, Nina ne vit plus que le droit. Chaque balancement en arrière tirait vers le haut l'ourlet du pantalon, découvrait la cheville. Une cheville enserrée dans un bracelet électronique.

C'était lui !

Une seconde encore, elle dévisagea le garçon.

Lui venait de comprendre et sautait de son perchoir pour cacher sous le tissu ce bracelet de la honte.

Quand il toucha le sol, Nina était déjà loin. Courant comme jamais elle ne l'avait fait, elle atteignit sa voiture sans même se rendre compte qu'elle pleurait de rage, hurlait des insultes, maudissait.

Une fois sur la route, rassurée par l'habitacle familier du véhicule et le bruit du moteur, elle retrouva son calme. Elle avait pris peur quand le garçon, conscient d'être trahi par le bracelet de cheville, avait sauté de son perchoir.

Alors comme ça, c'était lui. Un des trois tueurs de Gwladys et Éric. Sans doute moins tueur que les deux autres pour bénéficier encore de cette liberté relative.

- Ma réaction a été ridicule. Il avait l'air si jeune, si innocent se dit Nina, parlant à elle-même, mais à voix haute.

Et elle répéta plusieurs fois : « si innocent... »

14 (Sacha)

Le soir de cette conversation sur la toile interrompue par Leila, j'avais passé beaucoup de temps à rechercher dans les éditions de « Nouvelles de l'Aisne », d'autres articles en relation avec l'assassinat de mon ancien ami Léo, alias Modeste Person. J'en avais trouvé une douzaine, plus ou moins longs. J'ai pris soin de les classer dans un ordre chronologique, du plus ancien au plus récent. Et j'ai tout lu. Incroyable !

J'appris ainsi que quelques jours avaient suffi à la gendarmerie pour mettre la main sur l'assassin du coiffeur de Saint-Quentin. Au fil des éditions, le ton des articles changeait. La personnalité de Modeste Person aussi.

On a beau dire que les écrits restent, les rédacteurs avaient enterré sans le moindre scrupule dans les archives des *« faits divers »*, celui que l'émotion de l'info instantanée avait incité à décrire comme *« un gars sympa »*. La lecture de ma revue de presse terminée, l'adolescent connu autrefois dans les coulisses de notre théâtre, apparaissait désormais comme un odieux personnage. Tout juste bon à abattre.

« Contaminée par le virus du sida, elle fait assassiner son ex-amant » : encore l'art de la titraille pour évoquer ce que « Nouvelles de l'Aisne » qualifie dans l'entame du texte de *« drame de société »*. Et le journaliste explique : *« Contaminée par le virus du sida par Modeste Person, une certaine Mireille X, 49 ans, domiciliée à Compiègne (60), sollicitait une de ses anciennes relations afin d'abattre le coiffeur. Il s'agit d'un jeune homme d'une vingtaine d'années dont l'identité n'a pas été révélée... »*

Alors comme ça, Léo aurait été assassiné parce qu'il avait chopé puis transmis le virus du sida.

Dans les articles, aucune évocation de test sanguin ou témoignage médical pour confirmer cette hypothèse. Rien d'autre que les affirmations de cette Mireille X. J'étais stupéfait, bouleversé, tout autant par le parti pris de ces articles que par la fin tragique de cet ami déjà lointain mais dont j'avais été si proche.

Léo était mort. Au fil des lignes, il apparaissait de moins en moins comme la victime, encore moins comme le « *gars sympa* » évoqué par ses voisins au lendemain du drame, davantage comme un queutard infâme et sans scrupules.

Un autre souvenir que j'avais estimé bien trop anodin au départ de cette histoire, me peinait. Quelques mois avant sa fin surréaliste, en balade ou en vacances sur la côte vendéenne, il était passé sans crier gare au salon de coiffure. Comme j'étais absent, C'est Alice, l'une des coiffeuses et amie de longue date, qui avait transmis le message. « L'un de tes amis du Nord est venu. Confrère et beau garçon d'ailleurs ! Il était dans le coin et espérait te voir… »

Mais il repartait dès le lendemain. J'étais rentré deux jours après sa visite, d'un séminaire de formation sur les implants capillaires.

Léo avait gentiment laissé ses coordonnées mais je n'avais pas pris le temps de le rappeler immédiatement. J'en avais eu envie, heureux même à l'idée de le revoir. Mais j'avais attendu un moment propice, un événement à fêter, ou d'autres périodes de vacances. J'avais tout le temps… J'en nourrissais maintenant un étrange sentiment de culpabilité, de trahison à notre amitié ancienne, désormais irréversible.

On a tort d'imaginer avoir toujours le temps !

15 (Nina)

À Nantes, Nina habitait seule un minuscule appartement tout proche de Bouffay, quartier historique et sans cesse en mouvement aux abords du château de la Duchesse Anne de Bretagne.

Une salle d'eau avec les toilettes séparées de la baignoire et du lavabo par une simple cloison à mi-hauteur, une chambre avec beaucoup de placards mais juste la place pour le lit double et le bureau, une pièce un peu plus vaste faisant à la fois cuisine, séjour et salon. L'immeuble était ancien mais les logements modernes. En fait, seule la façade témoignait une architecture cossue, d'un autre temps. Lorsqu'une agence immobilière lui avait proposé cet appartement en location, elle avait d'abord refusé la visite. « Hors de prix » par rapport à la surface habitable.

L'agent lui avait expliqué « que la Loi Malraux obligeait les propriétaires d'immeubles situés dans des quartiers classés, à en garder l'aspect extérieur lors des rénovations ». Que la même loi prévoyait en revanche des subventions pour moderniser l'intérieur. Et que celui-ci était « un modèle de réussite ».

Nina, intriguée de voir ce que cela pouvait donner, s'y était rendue quand même, certaine de ne pas sacrifier autant d'argent pour un loyer. « Mais je vous assure, c'est par simple curiosité, car je ne le prendrais pas », avait-elle prévenu.

En quelques minutes, elle avait pourtant pris la décision inverse. Elle vivrait là. Quitte à s'accommoder des espaces réduits, des problèmes de stationnement et des montants exorbitants des taxes d'habitation.

Il y avait toujours du monde dans ce quartier cosmopolite, et ça lui plaisait. C'était vivant...

Nina s'était facilement habituée à garer sa voiture sur un parking en périphérie, puis à prendre le Tramway jusqu'au centre-ville, le quartier du Bouffay et son petit appartement. C'est ainsi qu'à Nantes, les automobilistes devaient déserter le centre-ville pour ne

pas l'encombrer, au bénéfice des transports collectifs, des cyclistes et des piétons. Et ça marchait, dans tous les sens de l'expression...
Et là, sur ce trajet à terminer à pied, le carton récupéré à la gendarmerie lui pesait de plus en plus sur les bras. Elle fut soulagée d'arriver à la porte de son immeuble, ayant refusé gentiment les aides pas toujours désintéressées, offertes dans la rue. Notamment celle de restaurateurs proposant de la cuisine allant de la pure tradition bretonne à l'exotisme absolu. Elle se disait parfois qu'en bas de chez elle, elle pouvait probablement faire un tour du monde sans même quitter le quartier. Un tour du monde des saveurs.
Nina posa le carton sur la table du salon, s'assit devant, sur la banquette, le regard fixe sur cet emballage a priori quelconque. Elle resta longtemps comme ça, incapable du moindre geste.

16 (Sacha)

Je me rends compte, les années passant, combien ma famille ultra protectrice a réussi son coup au-delà de ses espérances, avec ce « vrai métier » qu'elle voulait absolument me mettre « entre les mains ».

Un métier qui m'occupe désormais tout entier, voire plus. Je ne fais plus grand-chose d'autre que coiffer, organiser, gérer…

Je dois cesser de me laisser absorber par ce salon de coiffure et penser à donner du temps à mes amis. A Alain et Leila éloignés sur leur île ainsi qu'aux autres, plus proches. À renouer avec mes passions artistiques aussi, à me laisser entraîner par mes curiosités. Mais pas tout de suite. Pas avant le procès des meurtriers, « présumés » sont contraints d'ajouter les journaux, de cet ami retrouvé et en même temps perdu pour toujours : Léo, alias Modeste Person.

Ensuite, j'irai voir Alain et Leila, à La Réunion, où ils semblent avoir repris leurs marques.

Alors que je les avais perçus déstabilisés après leur départ soudain, sans qu'ils m'en disent quoi que ce soit.

Puis nous avions entamé notre correspondance régulière par le biais d'internet. Peu à peu, ils m'apparurent moins tourmentés, renouant avec la légèreté qui les caractérise.

Ils m'attendent pour des vacances chez eux. À cette occasion, ils auront de nouveaux amis, libres comme eux, à me présenter, et promettent des soirées aux fortes chaleurs des Mascareignes…

Voilà qui augure de belles retrouvailles.

17 (Nina)

La journée tirait à sa fin, le carton toujours posé sur la table du salon. Nina retardait le moment de l'ouvrir.

Elle avait prolongé son bain jusqu'à ce que l'eau trop froide la pousse à s'en extirper et s'emmitoufler dans un peignoir. Elle s'était préparé un biriani de crevettes, avait surfé sur internet et même échangé quelques phrases avec Jérémy sur la messagerie MSN, un ancêtre déjà lointain de Facebook…

Le temps de dominer ses émotions, de se familiariser avec cette présence, avec un peu de ce qu'avait été sa sœur. Comme si elle s'apprêtait à marcher avec précaution pour ne pas les effacer, sur quelques traces survivantes à une absence toujours aussi incongrue pour elle.

Enfin, elle s'assit sur le petit canapé d'angle, devant la table basse, face aux affaires de Gwladys. Elle était calme. Elle était prête.

Nina ouvrit le carton, posa un à un sur la table les objets. Un carnet à la couverture cartonnée estampillée « répertoire », un appareil photo numérique ultra-mini, une trousse de maquillage petite elle aussi, « idéale pour de brefs déplacements », se dit Nina.

Un léger sourire attendrit son visage jusque-là très tendu. Elle imaginait Gwladys se remaquillant à la va-vite après l'une de ses escapades dont elles auraient autrefois partagé le secret.

- Tu as bien fait d'en profiter tu vois, dit-elle à voix haute, comme si sa sœur pouvait l'entendre.

Et elle rit franchement en découvrant à l'intérieur de la petite trousse, trois préservatifs dans leur emballage de poche.

- Sacrée Glwadys, charmante petite sainte de grande sœur !

Elle lui causait désormais, avec la sensation confuse de l'avoir retrouvée.

- Tu as quand même bien berné ton monde. Si tu pouvais lire tout ce que les journaux ont écrit à ton sujet. Je te dis, tu es une sainte désormais. Un modèle de fidélité et de vertu. Je me demande jusqu'où ton Éric de mari partageait tes petits secrets…

Cela dit, accompagné d'un clin d'œil… au carton !

Au fond duquel ne restait plus qu'un ordinateur portable. Un de ces PC de taille réduite, 23 cm sur 17. Un appareil aujourd'hui désuet, mais elle gardait en mémoire le détail de ces dimensions tant Gwladys, le jour où elle avait fait cet achat quelques années plus tôt, s'en était émerveillée.

Nina en ouvrit le capot comportant l'écran, appuya machinalement sur le bouton de mise en marche. Mais rien ne se passa. La batterie était déchargée et elle ne trouva dans le carton, aucun cordon d'alimentation électrique. Elle devrait s'en procurer un…

18 (Sacha)

Le procès des tueurs de Modeste Person aurait lieu dans quelques semaines, devant la cour d'assises de Laon, dans l'Aisne.

J'irai ! La décision s'était imposée, comme une évidence...

Pour justifier de délaisser mon travail pour plusieurs jours en raison de ce voyage, je me racontais une histoire avec une intention initiale d'aller rendre visite, à ces dates-là, à ma famille restée dans cette région. J'en profiterais pour assister au procès.

Tout le contraire en fait : je me rendrai au procès et visiterai ma famille par la même occasion. Mais décidément, j'éprouvais mille difficultés à me défaire d'une tenace éducation de l'utilité.

Dans le milieu où j'avais grandi, il y avait une forme d'incohérence à se livrer à des actes comme ceux-là, presque « pour rien », juste pour voir. Être concerné ou que ça soit utile : tels étaient les guides de toute action...

Or, là, aucune utilité objective à délaisser le salon de coiffure durant plusieurs jours pour aller m'asseoir dans un tribunal, sur les bancs du public, en simple observateur. Quant à être concerné, je l'étais de si loin... Alors j'irai voir ma famille. Et ce motif suffisait pour que soit en paix ma conscience de l'utilité.

Avec ce rendez-vous de justice qui approchait, les journaux recommençaient peu à peu à évoquer ce qu'ils appelaient *« l'affaire du coiffeur séropositif »*. Rappel des faits, comme si on y était. Mais surtout des articles estampillés *« Enquête »*.

Ils n'évoquaient plus, comme au début, Mireille X.

Celle qui avait commandité l'assassinat de mon ami Léo portait désormais un nom, des plus communs d'ailleurs : Mireille Martin.

Visiblement, elle avait séduit ce petit monde à la plume parfois juste, mais trop souvent aussi très approximative ou au parti pris assumé. Laissée en liberté, *« sous contrôle judiciaire »* quand même, elle racontait son histoire à longueurs de colonnes. Enfin, ce que je percevais comme sa version de l'histoire.

L'auteur des articles du journal régional de ma ville natale exprimait son choix entre le bon et le mauvais, en usant d'expressions du genre : « *cette pauvre Mireille Martin* »…

Décrite comme une grande innocente, veuve, qui était ainsi tombée amoureuse de Modeste Person « *à l'aube de ses 50 ans* ». Cette « *toujours belle femme* », disaient les journaux, avait besoin d'amour. Et presque tous ajoutaient : « *elle n'a reçu que du mépris* »…

Alors comme ça, Léo, Alias Modeste Person, personnage si délicat quand je l'avais connu une bonne dizaine d'années plus tôt, serait devenu un vrai salopard !

Je ne saurais dire pourquoi, mais quelque chose clochait dans tout ça. Je me sentais d'autant plus concerné que la période évoquée de sa liaison avec cette Mireille Martin coïncidait avec la date où, gage d'une amitié toujours solide en dépit du temps passé, il était venu me revoir à l'improviste à Saint-Gilles-Croix-de-Vie, alors que j'étais absent du salon de coiffure.

Je découpais tous ces articles et les glissais dans une chemise cartonnée avec écrit dessus au marqueur le nom ancien de mon ami, celui que je connaissais et qu'il s'était lui-même donné : « Léo ».

Pour me changer les idées, j'allumais mon ordinateur et me connectais sur le site de dialogue et de rencontres que m'avait fait connaître Leila. J'y comptais désormais pas mal d'amis, réels ou virtuels. Dans mes favoris, je l'avais nommé « Libertinum »…

Parce que « tous les amis de notre réseau l'appellent comme ça », m'avait simplement dit mon ancienne shampouineuse et amie-amante.

19 (Nina)

Une pression sur le bouton marqué d'une forme de « O » à demi barré d'un trait vertical, et le mini-ordinateur fit scintiller deux voyants verts puis un bleu, avant d'éclairer son écran. Place du Commerce, à deux pas de chez elle, Nina avait facilement trouvé un cordon d'alimentation électrique adapté.

Elle devait prendre sur elle pour surmonter l'émotion. Entre les omoplates et jusque sur l'échine, elle sentait couler la transpiration, comme s'il s'agissait d'une épreuve physique.

Elle allait s'immiscer dans l'intimité de Gwladys.

En avait-elle le droit ?

Cette question, elle se l'était maintes fois posée, incapable d'y apporter la moindre réponse.

Si les circonstances du décès de sa sœur lui avaient semblé aussi limpides que dans la version rapportée par les journaux, sûr qu'elle n'aurait pas ainsi cherché une piste, un indice, une explication. Une voie plus conforme à la complexité du personnage qu'avait été Gwladys.

Elle ne croyait décidément pas à la simplicité de cette agression par trois abrutis avinés, trois idiots du village.

Encore moins depuis quelques heures, depuis qu'elle avait vu, perché sur son arbre dans le marais, celui dont elle connaissait le prénom par la presse : Patrice.

Une fraction de seconde, elle avait pris peur quand il avait sauté de son perchoir.

Ensuite elle avait compris que le plus affolé des deux lors de ce drôle de face à face en pleine campagne, c'était lui.

Après coup, elle s'en voulait d'avoir couru, d'avoir manqué de cran ou de lucidité pour lui parler. L'occasion était passée. Mais sans doute le garçon ne lui en aurait guère dit plus que ce qu'elle avait décelé dans son comportement, ses mimiques, son regard.

Elle gardait de cette rencontre, l'impression d'un adolescent apeuré, ne comprenant rien ou pas grand-chose à ce qui lui arrivait, incapable de communiquer et pourtant avide de contact. Sinon, pourquoi l'aurait-il laissée venir jusqu'à lui ce jour-là.

Elle n'imaginait pas ce garçon participant au massacre d'Éric et Gwladys.

Elle devait donc chercher encore. Forger les certitudes qui seules lui permettraient d'en finir avec un doute devenu obsédant au fil du temps.

La lecture du carnet estampillé « répertoire téléphonique » ne lui avait rien appris. Rien que des contacts anciens, d'avant le systématique enregistrement sur la mémoire du téléphone portable. Mais celui de Gwladys n'avait pas été retrouvé.

Nina espérait davantage de l'exploration de ce petit ordinateur dont l'écran venait d'ouvrir sur un choix entre trois cessions. L'une au nom de Gwladys, une autre au nom d'Éric, une troisième nommée « Erys ». Facile à interpréter comme la contraction ou la fusion des deux prénoms du couple.

Un clic sur le rectangle marqué « Gwladys » fit grandir une fenêtre d'ouverture. Un portail avec un deuxième rectangle en guise de serrure, vide celui-là, dans lequel, pour aller plus loin, il fallait écrire un mot de passe. Une clé que Nina ne possédait pas…

Elle cliqua sur « Éric », puis sur « Erys ». Chaque fois, pour s'ouvrir, le portail virtuel demandait une clé virtuelle faite de lettres ou de chiffres. Un mot, un nombre, une combinaison des deux parfois, choisi à la création d'une cession par les utilisateurs. Un choix très personnel. Un secret qu'il lui faudrait découvrir.

20 (Patrice)

Depuis la rencontre à l'arbre penché avec cette fille, Patrice n'était plus le même. Son maigre entourage l'avait connu solitaire et craintif, un « taiseux ». Maintenant, il était pire !

Quand elle avait vu la fille détaler jusqu'à sa voiture et filer, la Vieille grand-mère était venue au-devant du garçon.

- C'est t'y vrai ç'qu'on raconte alors. V'la qu't'épouvantes les filles maintenant !

- J'l'ai pas attaquée. Elle a eu peur toute seule. C'était celle de l'étier. Enfin, la même...

- J'ai tout vu. Fais pas l'imbécile. J'te dis que j't'ai vu sauter de ton arbre d'un seul coup. Et tu m'sors un fantôme de l'étier pour t'expliquer. Non mais quand j'dis qu'c'est ma croix c'gamin !

Elle allait le saisir par le col et le secouer. Un geste si souvent exécuté pour exprimer son exaspération, sans pour autant frapper l'enfant devenu un jeune homme. Mais, pour la première fois, Patrice ne lui en laissa pas le temps.

Violemment poussée par son petit-fils, la femme roula sur le dos, dans la poussière. Le vieux chien de ferme, d'ordinaire si calme, se mit à aboyer et tourner autour de sa maîtresse, indemne et médusée.

Patrice, quant à lui, avait filé jusqu'à la grange pour s'y enfermer.

Il en avait assez.

Assez de ce rejet par sa propre famille pour la seule faute d'avoir été enfanté dans la honte par une mère inconnue.

Assez de ces cousins dont la distraction favorite s'était bornée à l'humilier.

Assez maintenant de cette interdiction de se déplacer au-delà du chemin menant jusqu'à la route.

Assez qu'on le prenne pour un idiot désormais doublé d'un meurtrier.

Avant cette histoire, Patrice compensait l'ostracisme familial par des contacts plutôt cordiaux avec d'autres gens, surtout ceux rencontrés par hasard, qui ne le connaissaient pas. Son empathie était naturelle.

Aux randonneurs qui passaient par là, il expliquait parfois sa campagne, la prolifération des ragondins et des poissons chats, le mélange des eaux sans lequel le marais ne serait qu'un marigot, la façon dont il pêchait l'anguille ou le mulet...

Dès qu'il retrouvait son entourage, les siens, l'autoprotection développée depuis toujours refaisait de lui un être renfermé, taciturne, avare de paroles, à tout instant sur le qui-vive.

Ces rencontres avec des inconnus, il le réalisait surtout maintenant, avaient constitué ses seuls véritables moments de bonheur. Mais elles avaient changé depuis cette affaire à laquelle il ne comprenait rien, depuis qu'il portait ce maudit bracelet à la cheville.

Les gens le reconnaissaient, se méfiaient, restaient à distance, parlaient entre eux sans plus jamais s'adresser directement à lui.

Cette fille ; elle lui avait plu.

Il aurait bien aimé passer un moment avec elle, pour sûr.

C'était même bien parti et voilà ; dès qu'elle avait vu le bracelet, elle avait eu peur.

Il faisait peur ! Ça, il ne le supportait pas...

La faute à qui tout ça ? Aux deux cousins bien sûr, avec leurs conneries. Marco et Lucky, ils l'avaient toujours entraîné dans des coups tordus.

Pour eux, dans l'espoir d'obtenir un peu de considération, il avait insulté, volé, cherché la bagarre, forcé l'entrée de résidences secondaires pour tout casser à l'intérieur et chier dans les draps...

Lui, Patrice, ça ne l'amusait pas plus que ça. Mais il faisait semblant, juste pour crâner devant eux, pour leur plaire et gagner leur estime, ou un truc comme ça qu'il ne parvenait pas à s'expliquer. Mais cette fois, ç'avait tourné au vinaigre. Avec eux en tôle et lui parqué là comme le mouton dans son enclos.

Et il leur en voulait... à mort !

La haine, il avait vu des tas de films là-dessus, il savait ce que c'était maintenant. Il la ressentait, installée au plus profond. Elle était là, en lui, prête à exploser puis s'abattre sur les deux cousins qui n'avaient finalement qu'une chance : celle d'être à l'abri derrière les murs de leur prison.

Il entendit le loquet de la porte en bois, plusieurs fois sortir puis retomber dans son support. La Vieille grand-mère essayait d'entrer dans la grange. Elle n'y parviendrait pas. Il avait barré toutes les issues, de l'intérieur.

- Faudra bien qu'tu sortes pour manger, lui lança-t-elle avec le ricanement dépité qui ponctuait bien souvent ses phrases.

- J'viendrais chercher à manger, mais à part ça, tu m'verras plus, répliqua le garçon, étonné par son propre aplomb.

- Pis n'oublie pas qu'on a d'la visite la semaine prochaine, avait-elle ajouté, mais sans plus ricaner, plutôt dans un soupir lassé.

Il n'avait pas oublié...

21 (Sacha)

Pour consulter les pages blanches de l'annuaire téléphonique électronique, j'avais écrit sur le portail internet l'adresse du site www.lespagesjaunes.com...

Les blanches pour les jaunes ; « lol » aurait écrit, pour souligner l'ironie absurde, l'aînée de mes nièces avec laquelle je dialoguais parfois sur msn.

Une gamine de 15 ans, génération écran et partage virtuel à tout va... Un nouveau mode de vie pourvu de quelques bons côtés.

Ainsi, en deux temps trois mouvements et quelques clics, j'avais trouvé le numéro de téléphone de plusieurs anciens ou anciennes de ma troupe de théâtre saint-quentinoise. Peut-être en sauraient-ils un peu plus sur le cheminement qui avait conduit notre ami Léo à un tel drame. De plus en plus, tout cela me tarabustait.

J'appelais d'abord Catherine. Une blonde ultramince quand je l'avais connue au lycée, coiffée à la garçonne et croqueuse de garçons. Celle-ci avait la comédie dans la peau. De la troupe, elle était la seule à avoir eu assez de cran, de passion et d'insouciance pour en faire son métier. Destin artistique confirmé par sa voix sur un répondeur.

- Catherine, amuseuse professionnelle, pour me causer, le portable est plus indiqué...

Suivait un numéro de téléphone mobile que je composais aussitôt.

- Heureuse, heureuse, heureuse, que je suis heureuse, ah je suis heureuse, heureuse...

J'avais compris, elle était heureuse de m'entendre.

En cinq minutes, je savais qu'elle avait intégré une troupe en résidence près de Toulouse. Introduite, dans tous les sens du terme, par le metteur en scène. Qu'avec ce nouvel et énième amour de sa vie elle montait un spectacle de rue. Que sa jeune sœur vivait dans son appartement à Saint-Quentin mais ne répondait pas au téléphone fixe toujours dont elle était l'abonnée. Qu'elle était heureuse, heureuse, vraiment heureuse…

J'avais oublié, rien d'autre qu'elle-même et le spectacle sur lequel elle travaillait n'avait jamais intéressé Catherine.

Dès qu'une ouverture se présenta dans son monologue, je plaçais la véritable raison de mon appel…

- Dis-moi Catherine, Pour Modeste, ou plutôt Léo, tu sais quelque chose ?

- Léo ? Ah oui Léo ! Je crois qu'il ne joue plus. Tu as des nouvelles ?

Une fille admirable Catherine, mais tellement fatigante. Elle ignorait même que Léo fût assassiné.

- Oui, j'irais te voir à Toulouse, promis !

J'avais encore deux numéros supposés fiables.

Je composais celui de Lucien, un ancien des chaînes de montage de vélos et cyclomoteurs MBK qu'il refusait d'appeler autrement que « Motobécane » même des années après l'achat de l'entreprise de cycles par des Japonais. Militant communiste déçu – lui disait « trahi » - il avait été notre trésorier pour un motif majeur : parce que l'association était une section de l'Amicale laïque. Un homme de convictions, pas comédien pour un sou, mais toujours partant dès qu'il s'agissait de soutenir la jeunesse, de préférence ouvrière.

Comptant machinalement les sonneries, je tentais d'estimer son âge. Probablement dans les 75 ans aujourd'hui.

- Lucien, c'est pour toi, c'est Sacha…

C'est Huguette, sa femme encore si jolie lors de notre dernière rencontre une dizaine d'années plus tôt, qui avait répondu avec cette inimitable voix de tourterelle.

- Ah mon p'tit Sacha, il est arrivé quelque chose ?

Il était comme ça Lucien, forgé lui aussi à cette fameuse conduite de vie dont le futile était exclu. L'usage du téléphone en faisait partie. Ça coûtait de l'argent, alors ne s'en servait-on pas à la légère. Si j'appelais après tant d'années, c'est que l'heure était grave, forcément.

- Oui et non Lucien. Moi ça va très bien, et ma famille aussi.
Je connaissais le bonhomme. Il répondit par un silence.

- …

- Et vous, ça a l'air d'aller, Huguette aussi ?
- Oui…
Je le devinais à l'autre bout, se demandant déjà combien me coûterait cette communication si elle durait. Sans doute ignorait-il les formules d'abonnement illimité. Alors j'en venais au fait.

- Je t'appelle au sujet de Modeste, de Léo…
- Ah oui, c'est lui qui nous coupait les cheveux tu sais, ce salaud !
- Ce salaud ?
- Ça oui, un vrai saligaud derrière ses airs de brave type.
- Oui, je suis un peu au courant. Alors c'est vrai ce qu'on raconte sur lui ?
- Un peu que c'est vrai. Cachait bien son jeu celui-là.
- Je voulais juste avoir ton avis Lucien…
Je n'avais plus trop envie de poursuivre cette conversation dont j'avais espéré autre chose, un peu de compassion peut-être.-
        Ben mon avis, c'est qu'il a eu ce qu'il méritait !
- C'était surtout l'occasion de prendre de vos nouvelles. Au revoir Lucien, tu embrasses Huguette pour moi.
- Au revoir Sacha, passe à l'occasion, tu sais que la porte est toujours ouverte ici…
Un grand cœur Lucien, généreux pour donner de son temps à une association, offrir un café ou un apéro, même ajouter un couvert à sa table. Mais pour la chose morale, ni largesse ni mansuétude !
Pas tout à fait un hasard si j'avais choisi d'appeler Patrick en dernier. Dans mon souvenir, il restait le plus fiable avec sa façon de prendre du recul sur tout événement avant d'y risquer un commentaire.
Comme avec Catherine, notre amitié avait pris corps au lycée. Nous y étions naturellement inscrits au club théâtre qui, de notre temps en tout cas, n'avait jamais monté le moindre spectacle.

Drôle, capable de mimiques et imitations époustouflantes, Patrick était à coup sûr le plus doué de nous tous pour la comédie et la scène.

Mais il était surtout un garçon sage et de devoir, défendant bec et ongle ses options inflexibles pour la simplicité…

Après son bac, il avait pris ses distances avec les activités de loisirs pour se consacrer à des études les moins longues possible en raison de leur coût et, en dépit d'une intelligence au-dessus de la moyenne, se contenter d'un diplôme de technicien supérieur.

Il avait épousé Françoise sa petite amie de toujours, était cadre moyen dans la première entreprise qui l'avait embauché, à Saint-Quentin bien sûr. Une vie modeste et choisie, volontairement épurée du « non essentiel » disait-il. « La recette du bonheur », selon Patrick.

Lui aussi fut heureux de m'entendre. Je percevais sa sincérité. De toute façon, Patrick n'avait jamais su faire semblant, ni même envisagé de le faire.

En guise de nouvelles, il me brossa le tableau peint à l'avance de sa vie en famille, des enfants qui grandissaient, des parents qui vieillissaient, leurs dernières vacances magnifiques à la découverte des monts d'Auvergne…

- Je sais que tu dois trouver tout ça banal et puéril, mais c'est ma vie et je l'aime, me dit-il soudain.

J'avais l'impression de reprendre le fil d'une conversation laissée en suspens une quinzaine d'années plus tôt.

S'il avait su à quel point, à ce moment précis, je l'enviais ! Et je lui dis.

Nous nous étions toujours parlé très franchement. Quand nous étions plus jeunes, je le rudoyais, brocardais l'absence de hardiesse et d'ambition de ses projets, lui prédisais l'ennui. Il ne cherchait pas alors à me convaincre du contraire. Disait simplement que j'avais sans doute plus de chance que lui avec mes rêves plein la tête, mais qu'il était « comme ça », et ne changerait pas.

Des années plus tard, je n'étais pourtant pas loin de lui donner raison. Il semblait si serein.

N'en étant pas tout à fait convaincu quand même, je gardais cette réflexion pour moi.

En une minute à peine, je lui racontais à mon tour ce que j'étais « devenu ». Et je chassais aussitôt l'idée que mes rêves de l'époque, à la longue, occupaient bien peu de place dans mon autobiographie. Même si l'autobiographie en question reste en cours...

Je traduisais les silences de Patrick comme de l'étonnement. Sans doute m'imaginait-il avec un parcours moins conventionnel, jalonné d'inattendu. Pour la première fois peut-être, je réalisais que philosopher sur mon refus de me « ranger dans la vie » n'avait pas suffi. Que la vie s'était elle-même chargée de me ranger quand même. Et je me voyais rangé par la vie, posé sur une étagère pleine de vide, et Patrick posé sur celle d'à côté, pleine à craquer.

Il avait toujours admiré ma liberté de pensées. À cet instant, j'enviais la simplification résolue de ses raisonnements bien assis sur l'essentiel.

Je chassais l'image des étagères car elle me gênait, et puis Patrick attendait de connaître le motif de mon appel, après tant d'années de silence.

- Je voudrais que tu me parles de Léo... tu sais quelque chose ?

- Ah, je me disais aussi, depuis plus d'un an qu'il est mort, que tu devais avoir bien changé pour rester indifférent comme ça...

- Je ne l'ai pas su tout de suite. Je ne lis plus Nouvelles de l'Aisne. Ma mère, si elle était au courant, n'a probablement pas eu envie d'en parler. Quant à mes frères et ma sœur, ils n'ont peut-être même pas fait le rapprochement entre le Léo qu'ils ont connu avec nous et Modeste Person...

- Que veux-tu savoir ?

22 (Nina)

Afin de découvrir le mot de passe qui lui manquait, Nina avait passé le début de soirée à aligner sur la page d'un cahier des mots, des chiffres... Le fruit préféré de Gwladys, le prénom de son premier flirt, des dates de naissance...
Elle tentait de s'immiscer dans le même raisonnement que sa sœur, si elle avait à choisir une clé pour son ordinateur.
Pour ne pas aller au plus simple, Nina s'était d'abord attaquée à la session nommée « Éric ». Surprise, elle y accéda à sa troisième tentative. Le jeune homme avait tout simplement introduit comme mot de passe le prénom de Gwladys.
  - Il était vraiment très amoureux, se dit Nina à voix haute.
De plus en plus souvent, elle alimentait ainsi la conversation pour elle seule.
Dans le petit univers virtuel d'Éric, rien, ou presque. Juste une fenêtre réduite de dialogue par msn dont les champs, adresse et mot de passe, étaient vides. Il ne devait pas utiliser beaucoup cet ordinateur aux allures de gadget.
Suivant la même logique, Nina ouvrit la cession « Gwladys » du premier coup, avec une clé nommée « Éric ».
Elle fut accueillie par un fond d'écran inattendu.
La photo d'une belle femme apparaissant de dos. Elle marchait sur un chemin de montagne. À demi retournée, elle adressait un sourire à l'objectif. L'image l'avait figée dans une pose en léger profil, à la cambrure des reins volontairement accentuée, voire exagérée. Le contre-jour d'un soleil couchant jaune orangé enveloppait ce corps d'ombres douces, tel un voile de pudeur. Un érotisme fou.
La marcheuse était nue. C'était Gwladys.
Plus loin derrière elle, sur une lumière verticale projetée de la vallée, se découpaient d'autres silhouettes indifférentes, parmi lesquelles Nina reconnaissait Éric.

- Éric n'avait donc pas été le photographe, se dit-elle avec une moue amusée.

Pendant qu'elle observait l'image, l'ordinateur travaillait, posait plusieurs icônes sur cette scène de promenade à la fois belle, érotique, provocante et troublante.

Une fenêtre de dialogue s'ouvrit d'elle-même, comme sur la session d'Éric, réduite sur la droite de l'écran. Une adresse mémorisée s'afficha. C'était celle que Nina utilisait « autrefois » pour tchater avec sa sœur : ninabastaos@hotmail.fr

Elles y avaient passé des heures et des heures…

Une autre fenêtre, plus petite, signalait « à portée » plusieurs accès sans fil au réseau internet. Dont celui correspondant à l'abonnement qu'avait souscrit Nina. Elle y connecta le petit ordinateur.

Aussitôt, d'autres fenêtres apparurent, proposant d'installer des mises à jour d'un système si longtemps resté en sommeil. Nina le réveillait en quelque sorte. Elle cliqua sur « ok ».

Et la machine s'octroya plusieurs minutes, s'occupant d'elle-même, sans l'aide de personne. S'éteignit sans rien demander, puis redémarra sans en demander davantage…

Nina rouvrit la cession nommée « Gwladys », bien décidée à en explorer les moindres recoins. Étrangement, elle se sentait libérée de toute émotion désormais, et surtout du sentiment de culpabilité auparavant éprouvé à l'idée de déranger l'intimité réputée tranquille de sa sœur.

Nina était la cadette. Moins de 18 mois les séparaient. Elles avaient grandi « comme des sœurs jumelles » se disaient-elles souvent, et avaient tant partagé.

Sur l'intimité secrète de Gwladys, elle en savait déjà beaucoup. Elle se souvenait qu'elle-même avait quasiment tout raconté, tout confié à son aînée.

Chacune quémandait l'avis de l'autre. Au moment de prendre une décision, de faire un choix, cet avis comptait toujours.

Elle mesurait à quel point la disparition brutale de cette connivence la déstabilisait encore.

Pourtant, en observant ce fond d'écran, cette féminité accentuée et exhibée dans un contexte si éloigné de l'image du couple idéal définitivement laissée par Gwladys et Éric, Nina se dit que sa sœur en avait gardé par-devers elle. Surprise d'avoir été exclue de cette confidence-là, elle pressentait un motif forcément inavouable. Mais quoi ?

Elle pressentait la réponse dans ce petit ordinateur dont elle devait poursuivre l'exploration. Explorer, certes, mais Nina ne voyait guère par où commencer.

Presque dans un réflexe, elle prit son téléphone et composa un numéro qu'elle connaissait par cœur, celui de Jérémy.

Il avait grandi avec les jeux vidéo et jouait désormais en ligne, cherchant trucs et astuces en dénichant des sites impensables sur la toile. L'ordinateur, c'était son rayon. Alors que de son côté, Nina n'était pas une forcenée du virtuel. Il saurait la conseiller.

Il décrocha d'une voix endormie…

- C'est Nina, dit-elle.

- Qu'est-ce qui se passe ?

- J'ai récupéré l'ordinateur de Gwladys et je pensais que tu pourrais m'aider à ouvrir des trucs dessus.

- Ah, tu es encore dans ce trip…

- C'est important pour moi, tu le sais bien.

- Oh, je le sais. Je ne le sais que trop !

Il n'était plus endormi…

- Donc voilà Jérémy…

Mais il la coupa fermement.

- Tu as vu l'heure ?

Non, elle n'avait pas vu l'heure. D'ailleurs, elle n'avait pas l'heure. Si elle portait parfois une montre, c'était comme un bijou, de la déco.

Chez elle, aucune horloge. Elle pensait qu'aujourd'hui on voyait ou entendait l'heure à chaque instant et partout : dans la rue sur des enseignes lumineuses, sur le tableau de bord des voitures, sur le compteur de son vélo, sur son téléphone portable, sur son ordinateur...

Machinalement, elle regarda l'écran du PC de Gwladys, en bas à droite et lut : 1 h 27.

- Ouh là, excuse-moi, il est tard...

- Oui, il est tard...

Décontenancée par la froideur de cet accueil, Nina ne savait plus quoi dire, et questionna quand même.

- Tu ne veux pas m'aider ? Quelque chose ne va pas ?

Elle comprit aussitôt qu'il n'avait pas écouté. Elle l'entendit qui parlait, éloigné sans doute du combiné téléphonique, où une main pressée dessus. Les mots restaient incompréhensibles mais pas la situation.

- J'en ai un peu marre de ces histoires. J'ai décidé de passer à autre chose, tu le sais bien.

Il avait remis de la douceur dans sa voix, mais le propos restait ferme, presque dur pour elle.

Nina réalisa que c'était le point final à leur histoire. Il ne l'aiderait pas. Il n'était pas seul. Elle ne lui en voulait pas.

- Je n'avais pas fait attention à l'heure Jérémy. Excuse-moi. Bonne nuit.

Et elle raccrocha.

- Au moins, voilà une situation éclaircie une bonne fois pour toutes, se dit-elle.

Elle croyait à la vérité de pas mal de proverbes anciens et se dit qu'en l'occurrence il s'agissait probablement là « d'un mal pour un bien ». Elle aussi pouvait « passer à autre chose ».

Pour se faire aider, être guidée dans les méandres du PC, elle avait une autre et belle idée.

Une idée qu'elle ne pouvait décemment pas déranger à une heure et demie du matin. Elle verrait ça demain.

23 (Sacha)

Toujours aussi direct Patrick.

Son « que veux-tu savoir ? » m'avait laissé sans voix.

Lui non plus ne parlait plus, il attendait… Il attendait ma réponse… Mais aucune ne me venait comme ça. Et je lâchais, me surprenant moi-même, un drôle de « je ne sais pas en fait »…

Je me sentis idiot, mais juste un bref instant, sauvé de cet état par la réplique de Patrick, une forme de solidarité dans l'incompréhension qui nous taraudait l'esprit, à l'un comme à l'autre.

- Moi aussi je suis perplexe tu sais. Tout ça lui ressemble si peu…

Patrick partageait donc mes réserves. Comme moi, il ne parvenait pas à condamner notre ancien ami Léo, encore moins à admettre le portrait qu'en livraient à l'opinion les journaux, les télés, les radios, et plus encore les sites de pseudo information sur internet…

Rasséréné par sa réaction, soulagé de n'être pas le seul à douter, je relançais la conversation.

- Tu le voyais encore ?

- Oui, naturellement. Notre coiffeur, c'était lui. À Françoise et aux enfants aussi. C'était un bon tu sais dans son métier. Et avec des tarifs hyper raisonnables.

- Et il te parlait de sa vie ?

- Dans les grandes lignes. Mais comme il y avait toujours du monde autour, il ne rentrait jamais dans les détails. Moi non plus d'ailleurs.

- Ah oui, tu ne le voyais qu'au salon de coiffure alors…

- Oui…

Un instant, Patrick resta silencieux. J'allais lui demander, faute de confidences de Léo, l'impression qu'il en avait eu lors de ses derniers rendez-vous chez son coiffeur et ami. Il devança ma question.

- Il avait l'air bien dans ses godasses tu sais, me dit-il.

- Il avait beaucoup changé ?

- Dans sa façon de parler, de s'émerveiller avec des choses simples, de s'intéresser aux gens, il était exactement le même qu'à l'époque du théâtre. Physiquement, c'est autre chose...

- Comment ça ?

- Si j'ai bien compris, il s'entretenait dans une salle de sport, musculation et tout. Il avait forci, s'habillait toujours avec élégance. Ah il avait de la classe. Mais tu le connais. Il ne frimait pas pour autant. Il aimait que les gens prennent soin d'eux, lui comme les autres. C'était naturel chez lui...

- Ah oui, je me souviens ; il disait tout le temps que l'élégance, c'était un cadeau à offrir au regard des autres, même à des inconnus autour de soi.

- Oui, je me souviens de ça aussi. Et qu'au contraire, le laisser-aller était grossier, un manque de respect, ajouta Patrick.

- Mais je pensais qu'il disait surtout ça pour la scène à l'époque.

- Eh bien en tout cas, c'est un art de vivre qu'il avait peaufiné avec l'âge, surtout à partir du moment où il a commencé à gagner des sous...

- Parce que ça marchait bien pour lui ?

- Hou là oui, son salon devenait l'une des plus belles affaires du genre à Saint-Quentin...

- Il faisait peut-être des jaloux ?

- Oh, ne t'imagine pas qu'il aurait pu être descendu pour ça. A ma connaissance, ce genre de mafia n'existe pas ici...

J'entendais Patrick qui riait quand même. Mon intention de chercher une autre piste l'amusait. Ou alors la trouvait-il si dérisoire qu'elle en était risible.

- Tu me trouves ridicule, mais en fait je ne sais pas grand-chose de ce qu'on raconte sur place sur le compte de Léo. C'est pour ça que je t'appelle, pour connaître le sentiment d'un ami de Léo, mais surtout de quelqu'un qui baigne dans l'ambiance forcément passionnée autour de cette affaire. Je connais Saint-Quentin qui n'a pas dû changer beaucoup. Et ça doit sacrément jaser sur la place...

- C'est plus que ça, si tu voyais. Une vraie mobilisation. Le soutien à Mireille Martin est énorme. Il y a même une association. Va voir son site internet, tu seras édifié…

Je notai l'adresse du site en question. Quand je lui confiai mon intention d'assister au procès, il me répondit qu'il n'en voyait pas l'intérêt. Nous avons raccroché, en nous promettant « bien entendu » de nous voir, la prochaine fois que je reviendrais au pays. Moi je le voyais l'intérêt d'assister au procès.

Modeste Person, que Patrick semblait être le seul à ne pas traîner dans la boue, ce Léo de nos belles années de jeunesse, avait mis ses pas dans les miens. Il m'avait élevé en modèle jusqu'à exercer la même profession. Il était venu jusqu'à Saint-Gilles-Croix-de-Vie pour me voir au moment même de sa liaison avec celle qui l'avait fait assassiner, Mireille Martin. Et de plus en plus, cette visite manquée me hantait.

Quelques minutes plus tard, le moteur de recherche de mon ordinateur trouvait le site internet indiqué par Patrick. Celui d'un comité de soutien à Mireille Martin.

Il comportait un forum sur lequel d'innombrables messages disaient tous à peu près la même chose : à sa place, celle de Mireille Martin bien entendu, tous auraient fait pareil…

Dans l'opinion publique, c'est clair, Modeste Person avait eu le seul châtiment conforme à son comportement : la mort !

Sans doute avais-je manqué quelque chose…

Je cliquais sur un lien appelé « revue de presse ». Les journalistes auraient forcément pris davantage de recul.

24 (Patrice)

Patrice avait déjà passé deux nuits dans la grange. Au début, la Vieille grand-mère s'était inquiétée. Elle avançait jusqu'à la porte, collait une oreille contre le bois saturé d'huile de vidange en guise de protection contre l'humidité et la pourriture. Puis, sans même essayer d'ouvrir, elle criait en levant le visage vers ciel, comme si sa voix allait occuper ainsi plus d'espace.

- Patrice, mais qu'est-ce que tu fais là-dedans ?

Jamais il ne répondait. Mais elle l'entendait. Il grattait, frappait, traînait, portait, s'activait...

Au moins n'avait-il pas, comme elle l'avait redouté dans un premier temps, l'intention de faire une bêtise, genre se passer une corde au cou comme l'avait fait le grand-père une vingtaine d'années plus tôt dans cette même grange, après que sa fille eut définitivement mal tourné.

Et puis, même sans prononcer la moindre parole, le garçon sortait de temps en temps, verrouillait derrière lui la porte du bâtiment de ferme, prenait le temps de manger.

Une fois, il avait même fouiné dans les cassettes vidéo. Il avait regardé à plusieurs reprises le même film. Un Rambo...

Elle l'avait cru de retour au bercail. Mais non !

Patrice, le visage fermé comme elle ne lui avait jamais vu, s'était levé d'un bond du fauteuil défoncé devant la télé, pour à nouveau s'enfermer dans la grange où elle l'entendait, encore occupé à une besogne acharnée.

Il avait changé. Elle ne se sentait plus capable de la moindre autorité. Elle attendait.

25 (Nina)

Nina s'était couchée tard. Elle avait traîné dans son petit appartement, avait ouvert plusieurs livres sans parvenir à entrer dans la moindre histoire, avait zappé au hasard d'une multitude de chaînes de la télé câblée sans qu'aucune accroche son intérêt. Puis sans même y penser, elle s'était retrouvée à tapoter encore sur le clavier du petit ordinateur récupéré de Gwladys.

Elle n'était pas allée plus loin que le fond d'écran, fascinée par cette image magnifique de sa sœur en randonneuse radieuse et nue sur un chemin de montagne. Car il s'agissait bien de cela. Sur cette photo, l'expression de Gwladys était au-delà du bonheur. Elle était radieuse.

Pourquoi ne lui avait-elle rien dit d'un tel moment de plénitude, au-delà de la joie ?

Nina s'était couchée avec cette interrogation.

Gwladys lui avait confié tant de ses secrets, petits ou grands, qu'elle s'était prise, jusqu'à cet instant, pour sa confidente absolue. Rôle qu'elle se plaisait à entretenir plus encore depuis cette affreuse disparition.

- Je suis bien vaniteuse, se reprochait-elle.

Car cette photo, comme le début d'un mystère, induisait la conviction d'avoir surestimé cette connivence. Persuadée, Nina, d'être bien loin de tout savoir de sa sœur.

Au réveil, elle pensait toujours à cette photo. Elle la mettait en relation avec de courtes vacances printanières d'Éric et Gwladys. Un séjour sur lequel sa sœur n'avait guère livré de détails mais dont elle était revenue d'excellente humeur et toujours plus amoureuse, d'Éric.

Nina lui en avait d'ailleurs fait la remarque.

- Je ne te croyais pas capable de fondre autant pour un mec, lui avait-elle dit.

- Ah tu sais, il a été merveilleux durant ces vacances. Il est merveilleux…

Gwladys avait répondu, le regard dans rien. Plutôt avec des yeux de brume qui, à cet instant, semblaient regarder en arrière, des paysages ou des images qu'elle seule pouvait contempler.

Curieuse comme une pie, Nina avait tenté d'en savoir davantage. Elle qui ne s'estimait guère sentimentale, adhérait moyennement à l'état de plénitude affiché par sa sœur.

- Mais vous avez fait quoi là-bas ?

- Oh, de la rando…

- C'est tout ?

- Le reste ne te regarde pas, avait répliqué Gwladys avec une expression mutine.

Nina avait peut-être boudé un peu et sa sœur avait raconté, des paysages superbes, des amis charmants et joyeux avec lesquels ils avaient passé d'excellents moments.

- Quels amis, avait questionné Nina.

- Oh, tu ne les connais pas, des amis d'Éric. Ils ne sont pas de la région, avait éludé Gwladys.

Dans le souvenir de Nina, ces vacances inhabituelles, Éric et Gwladys les avaient prises un an peut-être avant leur fin tragique.

C'est là, sans aucun doute, qu'avait été prise la photo du fond d'écran.

Tout au long de sa scolarité, Nina avait affirmé qu'elle serait professeur de français, « quand elle serait grande ».

L'année de ses 18 ans et d'un bac décroché haut la main, cette certitude l'avait abandonnée en quelques semaines de fac de lettres. Et elle avait plutôt bien réussi sa conversion dans de très différentes études des métiers du tourisme.

« Une vocation sexuellement transmissible », l'avait parfois taquinée Gwladys, l'une des seules à savoir que cet être-là, sa cadette avait passé plus d'une nuit dans les bras d'un animateur de camps de vacances. Une de leurs histoires classées « top secret », d'autant que le beau « G O » en question fut par ailleurs marié et papa...

Toujours est-il que Nina avait trouvé sa voie.

Vêtue d'une jupe et d'un top imprimés. Une création espagnole découverte à Barcelone, une ville dont elle était tombée quasiment amoureuse, Nina avançait d'un pas décidé vers la place du Commerce.

Des hommes, mais aussi des femmes, tournaient irrésistiblement la tête dans son sillage. Sur l'élégance au naturel...

Nina poussa la porte vitrée de l'agence de voyages où elle ne travaillait plus depuis plusieurs semaines.

Elle s'était mise en congés, comptait bien reprendre des études mais ne l'avait toujours pas fait, vivait sur un petit pécule donné par ses parents.

Gwladys avait mentionné leur nom sur un contrat d'assurance. Ils n'avaient pas voulu d'une somme justifiée par la mort de leur fille aînée, l'avaient versée sur le compte de Nina sans même solliciter son avis.

Quelque peu mal à l'aise, la jeune femme avait interrogé la mémoire de sa sœur, ne sachant trop que faire de cette prime au malheur. Elle avait distinctement entendu la réponse, une voix d'outre-tombe.

- Profite ! lui disait Gwladys.

Et c'est bien ce qu'elle aurait dit, si elle avait pu...

Nina salua à la cantonade, personnel et clientèle de l'agence de voyages, et se dirigea tout droit vers un bureau aux murs de verre et à la porte ouverte. Une jeune femme multi races y était assise, penchée sur l'écran d'un ordinateur. Elle n'en leva le nez qu'en reconnaissant la voix de Nina qui lui disait.

- Salut mon indienne préférée !

L'indienne en question secoua une épaisse chevelure noire et bouclée. La tignasse s'ouvrit sur un visage rude et concentré, transformé en une fraction de seconde par un sourire lumineux. Nimisha, ne connaissait pas vraiment ses origines. C'était une enfant de l'immigration par adoption. Nina adorait cette fille qui avait le don de tout simplifier.

Dans l'agence, elle n'avait pas d'égale pour dégoter sur internet n'importe quelle destination, les meilleurs prix et services, et aussi détecter les pièges et entourloupes les mieux dissimulés.

- Tiens, tiens, ma p'tite Nina s'ennuierait-elle ?

Debout, elle avait attiré Nina contre elle pour serrer brièvement son visage contre sa poitrine, en signe d'amitié. Une tête séparait les deux filles.

Arrière redoutée par ses adversaires dans une équipe de handball de la banlieue nantaise, Nimisha avouait 1,78 m, oubliant au passage quelques centimètres qui la faisaient culminer au-delà du mètre quatre-vingts.

Sa taille l'avait longtemps affublée d'un terrible complexe, dissipé depuis qu'un garçon presque aussi grand qu'elle la comblait d'attentions passionnées, sans pour autant l'envahir outre mesure.

- Je ne m'ennuie pas ma jolie métisse, mais j'ai besoin de tes lumières. Je crois que tu peux m'aider…

- Tiens donc, un mois et demi sans nouvelles et hop, on se rappelle sa copine parce qu'on a besoin d'elle !

Nina ne marchait pas dans ce genre de provocation…

- Parce que tu m'en as donné toi des nouvelles ?

- Ah, je vois, toujours aussi pugnace la p'tite nana. Super, j'adore, c'est signe que tu vas bien.

- Plutôt pas mal oui. Plus de mec, libre comme le vent. Je crois que ça me va en ce moment. Et toi ?

- Moi ça roucoule toujours avec mon Grand, alors le reste tu sais…

- Oui, le reste tu t'en fous. Mais as-tu quand même cinq minutes à m'accorder ou préfères-tu passer me voir après ton boulot ? J'ai besoin de trouver un truc sur un ordinateur. Je suis certaine que tu saurais…

- Quel genre ?

- Un mot de passe ou un moyen pour ouvrir une cession.

- Tu as oublié ton mot de passe ?

- Non, celui de ma sœur, j'ai récupéré son ordinateur...

Et Nina tapotait du plat de la main sur son sac dans lequel elle avait glissé le PC.

En un instant, le visage de Nimisha avait renoué avec la concentration, avec sa rudesse.

- Et il tient là-dedans ?
- Ben oui, regarde !
- Ah oui, c'est un Eee pc, je vois.
- Tu vois quoi, ça complique ?
- Non, juste que je me demandais comment un Pc normal pouvait tenir dans un si p'tit sac.
- Bon, ce n'est pas ça l'important. Tu peux m'aider à l'ouvrir ou pas ?
- Pas maintenant, mais prépare-moi un truc à déjeuner vite fait et je passe à midi. Ce soir je ne peux pas, j'ai entraînement au hand. C'est sans garantie, mais on verra ce qu'on peut faire. Maintenant, file, j'ai plein de boulot et tu connais nos chefaillons... Je sonne chez toi dans une bonne heure !

Elle posa une bise sur le front de Nina et se rassit sans plus la regarder.

Nina traversa à nouveau l'agence dans l'autre sens, se demandant ce qu'en une heure elle pourrait préparer à déjeuner qui conviendrait à Nimisha. La porte se refermait déjà derrière elle.

Ses autres ex-collègues s'étaient faits si discrets qu'elle avait oublié de les saluer en partant. Elle arrêta le battant, tendit la tête vers l'intérieur et lança un chaleureux « au revoir tout le monde », auquel personne ne répondit. Chacun ou chacune mimant l'affairement à sa tâche.

Elle en avait l'habitude. Depuis l'assassinat de sa sœur, Nina avait souvent perçu une gêne engendrée par le seul fait de sa présence. Il arrivait même que ses manifestations de joie suscitent l'étonnement, comme si elle n'avait plus à partager désormais que de la compassion.

Pour échapper à ce phénomène surtout, elle avait pris quelque distance avec ses activités « d'avant ». Convaincue que pour tourner la page et renouer avec l'insouciance dont a besoin le bonheur, elle devait changer d'environnement, changer d'entourage… À quelque exception près, dont Nimisha.

26 (Sacha)

Sur le site internet du Comité de soutien à Mireille Martin, il fallait lire la revue de presse à l'envers pour rester dans la chronologie des faits. Le premier article de la liste, aussi le plus récent, était titré sans ambiguïté : *« Une seule justice : l'acquittement ! »*

En faisant défiler les titres et les dates, je me retrouvais aux premiers jours de l'affaire avec des textes plutôt sobres, qu'il me semblait avoir déjà lus. Un peu les mêmes que ceux découverts quelques mois plus tôt dans les pages de Nouvelles de l'Aisne.

Jusqu'à ce que les enquêteurs, presque toujours cités avec les adjectifs *« patients, minutieux, efficaces »*, découvrent son assassin, Léo était donc évoqué comme *« un gars sympa »*.

Les articles étaient listés par titres. Il suffisait de cliquer sur l'un ou sur l'autre et une copie apparaissait, libre à la lecture.

« Un coiffeur de Saint-Quentin tué à coup de fusil de chasse devant ses employés » ; on était au lendemain de la mort de Léo.

« Exécuté à bout portant » ; on était au surlendemain et la deuxième partie du texte était encore sous-titrée *« Un gars sympa »*.

« Portrait-robot de l'assassin présumé » ; trois jours plus tard, avec une enquête présagée *« longue et difficile »*.

Et en effet, plus rien durant plusieurs semaines. Modeste Person avait été tué début juin. La lecture reprenait au cœur de l'été.

« Contaminée par le virus du sida, elle fait assassiner son ami » ; l'illustration montrait un joli portrait de Léo, légèrement de profil, souriant. L'article commençait par citer les services ayant *« conjointement »* travaillé sur cette *« longue et minutieuse enquête »*. Au bout de cette barbante énumération, on lisait le rappel des conditions dans lesquelles mon ami de jeunesse avait été tué, et enfin les faits nouveaux.

Une lecture quasi intégrale s'imposait : *« Les gendarmes ont retrouvé celui qui avait tué le coiffeur d'une balle en plein cœur, et avancent même sur l'ébauche d'un mobile. Il s'agit d'un véritable drame de société. Contaminée par le virus du sida par Modeste Person, une certaine Mireille Martin, 50 ans, domiciliée à Compiègne (Oise), aurait sollicité une de ses anciennes relations afin d'abattre le coiffeur. Il s'agit d'un jeune homme de 23 ans dont le nom n'a pas été communiqué, connu par les services de gendarmerie pour des larcins et qui habite la banlieue compiégnoise. »*

L'article poursuivait avec des détails sur la procédure et l'attente de révélations, pour conclure avec des *« enquêteurs qui poursuivent leurs investigations »*.

Mais dans un autre quotidien national, un journaliste n'avait pas pris le temps d'attendre de *« nouvelles révélations »*. Il avait lui-même interrogé, et surtout commenté.

Un bel exercice paru un jour plus tard sous un titre en forme d'invitation au débat : *« Qui est le plus coupable ? »*

Et déjà tant porteur d'insidieuses accusations.

Il disait avoir interrogé des habitants du quartier où Modeste Person avait son salon de coiffure. Que ces derniers s'étaient *« réveillés avec la gueule de bois en apprenant le mobile du crime »*, et qu'ils *« ne parvenaient pas à condamner complètement le geste du meurtrier »*. Le ton était donné…

Et de raconter autour d'une photo montrant la devanture du salon de coiffure : *« Modeste Person avait effectivement contaminé son amie du virus du sida pendant la période de deux ans où ils avaient vécu ensemble. Tout en se sachant atteint, il était peu précautionneux lors de rapports intimes, pour protéger sa partenaire de cette terrible maladie. »*

Et de compromettre également celles et ceux qui auraient pu entretenir avec lui une relation sexuelle ou amoureuse.

« Modeste Person comptait dans son entourage de nombreuses conquêtes qui, à l'heure actuelle, sont peut-être également porteuses du virus. Et les gens se demandent en effet : qui est le plus coupable ? »

L'article citait trois témoignages de personnes interrogées dans la rue. Trois témoins qui se rejoignaient sur une conclusion : *« Mireille Martin qui est aujourd'hui séropositive, il faut aussi se mettre à sa place ! »*

Le même jour, les rédacteurs d'un autre journal s'étaient mis à deux pour disserter sur un questionnement assez proche.

« Sida : une maladie mais aussi une arme », avaient-ils titré.

Leur accroche ne s'embarrassait guère de la mémoire de Modeste Person.

« La tragique « affaire du coiffeur » de Saint-Quentin repose l'énoncé d'un problème complexe : la responsabilité morale de ceux qui cachent leur maladie et la propagent en sachant qu'elle est mortelle. Le crime serait-il parfait ? »

Cette fois, la reproduction d'une affiche incitant à la tolérance envers les porteurs de virus, illustrait l'article. Il rappelait encore les faits, précisait les soupçons qui pesaient sur Mireille Martin. Ceux d'avoir bel et bien passé un contrat avec un jeune homme pour qu'il tue son ancien amant. Les enquêteurs avaient finalement appris *« la terrible vérité »*.

Cette lecture me fascinait.

« Une femme ayant vécu deux ans avec modeste Person aurait reçu de lui le virus du sida, sans que jamais il lui ait confié être atteint de ce mal (encore considéré par beaucoup, et à tort, comme une maladie honteuse).

C'est cette femme, broyée par la douleur et sans doute exaltée par la colère, qui aurait demandé à l'une de ses relations de la venger en supprimant celui qu'elle estime être un assassin. »

Je passais un long paragraphe sans intérêt qui vantait une nouvelle fois le mérite des enquêteurs, et retrouvais posé quelques lignes plus loin le *« problème moral »*.

« [...] L'enquête est loin d'être close, mais d'ores et déjà est posée la question de la responsabilité des malades contaminant leur partenaire. Une responsabilité dont le poids ne peut échapper à personne et qui sur le plan juridique entre dans un cadre précis. »

Pour étayer leur propos, les deux rédacteurs avaient interrogé un magistrat. Il leur avait cité des articles du code pénal pour expliquer que « *quiconque par maladresse, imprudence, inattention, négligence ou inobservation des règlements aura provoqué des blessures ou la mort d'un tiers, sera poursuivi pour blessure ou homicide involontaire.* »

Plusieurs lignes plus loin encore, ils allaient chercher dans la jurisprudence des États-Unis où « *a été plaidé un cas similaire que les juges et les magistrats traitèrent comme une affaire d'empoisonnement, c'est-à-dire un crime* ».

Je réalisais alors ce qui arrivait à mon ami Léo, à sa mémoire en tout cas. L'idée qu'il soit davantage criminel que victime se trouvait là clairement exprimée.

L'atténuation qui suivait n'y changeait pas grand-chose.

« *Il ne peut y avoir crime que si l'on peut prouver que la maladie est utilisée comme une arme, à l'exemple des seringues infectées dont se servent parfois des drogués aux abois, comme d'autres utilisent un poignard ou un pistolet… * »

Et la conclusion tombait déjà comme une sentence : « *Dans de nombreux cas de contamination, il s'agit d'ignorance. Ce qui au demeurant n'atténue en rien la gravité de la cause mais explique en partie la relative indulgence ou compréhension manifestée à l'égard des coupables* ».

Un « *crime* », celui de Léo !

Un « *coupable* », Léo !

Mort, Léo n'aurait jamais affaire à la justice. Mais cette presse se chargeait de le juger.

Pour cela, elle étayait une idée de culpabilité à imputer à celui qui restait, malgré tout, la victime, fouillait sa vie. Et je retrouvais la personnalité du Léo fêtard et jouisseur, si souvent admirée autrefois, mais ici brocardée.

« *Le sens du contact de ce joli garçon faisait merveille. Person aimait qu'on l'admire. Le samedi précédent le drame, il participait à un défilé de mode dans une boîte de nuit de l'autre côté de la frontière belge. Sa queue-de-cheval, ses tenues élégantes et la Chevrolet qui le conduisait jusqu'aux tapis verts des casinos de la Côte d'Opale et des cercles de jeux parisiens, véhiculaient l'image d'un séducteur toujours entreprenant... »*

Je souriais à l'évocation de cette Chevrolet. Un jour, Léo m'avait montré, au fond d'un hangar, protégée sous une bâche, une vieille voiture en ruine rachetée des années plus tôt par son père. Elle le fascinait et il se promettait, aussi en hommage à ce père mort trop tôt dans un accident du travail, de la restaurer un jour avec quelques amis mécanos, passionnés comme lui par les vieilles mécaniques...

Et cet article décrivait ensuite le coureur de jupons. C'est vrai, cela nous avait amusés autrefois : il dressait l'oreille au moindre bruit de talons jouant des percussions sur le sol...

« Il multipliait les aventures qu'il suscitait même à la rubrique rencontres de sites internet, explique une de ses anciennes camarades. » Ce qui aurait d'ailleurs, toujours selon cette rédaction, provoqué la rupture avec Mireille Martin que *« cela rendait complètement folle... »*

Toujours parmi les morceaux choisis : *« L'amour avait fait place à la haine. Person brûlait la chandelle par les deux bouts ; allait souvent dans des bars de rencontres en Belgique ou à Paris ».*

Et Mireille Martin dans tout ça ? Le même article nous apprenait, l'identifiant comme *«la maîtresse délaissée »*, qu'elle *« vivait son chagrin d'amour seule, jusqu'au jour où Person lui annonça sa séropositivité, sans exprimer le moindre regret ».*

Déjà, Mireille Martin lui aurait répondu : *« Tu m'as donné la mort, tu la mérites aussi »...*

Une autre photo de Léo illustrait l'article. On le voyait, d'une extrême élégance, dansant devant un public souriant. La légende évoquait le défilé de mode.

La même photo, recadrée cette fois sur Léo, accompagnait l'article suivant, titré *« Les nuits fauves de Modeste Person »*. Il était tiré d'un autre magazine, et allait toujours plus loin, avec un coiffeur présenté comme *« un gigolo, un dragueur ordinaire, flambeur de discothèques, Don juan la nuit qui redevient Figaro le jour à Saint-Quentin où il se contente de couper les cheveux et frimer gentiment ».*

Une habituée du salon de coiffure avait été interrogée. Je me dis qu'elle devait le regretter, présentée comme *« une cliente encore tout émoustillée d'avoir bien connu un aussi fascinant personnage ».* Elle parlait de Léo avec des mots positifs : *« il était élégant, cultivé, parler avec lui était un plaisir ».* On la faisait passer pour une cruche !

Le patron du *« bistrot d'à côté »,* probablement voisin du salon de coiffure de Léo, avait beau déclarer que *« ici on se respecte et la vie privée des gens, c'est leur problème »,* j'eus la désagréable impression que ce rédacteur s'acharnait, comme les autres, ou plus encore, comme si ces plumitifs s'adonnaient à une surenchère.

Un long paragraphe, par ailleurs très écrit dans un style de polar sociologique, évoquait le parcours à la fois professionnel et amoureux de Léo, alias Modeste Person.

« Deux fois marié, deux fois divorcé. Employé dans un salon du Vieux Lille, il était devenu l'amant de la patronne. C'est elle qui lui avait donné un coup de pouce pour reprendre une affaire à Saint-Quentin. Mais même devenu un patron avec des responsabilités, c'était toujours champagne et petites pépées. »

"Elles lui tombaient toutes dans les bras, les minettes et celles de 50 ans", se souviennent des gars du coin avec une pointe de jalousie qui perdure.

Sa rencontre avec Mireille Martin, dans une boîte de nuit en Belgique, aurait dû être une péripétie, une ligne supplémentaire dans la longue liste de ses éphémères conquêtes. Mais cette grande blonde, élégante sportive de 49 ans (il en a alors 32), tombe folle amoureuse du beau Modeste.

Lui ne prend guère le temps de tricoter dans la romance sentimentale, mène parallèlement une liaison avec l'une de ses employées et continue ses tumultueuses virées, toujours plus vite, toujours plus fort, surtout depuis qu'il sait être séropositif. Une manière peut-être d'en profiter au maximum, de finir en beauté, comme dans Les nuits fauves, le film de Cyril Collard.

Sauf que, cette forme de romantisme moderne, si elle fait des entrées au cinéma, ne sème que mort et destruction dans la réalité quotidienne.

Déjà larguée, bafouée, Mireille apprend qu'elle a attrapé le virus. Son amour n'est plus qu'un bloc de haine. Elle parle qu'elle voudrait tuer Modeste Person. Un jeune homme qui l'aimait le fera pour elle... »

Plusieurs articles attribuaient aussi à Léo une tentative d'incendie volontaire de son salon de coiffure *« sans doute pour toucher l'argent de l'assurance et fuir en Espagne avec sa maîtresse du moment, une ancienne de ses salariées, shampouineuse et d'origine espagnole... »*

Parfois, il me semblait lire un roman. Mais non, c'était bien de l'information.

Je décrochais mon téléphone, composais à nouveau le numéro de Patrick, fus accueilli par une voix d'enfant.

- T'es qui ?

- Sacha, je connais ton papa...

Et j'entendis l'enfant qui disait : « maman, c'est un monsieur qui fait semblant d'être un chat... ».

Françoise riait en me disant « allô ».

Patrick était sorti. Il lui avait rapporté notre conversation et elle ne fut pas surprise de m'entendre.

- J'ai lu la revue de presse sur le site internet des défenseurs de Mireille Martin, lui dis-je.

- Alors tu as compris. Ici, les gens ne la condamnent pas. Pour eux, s'il y a un assassin, c'est Léo.

- C'est à ce point ?

- Tu n'imagines même pas...

Elle semblait occupée, disait aux enfants qui la réclamaient de patienter « une minute », puis revenait à son propos.

- Dis à Patrick que j'ai suivi son conseil et que ma lanterne est éclairée, mais je viendrai quand même au procès. Je passerai vous dire bonjour.

- Oui, préviens, tu viendras dîner...

Là-bas, c'est culturel ; quand les amis passent, on les garde à dîner...

27 (Nina)

Nimisha serait accueillie avec un assortiment de « chinoiseries ». C'est ainsi que Nina appelait nems et autres rouleaux de printemps achetés prêts à manger à la boutique asiatique en bas de chez elle.

La porte franchie, dans l'intimité de l'appartement de Nina, Nimisha n'avait plus grand-chose de la travailleuse rencontrée une bonne heure plus tôt. La longue métisse avait laissé à l'agence de voyage l'attitude rigide dont elle se caparaçonnait durant son travail.

Chaleureuse, presque envoûtante, elle avait enlacé Nina par la taille, l'avait attirée tout contre elle et d'un baiser effleuré ses lèvres, sans insistance, de la moiteur plein le regard.

- Je t'ai trouvée si désirable tout à l'heure à l'agence, dit-elle en gardant Nina dans la tenaille de ses bras immenses.

Nina laissait aller tout son poids vers l'arrière, en déséquilibre, sachant que l'autre, les paumes de mains calées dans ses reins, ne la lâcherait pas. Sans un mot, une esquisse de sourire au coin des lèvres, elle partageait cette tendresse en lui caressant la joue du revers de la main

- Je sais, je n'ai aucune chance, tu prétends n'aimer que les mecs, mais que veux-tu, tu me fais craquer, fredonnait presque Nimisha en la savourant du regard.

Nina adorait cette sincérité, même pour ces désirs aussi profonds, mais qu'elle ne partageait pas.

- Je t'adore, c'est dommage, si tu étais un mâle, je me laisserais culbuter dans la seconde, lui dit-elle, espiègle.

- Tu m'aguiches petite pétasse, prends garde à toi...

Elles riaient toutes les deux. Nina s'était redressée et l'autre la libéra.

- Les femmes, ce n'est pas mon truc, tu sais bien...

- Parce que tu n'as jamais essayé, répliqua Nimisha. Moi j'aime l'un et l'autre ; l'homme, la femme. Le must : les deux en même temps ! Tu n'imagines pas si tu n'as jamais eu l'occasion de tester vraiment ça…
- Toi, c'est toi…
- Et toi tais-toi ! Je connais ton refrain de petite fille sage… Alors, cet ordi, on le regarde ?
- Oui, mais d'abord, on mange ça, avant que ça refroidisse !
Et Nina entraîna son amie vers la table de la cuisine où elle avait déjà disposé ses « chinoiseries » dans deux assiettes, et servi deux verres de rosé du Languedoc.
- Si tu me prends par d'autres sentiments, je succombe tout autant, lâcha Nimisha, se posant plus qu'elle ne s'assit sur la chaise.
Nina s'étonnait toujours de ses allures de garçons mêlées à une souplesse si féline, si féminine.
Elle n'avait jamais osé et n'osait toujours pas l'avouer, s'en protégeait presque par réflexe, mais elle sentait bien qu'au fond, si cette fille insistait, elle serait incapable de résister.
Elle qui se considérait comme une hétérosexuelle absolue, ne se l'expliquait pas.
Nimisha mangeait avec les doigts, récupérait d'un auriculaire tendu, la sauce pimentée et parfumée dont elle se régalait et qui lui suintait parfois aux commissures des lèvres.
En la regardant ainsi, Nina se sentait simplement heureuse. Heureuse de cette présence.
La mort de sa sœur l'avait isolée. Elle avait laissé faire, aspirant même secrètement cet isolement. Elle en avait eu besoin. Mais en était repue…
- Tu ne manges pas ?
La question de Nimisha fit presque sursauter Nina. La longue métisse s'essuyait la bouche avec une serviette en papier, souriait, ayant bien perçu que par cet instant consacré à son ex-collègue de l'agence de voyage, elle procurait un bonheur tout simple dont elle

jouissait aussi. Qu'une vraie amitié, de celles qui se passent de mots, se tissait entre elles deux.

Nina n'avait pas répondu. Elle mangeait à nouveau. Se nourrissait aussi d'un bien-être indéfinissable. De cette sensation qu'elle n'avait plus éprouvée depuis bien longtemps.

- Je vais ouvrir l'ordinateur pendant que tu finis.

Nimisha était déjà debout et avançait vers la table basse du salon où elle avait remarqué, posé, l'Eee PC.

Il était déjà allumé. En veille, sur la cession de Gwladys. Il suffit à Nimisha d'un simple effleurement sur n'importe quelle touche du clavier, et l'écran s'éclaira sur l'image de la randonneuse nue sur un paysage de montagne.

Nina l'avait fait exprès. Elle guettait la réaction de son amie.

Pas vraiment surprise, sans doute charmée, Nimisha s'accorda quelques secondes de contemplation. Elle avait compris...

- C'est ta sœur ?

- Oui, répondit simplement Nina, attentive.

L'autre se contenta de siffler d'admiration. Pas besoin d'en dire davantage.

Puis Nimisha opta pour la dérision, un humour au second degré dont elle usait fréquemment.

- J'aurais eu plus de chance avec elle qu'avec toi, dit-elle.

- C'est possible, je n'en sais rien. Je ne sais plus...

- Comment ça, tu n'en sais rien. Cette photo en dit long. Gwladys ne devait pas s'ennuyer !

- Je te dis, je n'en sais rien. J'ai découvert cette photo hier seulement. Ma sœur, si elle m'avait bien parlé de randonnées en montagne, ne m'en avait rien dit d'autre.

- Oui, ça a l'air un peu spécial, je te l'accorde. Mais donc, tu as trouvé le mot de passe puisque c'est ouvert.

- Il y a trois cessions sur cet ordinateur. J'en ai ouvert deux. Mais je sèche sur la troisième.

Nina avait renoncé à finir son repas et s'asseyait sur le petit canapé, à côté de Nimisha penchée sur le petit écran.

- Il faut fermer cette cession, dit-elle.

Elle n'avait pas terminé sa phrase que déjà les doigts souples couraient sur le clavier, faisant disparaître la photo remplacée par une colline d'herbe verte écrasée par un ciel bleu taché de cotonneux cumulus.

La marche à suivre était écrite en lettres blanches dans les nuages : « Pour commencer, cliquer sur votre nom d'utilisateur ».

À côté, trois petits cadres entourant des photos neutres. Ils symbolisaient chacune des trois cessions : un karatéka pour « Éric », un échiquier pour Gwladys, une fleur de tournesol pour «Erys»…

- J'ai facilement deviné le mot de passe d'Éric et Gwladys, chacun avait choisi le prénom de l'autre. Mais pour la troisième cession, je n'ai pas la moindre idée. Elle est beaucoup trop personnelle. Enfin, personnelle à leur couple.

À nouveau la rudesse sur le visage de Nimisha, signe d'une extrême concentration…

- Erys, tu sais ce que ça veut dire ?

Nina ne savait pas. Ça n'avait aucun sens. Mais elle avait son idée.

- Je suppose, qu'il s'agit de la fusion de leurs deux prénoms, la première syllabe d'Éric, la dernière de Gwladys, à une lettre près, dit-elle.

- Ça se tient en effet…

Nimisha resta un moment silencieuse.

- Il y a peut-être une solution.

- Dis toujours…

- Sur la cession au nom de Gwladys, celle de la photo, j'ai bien vu une fenêtre de dialogue msn. C'est un peu vieux mais ça marche encore sur des réseaux un peu confidentiels, pour des groupes d'amis ou des thèmes. Elle s'ouvre automatiquement ?

- Oui, je la connais par cœur : gwb pour Gwladys Bastaos, par hotmail.fr.

- Eh bien si ta sœur est partie de cette adresse à la base pour créer toutes les autres, on a une chance…

- Explique !

- Il se peut qu'en ouvrant cette cession, elle ait indiqué une adresse mail pour recevoir des informations d'accès, en cas d'oubli. Ça se fait de plus en plus. Le serveur demande au départ de choisir une question, assez personnelle pour que seul le titulaire puisse y répondre. Sans le mot de passe par exemple, la question est posée. Si la réponse est la bonne, les clés d'accès sont automatiquement renvoyées sur une adresse mail, sensée elle aussi être assez personnelle pour que tout cela reste confidentiel... Tu comprends ?

- J'ai dû décrocher peu après le troisième mot... Mais essayons ça si c'est un moyen, répondit Nina qui se savait très vite insupportée par les arcanes de la logique informatique.

De toute façon, Nimisha ne l'écoutait pas, suivait son raisonnement à voix haute...

- Là, on y est. J'indique à l'ordi que le mot de passe est oublié. Il va nous poser une question personnelle. C'est une question que Gwladys avait donc choisie en cas d'oubli de son mot de passe justement. Comme s'il lui arrivait de perdre sa clé tu vois.

Nina voyait à peu près...

En même temps qu'elle expliquait, Nimisha avançait dans la procédure informatique. Des fenêtres s'ouvraient successivement sur l'écran.

- Voilà, nous arrivons à la question. Là ça va être à toi de jouer...

Et une question apparut sur l'écran : « Quel est le prénom de votre plus jeune frère ou sœur ? »

Nina n'avait même pas à répondre. Si Nimisha n'avait pas été à ses côtés, elle en aurait pleuré. Ainsi, c'est à elle que sa sœur avait pensé pour garantir ses petits secrets. Comme au cours de ces années parsemées de confidences, où ensemble elles avaient franchi toutes les étapes, de la petite enfance à l'âge adulte. Même si ces secrets-là, les ultimes, n'avaient pas eu le temps d'être confiés, ou n'avaient pas été partageables...

- On y répondant correctement, ce code sera envoyé sur une adresse mail. Si c'est celle qui s'ouvre automatiquement sur l'autre cession, c'est gagné, tu auras la clé.

Nimisha faisait celle qui n'avait rien remarqué des larmes contenues dans les yeux de Nina.

- Tu as un frère ou une sœur plus jeune ?
- Nous étions deux. Gwladys est mon aînée de 18 mois. Nous avons grandi comme des jumelles…

Dans la case prévue pour la réponse, Nimisha écrivit le prénom à quatre lettres : « NINA ».

28 (Sacha)

J'étais carrément abasourdi par ce que j'avais lu.

Et puis ces conversations avec ceux qui avaient été mes amis indéfectibles, jusqu'à l'approche de mes 25 ans environ, me remuaient elles aussi.

J'étais parti. J'avais quitté ces amis, pour une femme, pour un métier, pour une « affaire à faire tourner », pour ailleurs.

Eux ne retenaient que ça. J'étais parti « pour ailleurs ». Leurre d'une destinée conforme à des idées clamées avec une arrogance dont je n'avais pas la moindre conscience, en ce qu'il convient d'appeler, déjà, « ce temps-là »…

Ils n'avaient guère changé, en tout cas dans leurs mots. Ils avaient envié ma fougue, ma hardiesse face aux défis de la vie, moi qui dénonçais une indignité, une paresse à faire son trou là où le destin nous avait posés par la naissance.

Il fallait voir ailleurs, autrement, rencontrer, se jauger, apprendre des autres : telle avait été ma prétention de la vérité, d'un absolu.

Comme je suis « ailleurs », sans doute m'imaginent-ils fidèle à mes certitudes d'alors.

Mais en évoquant le souvenir de Léo, en me parlant, rien qu'au téléphone, c'est comme s'ils avaient glissé face à moi un miroir.

Loin de leurs regards, qu'avais-je fait de mes certitudes ?

Eh bien j'avais fait tout comme eux restés au pays ! Rien d'autre que « mon trou », là où le destin m'avait non pas posé par la naissance, mais déplacé, sans que je le choisisse vraiment.

Non seulement je n'avais rien défié de la vie, mais j'avais délaissé, parfois jusqu'à l'oubli, tous ces amis qui, je l'avais bien ressenti, m'aimaient encore. Aimaient encore celui que j'avais été.

Quant aux passions qui nous avaient unis, le spectacle, la littérature, la philosophie ; il n'en subsistait que des souvenirs.

Mes convictions s'étaient faites illusions, remisées au registre des rêves de jeunesse.

Des « rêves impossibles » s'excuse-t-on trop facilement. Alors que si ces rêves-là ne sont jamais accrochés, c'est presque toujours par paresse et excès de confort.

Et je me disais, comme en ce temps-là, que le seul motif à leur impossibilité restait finalement le manque de témérité, de ténacité. Ce besoin collectif d'assurer un minimum que l'on croit essentiel, pour aujourd'hui, pour demain. Ce désir de sécurité, si néfaste à la création et pire : à la réalisation de soi.

Occupé par ces pensées, j'avais dû marcher comme un automate pour me retrouver sans y avoir réfléchi, sur le trottoir du quai du Port Fidèle.

Cinq minutes plus tôt, assis à mon bureau installé à l'arrière du salon de coiffure, j'avais accepté l'invitation à dîner de Françoise et Patrick, mes amis du Nord, puis raccroché le téléphone. J'avais alors éprouvé le besoin de sortir, de respirer le mouvement des gens, leurs allées et venues dans la rue.

Je me retournai, regardai vers l'intérieur du salon. Alice et Marine, l'une des coiffeuses et notre apprentie, y étaient encore occupées au ménage et au rangement de fin de journée. Je l'avais traversé sans m'en rendre compte, sans même un regard pour elles.

Un peu plus de 19 h ; des promeneurs déambulaient encore le long du port.

Les terrasses des cafés bruissaient des verres entrechoqués et de paroles de marins prononcées bien haut.

À celles des restaurants, des Anglais réputés pour passer à table de bonne heure, se rassasiaient déjà de cuisine traditionnelle française, de moules frites et de fruits de mer...

Je me sentis soudain heureux d'être là, de cette ambiance simple, un brin épicurienne.

Pour la première fois depuis mon arrivée de hasard à Saint-Gilles-Croix-de-Vie une quinzaine d'années plus tôt, je réalisais que j'y étais désormais chez moi. Jamais encore je n'y avais songé.

29 (Patrice)

La veille de la « visite », Patrice était rentré à la maison. Il avait dormi dans son lit et non Dieu sait où dans la grange dont il n'était quasiment plus sorti depuis une semaine, depuis le passage de cette fille qu'il avait mise en fuite.

Il était 10 h quand la voiture des gendarmes s'engagea dans le chemin pour se garer devant la maison. Pile à l'heure annoncée.

- En v'là au moins qui tiennent parole, et c'est pas toujours ceux qu'on voudrait, grommela pour elle-même la Vieille grand-mère.

Elle regardait, dissimulée derrière le rideau opaque de la fenêtre, deux hommes et une femme en uniforme bleu descendre du véhicule et avancer vers la porte, d'une démarche autoritaire. L'un des deux hommes avait glissé sous son bras un porte-documents.

Trois coups furent frappés sur le bois peint du bleu du bord de mer, à peine plus clair que celui des uniformes. En même temps, la voix féminine annonçait avec fermeté : « Gendarmerie nationale ! »

Madeleine laissa échapper un soupir venu de loin. Tout en guettant dans le chemin cette arrivée, elle avait laissé sa mémoire lui repasser des moments parmi les plus marquants de sa vie.

Madeleine n'avait pas toujours été la « Vieille grand-mère ».

D'ailleurs, elle n'était pas si vieille, en dépit des allures qu'elle se donnait.

Née sur les ruines de l'après-guerre avec le baby-boom, exaltée par l'audace de liberté réinventée qu'avait eue sa génération à 20 ans, elle avait flirté avec la modernité, celle de la pensée. Sa vie paysanne d'aujourd'hui, elle l'avait choisie, et pas toute seule.

Bien sûr elle avait ses origines dans le marais. Cette maison dans l'eau lui venait même de sa famille.

Jeune fille, elle avait appris la couture parce qu'elle aimait les belles choses et par-dessus tout, les vêtements, qu'ils soient de mode ou de tradition.

Elle s'était fait la main de cousette dans un des grands magasins dont regorgeait la ville commerçante du marais à cette époque, à Challans.

Ses patrons l'estimaient si douée qu'ils l'avaient recommandée à un tailleur nantais de leurs connaissances. Ainsi était-elle partie à Nantes, promise à devenir couturière dans l'une des meilleures maisons de cette ville réputée pour son aisance financière et sa douceur de vivre.

Dès qu'elle le pouvait, elle revenait au pays pour donner, avec la troupe de Saint-Jean-de-Monts, des spectacles de danse maraîchine dans les costumes d'antan.

Elle avait aimé ces années-là.

C'est lors d'un de ces spectacles qu'elle avait rencontré Jules. Il avait changé sa vie.

Jules était beau garçon, rêveur, écorché vif, à jamais marqué par le passé collaborationniste qui avait assis durant la guerre la fortune d'une famille qu'il méprisait avec force, sans en refuser pour autant les subsides.

Diplômé d'une école d'ingénieur, il jouait de la musique traditionnelle en écoutant du rock anglais et du folk américain, laissait filer dans son cou les boucles de ses cheveux longs sur le col de chemises noires ou à fleurs dont il enfonçait les pans dans un blue-jean délavé.

Il lisait beaucoup, prônait la vie en communauté, le rejet de la société matérialiste, le retour à la terre et à ses valeurs. Au printemps de cette année-là, il était monté à Paris et sur les barricades.

Madeleine avait été fascinée, autant par le garçon que par ses idéaux.

Convertie, elle avait tout renié des aspirations à devenir une petite-bourgeoise, avait laissé tomber la couture, les beaux vêtements superficiels et autres futilités, avait imaginé avec Jules un dessein de vie en communauté dans cette petite ferme du marais léguée par ses grands-parents.

Ils s'y étaient installés avec une dizaine de garçons et filles de la même veine, sur un projet de création artistique, d'élevage d'anguilles, de poules pondeuses et de culture potagère.

Elle avait ainsi vécu l'amour libre, la bohème, mais aussi le goût très modéré de la plupart des autres membres de la communauté pour le travail, leur méconnaissance des rigueurs d'un hiver dans le marais, leur ignorance des mains abîmées et des courbatures consécutives au maniement des outils de jardin...

En moins de cinq ans, un à un ou par couples, ils étaient tous partis, ou presque. D'autres étaient venus, mais n'étaient pas restés.

Ils n'étaient que quatre à avoir tenu bon. Les grands-parents des « cousins » et eux. Ils avaient eu des enfants proclamés frères et sœurs, car on ne savait pas toujours lequel des hommes de la communauté, voire de passage, fut le véritable géniteur. Les petits-enfants étaient ainsi des cousins.

Madeleine n'avait eu qu'une fille, la mère déchue de ce pauvre Patrice. Elle en était certaine, le père, c'était Jules !

Jules qui n'avait plus supporté les deux autres, les grands-parents désignés de Jean-Marc et Jean-Luc, parce qu'ils se contentaient pour vivre de quémander des aides sociales. En totale contradiction avec l'autonomie communautaire à laquelle il avait aspiré. Quand il les avait sommés de partir, ils s'étaient installés dans un logement social, près de Challans.

Jules, en souffrance perpétuelle après l'échec de son idéal de vie en communauté, continuait à en défendre les vertus, affirmant qu'il aurait suffi pour réussir, de tomber sur de meilleurs partenaires...

Jules, définitivement meurtri lorsque sa fille qu'il adorait avait violemment rejeté ce modèle social, était partie en ville pour s'enivrer d'une société de consommation dont elle avait été tenue à l'écart ; préservée selon ses parents, privée selon elle..

 - C'est le miroir aux alouettes, lui disait Jules.

 - Toi tu sais ce que c'est et tu as peut-être raison. Mais cette société, tu l'as refusée en connaissance de cause. Moi tu m'as imposé le choix de la nier. Or, elle m'attire. Même si c'est pour ensuite la renier à mon tour, j'ai besoin de la connaître, lui répondait-elle.

Et elle était partie…

Juste quelques mois plus tard, elle en était revenue, prostituée, dépendante absolue de drogues dures, prête à accoucher.

Le revers de trop pour Jules. Il s'était enfermé dans la grange comme il le faisait souvent pour travailler. Le lendemain, Madeleine l'avait découvert, pendu à la poutre maîtresse.

Elle n'avait rien fait pour retenir sa fille, mais avait gardé l'enfant, Patrice. Elle croyait qu'elle l'aimerait, qu'elle puiserait en cet enfant les motifs de poursuivre sa vie.

Elle avait en fait cristallisé sur lui sa rancœur de tant de rêves brisés. Elle en avait toujours eu conscience, s'en était toujours blâmée, n'était jamais parvenue à agir autrement.

Parfois, quand le garçon dormait, elle se penchait sur lui et demandait pardon à voix basse. Une nuit, il s'était réveillé, s'était effrayé de sa présence. Depuis, avant de se coucher, il avait toujours barricadé de l'intérieur sa porte de chambre avec une chaise.

Un jour elle avait décidé qu'elle ne serait plus désirable pour personne, s'était habillée en vieille, avait laissé remonter de son enfance la façon de parler des anciens Maraîchins comme on appelait les gens d'ici. Et elle s'était arrangée pour que progressivement, son entourage vite réduit à Patrice et ses deux cousins, ne l'appelle plus autrement que la « Vieille grand-mère ».

 - Gendarmerie nationale !

La femme gendarme s'impatientait. Elle s'était annoncée une deuxième fois, plus fort, plus ferme…

30 (Nina)

Nimisha avait réussi.

Il lui avait fallu au préalable débarrasser la boîte aux lettres électronique de « gwb@hotmail.fr » des innombrables messages promotionnels qui l'encombraient.

Puis la réponse espérée était arrivée. Le mot de passe, la clé pour ouvrir la cession d'Erys était : « Eros2007 ».

Ce qui pour Nina ne signifiait rien.

- Voilà, je crois que tu peux accéder à la troisième cession au nom d'Erys, dit très sobrement Nimisha.

- Ah, me revoilà avec mes scrupules, je me demande toujours si j'ai le droit. Si je ne dois pas au contraire laisser ma sœur en paix avec ses secrets...

- Je n'ai rien à te conseiller là-dessus...

Les deux jeunes femmes étaient restées quelques minutes devant le petit ordinateur, sans rien dire.

- Si tu nous faisais un café, proposa Nimisha, autant parce qu'elle aimait le café que pour laisser mûrir une réflexion dont l'issue était, selon elle, courue d'avance. Cette cession, Nina l'ouvrirait.

- Bonne idée, rétorqua Nina.

Elles retournèrent à la table de la cuisine, échangèrent quelque bavardage sur la façon dont chacune occuperait le week-end qui approchait. Tout en soufflant sur leur tasse et en buvant le café noir brûlant, à petites gorgées, presque du bout des lèvres.

- Aller, viens, on va l'ouvrir, décida enfin Nina.

- Tu as peut-être envie de faire ça toute seule. Finalement, c'est plutôt personnel ton truc...

- Non justement. C'est un peu comme si je m'aventurais sur les traces d'une disparue dans une forêt vierge peuplée d'inconnus tu vois. Je n'aimerais pas du tout y aller seule... Et j'aimerais autant que ça soit avec toi, si tu veux bien.

Nimisha cliqua sur le carré d'Erys et sa fleur de tournesol. Avec le mot de passe découvert quelques instants plus tôt, apparut un fond d'écran plus simple mais tout aussi érotique que celui de la randonneuse dévêtue.

Encore une photo. Elle avait été prise de nuit, dans un environnement de fête et de palmiers. Éric, habillé tout en blanc, bronzé et souriant, y apparaissait perché sur un tabouret de bar, un coude appuyé sur une table ronde et haute sur laquelle étaient posés de grands verres aux contenus multicolores. Sans doute des cocktails.

Son autre bras enserrait la taille de Gwladys, la main posée sur son ventre à la peau offerte. Debout, l'expression sereine, assurée et détendue, elle était lovée contre lui, seulement vêtue d'une très courte jupe écossaise et d'une sorte de foulard blanc croisé sur la poitrine.

Elle n'avait pas cette fois à exagérer la cambrure ni le galbe de ses cuisses brunies par l'été. La hauteur insensée de ses chaussures à talons aiguilles s'en chargeait pour elle.

Derrière eux, d'autres tables d'un bar en plein air, occupées par des consommateurs et surtout des consommatrices aux tenues d'un érotisme extravagant.

- C'est beau, lâcha Nimisha.

- Oui, c'est surprenant, mais c'est beau…

Elles restèrent un moment devant cette image. Elles n'observaient pas vraiment les détails mais plutôt les attitudes de ces gens, presque tous en couple. Pas tous aussi jeunes que Gwladys et Éric, mais tout aussi soignés dans leurs tenues.

Élégance et érotisme déclinés sur le commun des mortels ; car tous n'étaient pas des répliques de figures de magazines. En tailles, en épaisseurs ou en couleurs, un échantillon représentatif d'une population croisée dans la rue ou au supermarché à laquelle auraient été soustraits les vulgaires et les négligés.

Nimisha ne restait jamais très longtemps silencieuse.

- Ils ont l'air si détendus, si libres, dit-elle.

- Oui, Gwladys ne m'avait jamais parlé de ça non plus…

En cliquant sur une petite image symbolisant deux personnages en bas de l'écran, Nimisha fit s'ouvrir une fenêtre de dialogue.

- L'adresse et le mot de passe sont déjà remplis. Logique, puisque c'est une cession personnelle. Il te suffira de cliquer sur « connexion », et tu auras accès à la liste des contacts et aussi à un fichier contenant les courriels, peut-être même à un historique de conversations. Mais c'est trop personnel pour moi. Il faut que tu explores ça toute seule. De toute façon, moi je dois retourner au boulot…

Nimisha, en disant cela, s'était levée. Nina en fit autant, chercha ses longues mains pour y glisser les siennes.

- Merci, reviens, enfin tu comprends, j'ai confiance en toi, je t'aime beaucoup tu sais…

- C'est un peu confus, mais je vois à peu près ce que tu cherches à dire, répondit dans un éclat de rire dédramatisant, la grande métisse. Elle n'appréciait pas beaucoup le mélo, libéra ses doigts de ceux de son amie.

- Je reviendrai bientôt, dit-elle simplement avant de refermer la porte derrière elle.

Nina n'avait pas envie d'entrer trop tôt dans la vie secrète du couple formé par sa sœur et son compagnon, sous le pseudonyme d'Erys.

Elle préféra se remémorer d'autres passages de la revue de presse, ceux qui avaient « évoqué la personnalité » de Gwladys et Éric, la partie visible, ou celle qu'on avait voulu voir.

Nina ouvrit l'un des grands cahiers à spirale dans lesquels elle avait collé les articles consacrés au meurtre de sa sœur.

Elle lut ce qu'avait déclaré le frère d'Éric une foule rassemblée en guise d'hommage et de refus de la violence. Enfin, ce que les journaux avaient jugé bon d'en rapporter : *« C'était un couple sans histoires. Ce qui leur est arrivé pourrait vous arriver, à vous, à vos enfants, à votre sœur ou votre frère… »*

Nina, dans ces moments, se remettait à parler toute seule.

- Ok, ça peut arriver à tout le monde. Mais personne n'est sans histoires…

Poursuivant sa lecture, elle s'arrêta sur un article paru dans un hebdo national, conclu par un autre paragraphe élogieux. *« Les témoignages recueillis dans leur entourage confirment que Gwladys et Éric apparaissaient bien sous tous rapports. En dépit de fréquentes sorties en bars et discothèques, ils ne buvaient pas. Leur facilité de contact leur valait d'évoluer avec un large réseau d'amitiés. Éric n'était pas du genre bagarreur. Le couple aimait les belles choses, les toilettes et voitures de marques. Un clinquant qui aura peut-être attiré leurs agresseurs… »*

- Et encore, ils n'avaient pas tout vu, ajouta Nina.

Un autre texte explique qu'un collectif simplement appelé « Gwladys et Éric » avait été formé par quelques amis du couple et surtout beaucoup d'inconnus. Nina elle-même fut sollicitée à maintes reprises pour l'intégrer. Elle avait toujours refusé, sans trop s'expliquer ce refus ; juste un ressenti.

« Le collectif compte aujourd'hui un demi-millier d'adhérents. Il lutte contre la folie meurtrière et réclame justice. La présidente insiste sur cette vérité qui fait peur : Gwladys et Éric, c'était vous, c'était moi… »

- Bizarre ce besoin de s'approprier le drame des autres. C'est sans aucun doute pour ça que je me tiens à l'écart de ces groupes. Merci pour votre soutien, mais ce drame, mes cocos, c'est le mien, et pour autant je ne partage pas vos certitudes sur le tout blanc et le tout noir…

Toc-toc ! Quelqu'un venait de frapper à la porte d'entrée de l'appartement. Surprise et surtout sans le moindre désir d'être dérangée à un moment pareil, Nina glissa sans un bruit jusqu'à l'œilleton et ne vit qu'un gros œil déformé semblant la regarder en sens inverse.

- Aller ouvre, c'est déjà moi, dit l'œil…

C'était Nimisha.

- Et le boulot, ça fait à peine une heure que tu es partie ? questionna Nina, la porte à peine ouverte.
- Je suis allée prévenir que ça serait sans moi pour le reste de la journée.
- Tu ne vas pas avoir d'histoires ?
- Que veux-tu qu'ils me fassent. C'est comme ça, c'est tout !
- Je t'envie, je suis incapable de m'imposer de cette façon.
- Ça se travaille, je n'ai pas toujours été celle-ci. Avant j'étais gentille et obéissante, on m'en demandait toujours plus. Maintenant, je fais celle qui a un mauvais caractère et qu'il ne faut pas emmerder. On me fout la paix !
- C'est aussi simple que ça ?
- Presque ! De toute façon, les p'tits chefs, vis-à-vis de leurs moins p'tits chefs, ont toujours intérêt à faire croire qu'ils maîtrisent. Donc, tant que tu bosses, tu peux prendre des libertés, ça ne dégénérera jamais en un conflit qui pourrait nuire à leur petite carrière tu vois. Quand t'as compris ça, tu fais à peu près ce que tu veux...
- Et tu as fait ça juste pour revenir ici ?
- Oui tu vois, j'ai pensé qu'effectivement, en fonction du contenu de cette petite chose, ma présence serait peut-être utile.
Disant cela, Nimisha eut un geste en direction l'ordinateur de Gwladys.
- Tu sais, depuis que tu es partie tout à l'heure, j'ai fait tout autre chose. Ce que je pourrais découvrir là-dedans me fait peur. Mais en vérité, je suis un peu nul avec les ordis, je ne sais pas par quoi commencer, comment chercher. Je m'en fais une montagne.
- Si tu veux, je débroussaille, et après, on fait le point. De toute façon, j'irai plus vite si je fais ça toute seule.
- Je n'aurais pas osé te demander un tel service, mais d'accord. Pendant ce temps, je vais essayer de m'occuper.
Pour tromper l'attente, pendant que Nimisha pianotait sur l'ordinateur, Nina avait sorti un roman policier emprunté la veille à

la bibliothèque. Elle en était à la page 45, sans avoir retenu quoi que ce soit de sa lecture, quand son amie se détourna du petit écran.

- Il faudra que je te fasse une petite synthèse. Là je dois filer à mon entraînement de handball.

- Tu as trouvé des trucs graves !

- Non vraiment tu verras, tout est regardable, dit Nimisha avec un clin d'œil auquel Nina préféra croire.

- Si tu veux, je peux revenir ce soir. Mais ça risque d'être un peu tard.

- Tu sais, je n'ai rien d'autre à faire le soir actuellement. D'accord, reviens.

- En attendant, éteins ça, vas prendre un peu l'air, faire les boutiques, ça te changera les idées…

- Tu as raison, je vais sortir en même temps que toi.

L'instant d'après, elles étaient dans la rue. Nimisha monta dans un tramway et Nina se dirigea sans avoir rien de précis à y faire, juste pour le plaisir, vers le passage Pommeray. Elle adorait cette historique galerie nantaise, ses décors tarabiscotés, ses boutiques étonnantes.

31 (Sacha)

J'avançais sur ce quai du Port-Fidèle à la vue imprenable sur la dune et sur le port de Saint-Gilles-Croix-de-Vie, avec la sensation de me régénérer au spectacle joyeux de tous ces gens attablés ou en promenade. Ils donnaient l'impression de se régaler d'un même bien-être, fugace et paisible. Comme une pause dans des vies recélant chacune son lot d'embarras et déconvenues. Parce que c'est ainsi, nul n'évolue dans une absolue sérénité.

Cette idée relativisait le vide éprouvé un instant plus tôt en réalisant qu'au fil du temps et du chemin, j'avais égaré mes aspirations les plus ambitieuses d'un point de vue philosophique, les plus inaccessibles, les moins lucratives aussi.

Alors que je passais devant le bar de l'Escale, mon nom fut lancé par une voix venue de l'intérieur. Ce bistrot bien nommé était fréquenté par quelques marins de ma clientèle.

Ils appréciaient mes dispositions à me ravir de leurs histoires plus ou moins crédibles.

Et puis j'avais osé sortir en mer avec eux, par n'importe quel temps, montrant qu'en Picardie aussi, la rudesse était dans nos gènes. Tout coiffeur que je fus, j'étais amariné.

Ainsi, il était rare que je franchisse ce cap du bar de L'Escale sans avoir à y jeter l'ancre et quelques euros dans le renflouement de verres ayant déjà beaucoup servi.

- Oh ben Sacha, t'as pas l'air dans ton assiette…
- Un peu le mal du pays, ça va passer…
- Tu t'ennuies des champs de betteraves ? Si c'est ça, faut boire autre chose qu'un café ou une menthe à l'eau !

Ainsi se moquaient-ils souvent de mon penchant pour des consommations sans alcool.

Je commandais une Chimay bleue en bouteille affichant 9° sur l'étiquette. Une bière bien de chez moi !

103

Claude, mon interlocuteur, y vit le signe d'une petite forme morale qui incitait à la solidarité. Il commanda la même chose.

- Je vais en prendre une aussi, dit dans son dos Norbert que je n'avais pas vu.

Claude était un colosse au visage rigolard en face de lune, aux épaules façonnées par des années de chalutage en pleine mer ; Norbert, un gringalet qu'on devinait nerveux et musculeux en dépit de sa petite taille. Un bon gars, toujours prêt à rendre service mais aussi à régler son compte à qui donnerait l'impression de se foutre de sa gueule.

Un de ces types du port qui n'accordent pas facilement leur amitié mais ne la reprennent plus quand elle est donnée.

Je crois qu'il me l'avait donnée. Car ces choses-là se devinent, et ne se disent pas...

Ainsi, accoudés au bar, nous avons bu chacun trois de ces bières belges.

Eux, jambes légèrement écartées comme ils l'auraient fait pour conserver l'équilibre sur le pont de leur navire dans la houle, ne bougeaient pas d'un pouce.

Au fil des gorgées, ils parlaient de plus en plus fort mais toujours distinctement. Moi, à l'entame de la troisième bouteille de 33 centilitres, je percevais déjà un tangage intérieur à ne transformer à aucun prix en roulis, sous peine de baisser d'un coup dans leur estime. Ici, il convenait de tenir la marée, même celle du zinc.

Claude et Norbert n'étaient guère plus vieux que moi. À les écouter pourtant, ils n'avaient pas vraiment d'âge.

Ils racontaient des histoires, forcément vécues, qui remontaient parfois à l'époque de la marine à voile. C'est dire...

Ce soir, ils avaient décidé de hisser la grand-voile de la surenchère dans l'invraisemblable, et se montraient en verve. Ce qu'ils racontaient émergeait parfois de l'absurde ou du fantastique. Ils se démentaient l'un l'autre, juste pour faire plus vrai. Un sacré numéro improvisé, je n'en étais pas dupe, juste pour amuser la galerie, et dissiper ma morosité qui ne leur avait pas échappé.

Ainsi sont les gens d'ici.

Le patron proposait de mettre sa tournée. Du même breuvage, c'eut été pour moi le verre de trop. Je fus un instant sauvé d'un naufrage imminent par une femme.

Assise dans mon dos, seule à une table proche de l'entrée, je la distinguais à peine dans le contre-jour d'une lumière encore vive venue de l'extérieur. Elle m'avait interpellé.

- Vous êtes le coiffeur ?

- Sacha, pour vous servir, avait répondu pour moi Norbert, dans un mouvement du buste prolongé avec les bras dans ma direction. Une forme de révérence maladroite qui le fit vaciller. Imprudent, il avait réduit l'écartement des pieds le maintenant d'aplomb.

Je m'approchais de la voix non identifiée et vérifiais qu'en effet, même si elle ne montrait toujours qu'une ombre chinoise découpée dans le soleil couchant cognant à l'horizontal les fenêtres ouvertes sur l'ouest et le grand large, cette femme m'était inconnue.

Flagorneur, j'allais lui dire que si nous nous étions déjà rencontrés, je n'aurais pas oublié. Ou un truc bien nase du genre dont j'étais capable lorsque j'avais bu un verre de trop. Elle ne m'en laissa pas le loisir.

- Vous avez un instant pour discuter, avant d'être trop bourré ?

Pour être directe, elle était directe !

Il y eut dans mon dos un bruit de chaises renversées. Je me retournais juste à temps pour voir Norbert à califourchon sur une sorte de bibendum allongé sur le plancher.

Le poing levé sur un visage rougeaud, le gringalet allait-il frapper ? Claude, le colosse, ne lui en laissa pas le temps. Il l'avait saisi par l'arrière du col de vareuse et remis en position verticale.

Le rougeaud bibendum avait eu la mauvaise idée de chambrer Norbert et son tangage. Cette scène, j'en avais été bien des fois le témoin. La paix serait scellée autour d'un autre verre… Rien de cassé !

Ça n'avait duré qu'un instant. Je pouvais reprendre ma conversation avec l'interlocutrice légèrement retord. Mais elle n'était plus là. J'avisais un coup d'œil vers l'extérieur, vers la terrasse, vers le trottoir et sur les quais. L'ombre chinoise était évaporée.

D'un mouvement de menton, j'interrogeais Jean-Marie, le patron de L'Escale qui ouvrit les mains vers le haut pour signifier que lui non plus n'avait rien vu.

Histoire sans paroles. Sans un autre mot, il posait devant moi une quatrième Chimay, sa tournée.

Aïe ! La soirée serait joyeuse, mais difficile...

32 (Patrice)

Les trois gendarmes n'étaient repartis qu'en fin d'après-midi. Au cours de la journée, ils avaient souvent demandé à Patrice de les rejoindre, sollicitant des explications sur la façon dont on faisait monter ou baisser le niveau de l'eau dans le marais, sur l'utilité et le fonctionnement des outils remisés dans la grange, mais surtout sur cette fameuse journée où les corps avaient été coulés dans un étier.

Ils étaient là pour préparer la reconstitution qui déplacerait à la ferme beaucoup plus de monde, dont les cousins eux-mêmes. D'ici quelques jours ou quelques semaines, le secret de la date demeurait bien gardé.

Patrice expliquait. Sa bonne volonté étonnait parfois Madeleine, la Vieille grand-mère…

Elle le regardait de loin, loquace, faire des gestes, montrer des endroits, des itinéraires, des techniques de franchissement d'une berge à l'autre, sans faire le tour ni utiliser une barque. Il s'était même livré à une démonstration. Empoignant fermement une ningle, un long bâton qu'il plantait au milieu de l'eau, il sautait d'une berge à l'autre, un peu comme un perchiste. Sauf qu'au lieu de se propulser vers la hauteur comme les sauteurs à la perche des compétitions d'athlétisme, lui cherchait la longueur, les jambes repliées à quelques centimètres de la surface.

Il avait aussi mis la yole à l'eau, avait embarqué les trois « bleus » sur ce canot à fond plat si typique à la navigation dans le marais. Avec eux, il avait refait l'itinéraire effectué avec Lucky et Marco jusqu'à l'endroit où avaient été découverts les corps du couple assassiné un an et demi plus tôt, déjà.

Une nouvelle fois, Patrice expliquait son ignorance de toute cette affaire, le rôle minime qu'il y avait tenu. Les trois gendarmes avaient beau lui dire qu'ils n'étaient pas là pour ça, il poursuivait, il parlait. Eux l'écoutaient quand même, à l'affût du moindre détail, réflexe d'enquêteurs.

Il avait ainsi raconté encore la beuverie du samedi soir, son sommeil éthylique sur la banquette arrière, la belle bagnole garée devant la grange quand le dimanche en milieu de journée il était sorti de sa chambre sans plus se souvenir comment il avait pu y entrer.

Et il insista sur l'étrange comportement des cousins.

- La Vieille grand-mère m'a demandé d'où sortait la belle bagnole. Moi j'en savais rien. Jamais vue. Et les cousins, ils n'étaient pas là. Un moment après, peut-être en milieu d'après-midi, ça m'a étonné de les voir arriver à pied. Surtout qu'ils venaient du marais. Pas habituel pour un dimanche. D'habitude, ils roupillaient chez eux, à Challans. Ils sont venus me chercher, m'ont dit de mettre la yole à l'eau et sont rentrés dans la grange. Ils m'ont retrouvé avec la brouette pleine de sacs à patates. Ils les ont chargés sur la barcasse. Je me souviens, ils étaient tachés avec du sang. Ça m'a étonné et ils m'ont dit que pendant la nuit, ils avaient ramassé un gros sanglier. Mais que, quand ils avaient voulu le découper, il puait, il avait déjà tourné. Qu'alors il fallait balancer cette viande pourrie aux écrevisses. On l'avait déjà fait une fois avec un chevreuil. Ça m'a pas étonné. Comme je conduis mieux la yole qu'eux, ils m'ont fait aller jusqu'à l'endroit le plus profond de l'étier. Et on a balancé les sacs. Après on est revenus dans la grange. La table était dégueulasse. Normal, elle servait à ça d'habitude, à débiter le cochon, l'agneau, les volailles. Mais l'établi aussi était plein de sang, plein de mouches. On a tout lavé. Ce qui m'a étonné le plus, c'est qu'ils me laissaient pas tout faire, qu'ils bossaient aussi, en faisant la gueule. Ils avaient l'air crevés…

Les gendarmes prenaient des notes, téléphonaient souvent, expliquaient des choses mais Patrice ne comprenait pas à qui.

Au moment de repartir, ils lui ont juste rappelé, avec ce ton supérieur et dédaigneux que Patrice n'aimait pas, comme s'ils s'adressaient ni plus ni moins qu'au chien, qu'il n'avait pas intérêt à s'éloigner et qu'il devait se tenir à carreau. Sans même lui dire au revoir.

Et de nouveau ça venait du plus profond de lui, il avait la haine.

La haine contre les cousins.

Il courut s'enfermer dans la grange…

33 (Nina)

Nimisha n'était pas encore revenue comme elle l'avait promis. Nina s'étonna de s'en impatienter.

Qu'attendait-elle le plus ? Fouiller à nouveau l'ordinateur de Gwladys ou retrouver son amie ?

Elle se dit qu'il y avait sans doute un peu des deux, n'avait pas envie de s'embarrasser l'esprit avec ça, verrait bien ce que donnerait cette amitié encore neuve. Elle avait confiance en cette fille, et ça lui suffisait.

Nina songea qu'elles se connaissaient depuis plus de trois ans maintenant. Elles travaillaient ensemble, à l'agence de voyage. Cette relation quotidienne imposée par leur job leur avait suffi jusque-là.

Même si en plus du temps partagé « au taf » disait Nimisha, elles déjeunaient parfois ensemble ou allaient prendre un verre lorsque les terrasses des cafés étaient ensoleillées, elles ne s'étaient jamais vues le soir durant cette période. Maintenant que Nina ne travaillait plus, elles se manquaient l'une à l'autre.

Il était plus de 22 h quand la longue métisse sonna à l'interphone.

Sans même penser que ça pouvait être quelqu'un d'autre, Nina déclencha l'ouverture. Moins d'une minute après, son amie entrait dans le petit appartement.

- Tu ouvres ta porte comme ça toi, à la première personne qui sonne ?

Nimisha avait l'air de la gronder, et ne faisait même pas semblant.

- Je me doutais bien que c'était toi.
- Te douter, te douter ; ça ne suffit pas ça, il faut être plus prudente ma petite, surtout dans des quartiers pareils !
- Que veux-tu qu'il m'arrive ici ?
- Ça m'étonne de t'entendre parler comme ça, après ce que ta famille a enduré…

- Justement, je crois que c'est tout ou rien. Je ne veux tellement pas vivre dans la peur et me barricader que je fais tout le contraire, peut-être à l'excès, tu as sans doute raison.

- Un peu que j'ai raison. Promets-moi de faire attention désormais ok ?

- Ok !

- Par quoi on commence ? Si on allait dîner en bas, il n'est pas encore si tard, on sert encore dans les restos...

- Pas de problème, tu as même le choix : turc, libanais, indien, chinois, breton...

- Eh bien figure-toi qu'un bon steak frites à la française m'irait très bien. Parce que tes chinoiseries de ce midi, elles sont rendues loin depuis le temps, je crève de faim !

- On devrait trouver ça. Je vois que l'entraînement de handball, ça creuse !

Nimisha ne répondit pas. Plantée devant la sortie, elle mimait son impatience alors que Nina n'en avait pas encore terminé avec l'attache de sa première chaussure à talon...

Une bonne demi-heure plus tard, Nimisha chambrait gentiment son amie tout en dévorant un naan au fromage, le pain indien, commandé en urgence en attendant le plat principal...

- Finalement, il est plus facile de manger exotique dans ton quartier, et je vais bien dans le décor.

Elles avaient trouvé une table au Taj Mahal où l'on servait exclusivement la cuisine des Indes. Forcément, avec un nom comme ça...

La métisse avait beau donner le change, Nina la trouvait différente depuis son retour tardif, comme gênée aux entournures.

- Il y a un truc qui ne va pas Nimisha ?

- Rien de rien, j'ai faim c'est tout...

- Tu étais peut-être attendue ailleurs, ne te crois pas obligée de rester avec moi tu sais...

- Quelle idiote tu fais !

- Eh bien la soirée s'annonce bien !

Nina avait dit ça dans un éclat de rire que Nimisha fût incapable de partager. Rien à faire, elle ne saurait pas faire semblant.

Elle regardait Nina, l'air franchement grave cette fois.

- Ben aller, crache le morceau !

- Attends, je finis ce naan et puis...

Nimisha eut un geste vers le serveur qui apportait un rosé de Bandol. Il prit son temps pour déboucher la bouteille dans les règles, demanda laquelle des deux voudrait goûter. Ce fut Nina. Le vin était bon. Le garçon remplit les deux verres et s'éclipsa enfin.

Nimisha but une gorgée, puis inspira profondément. En face, Nina restait tout à fait stoïque, incroyablement calme. Elle en avait tant vu, tant entendu depuis des mois...

- J'ai trouvé quelque chose d'étonnant cet après-midi sur l'ordinateur de ta sœur. Je ne voulais pas t'affoler, c'est pourquoi je ne t'en parle que ce soir.

- Qu'est-ce ça change que tu m'en parles cet après-midi ou maintenant ?

- Je devais vérifier quelque chose, c'est fait. Tu doutes que les trois imbéciles accusés du meurtre de ta sœur soient les véritables coupables c'est bien ça ?

- Juste une vague impression, mais c'est ça.

- Eh bien il y a peut-être une autre piste en effet.

- Bon, je t'écoute.

- Raconte-moi d'abord l'hypothèse qui ressort de l'enquête s'il te plaît.

- Comment ça l'hypothèse ?

- Eh bien comment ta sœur et son ami ont été tués, où, pour quel mobile.

- Pourquoi ? En plus d'être un as de l'ordinateur, tu aurais des talents d'enquêtrice ?

- C'est la même réflexion : curiosité, logique, déduction, besoin de comprendre. Tu sais bien qu'à l'agence de voyage, les recherches qu'on me confie sont quasiment des enquêtes. C'est dans ma nature je crois. Et j'avais cru comprendre que tu cherchais une autre vérité...

- C'est exact.

- Alors vas-y, on n'en est pas à chercher ce qui nous motive. On le sait très bien. Toi tu doutes des explications avancées, et moi je suis curieuse, passionnée et presque obsédée par le cluedo, tu sais ce jeu qui consiste à résoudre les énigmes d'une enquête. Alors là, voilà que tu m'en confies une vraie, grandeur nature.

- Il ne s'agit pas d'un jeu, mais du meurtre de ma sœur.

- Bon, tu commences à m'énerver Nina ! J'ai envie de te rendre service parce que tu es mon amie. Et il se trouve que j'ai quelque talent dans le genre. Alors soit on cherche ensemble, soit on tourne la page. Si tu penses que de ma part c'est de la curiosité mal placée, on parle de mecs, de bouffe, de fringues ou je ne sais quoi !

Il y eut un silence qui tourna franchement au malaise entre les deux filles car le serveur arrivait avec les plats chauds et les sauces dont il expliquait dans les détails la composition et le bon usage. Agacée, Nimisha le coupa d'un très sec « on sait ! » Le jeune homme tourna les talons illico.

Nimisha mangeait sans rien dire ni sourire. Nina prit l'initiative de remettre la conversation dans le bon sens.

- Excuse-moi Nimisha, tu as mille fois raison. Mais tu sais : sujet sensible...

Pour lui montrer qu'elle avait compris, Nimisha lui tapota gentiment le dessus de la main. Avec l'effet involontaire de plonger les doigts de Nina dans un ramequin rempli d'une épaisse sauce à la menthe, et de transformer dans l'instant la tension en franche rigolade.

Quand elle eut suffisamment goûté l'assortiment de spécialités indiennes qui garnissait son assiette, Nina expliqua que pour les enquêteurs, il s'agissait d'une agression ou d'un cambriolage qui aurait mal tourné.

Elle récita quasiment la version officiellement privilégiée : « Gwladys et Éric avaient loué un studio pour un week-end en amoureux à Saint-Jean-de-Monts. Leurs affaires y ont été retrouvées dans un grand désordre et la porte du studio n'avait pas été refermée à clé. C'était le premier week-end d'octobre. Il faisait beau. Ils avaient sans doute voulu en profiter. Ça leur ressemblait assez. Depuis presque trois ans, ils habitaient Rennes et poursuivaient le moindre rayon de soleil. Pas de trace de sang dans le studio. Des traces microscopiques dans le coffre de la voiture qui avait été nettoyée.

Quant au mobile : les types devaient cambrioler le studio et ont été surpris par Gwladys et Éric. Ils ont déjà été condamnés à plusieurs reprises pour des vols de ce genre dans des résidences secondaires qu'ils saccageaient au passage... »

Nina fit celle qui avait dit l'essentiel. Elle attendait les questions que ne manquerait pas de poser son amie.

Nimisha exprima plutôt une forme d'affirmation.

- Ce n'est pas un motif suffisant pour tuer deux personnes, dit-elle.
- Il pourrait y avoir une connotation sexuelle. Mais Gwladys n'aurait pas été violée, ou si elle l'a été, c'était avec préservatif. Ce qui est rare paraît-il, et peu probable dans ce cas avec des types à plusieurs et ayant de plus beaucoup bu, à ce que disent des témoins qui auraient eu affaire à eux dans un bar un peu plus tôt dans la soirée.
- C'est un peu juste.
- Autre hypothèse : Gwladys et Éric auraient été menacés avec une arme pour donner par exemple leur code de carte bleue. Ils se seraient défendus et auraient pris un mauvais coup, un truc comme ça.
- Pourquoi pas...
- Enfin, Éric se serait interposé et aurait été tué sans que les types en aient eu forcément l'intention. Il n'a pas été attaché ou entravé, alors que des traces sur ses poignets laissent supposer que Gwladys l'a été.
- Éric mort, ils auraient aussi tué Gwladys, mais où ?

- Ça, on n'en sait rien. Les trois types nient. Le plus jeune, ivre mort, aurait tenu un rôle mineur. Ce qui lui vaut d'être en liberté surveillée. Les deux plus âgés, appelés Lucky et Marco, de leurs vrais noms Jean-Luc et Jean-Marc, se renvoient la responsabilité. Ils affirment avoir trouvé la voiture avec les clés sur le contact et que les corps étaient déjà dans le coffre. Qu'ils ne les auraient découverts qu'au petit matin...

- C'est un peu gros !
- Enfin voilà pour l'essentiel.
- C'était quoi comme voiture ?
- Une Lancia Thesis...
- Ça coûte la peau des fesses cette bagnole !
- Dans les 50 000 €. Mais ils l'avaient louée. Ils aimaient bien frimer un peu.
- Signe extérieur de richesse...
- Les enquêteurs pensent aussi que ça a pu attirer l'attention des trois abrutis.
- Et personne n'a rien entendu ?
- Tu sais, Saint-Jean-de-Monts en automne et en dehors des vacances scolaires, tu as des immeubles entiers sans un seul occupant dans certains coins...

Le garçon revint pour débarrasser et fit celui qui avait tout oublié de l'affront essuyé un peu plus tôt.

Elles déclinèrent la proposition d'un dessert et commandèrent chacune un thé vert.

- Qu'as-tu donc découvert sur l'ordi de Gwladys, que tu devais vérifier ? demanda Nina.
- Un historique de conversation.
- Je ne sais même pas que ça existe...
- C'est une option choisie à l'ouverture d'une cession de dialogue. Quand tu parles sur internet avec quelqu'un, c'est enregistré.
- Éric et Gwladys enregistraient tout ?
- Je suppose que c'était pour que l'un et l'autre sachent ce qui avait été échangé. Qu'une fois lu par les deux, l'historique était effacé.

115

- Qu'est-ce qui te laisse penser ça ?
- Il ne reste qu'une seule conversation.
- Et alors ?
- Elle date du jour de leur mort. L'échange est bref.
- Et que dit-il ?
- Il parle d'une soirée pleine de promesses et précise un rendez-vous.
- Où ça ?
- Chez un coiffeur de Saint-Gilles-Croix-de-Vie, entre 19 h 30 et 20 h.
- …
- Je suis allée vérifier tout à l'heure, il existe bien.
- Tu as fait toute cette route ?
- En à peine une heure on y est. Je ne suis pas allée au hand en fait, mais là-bas.
- Et qu'as-tu vu ?
- Un pilier de bar !

34 (Sacha)

Du tangage plein les chaussures, j'avais réussi à quitter l'Escale et ses marins, la démarche mal assurée mais les idées claires. Tarabusté par cette question à laquelle personne dans le bar n'était parvenu à répondre : qui donc était cette fille qui m'avait interpellé pour disparaître aussitôt ?

Je n'avais reconnu ni sa voix ni sa silhouette. Je doutais aussi que l'échauffourée entre Norbert et le bibendum fut une explication suffisante à sa fuite. Elle avait semblé bien trop assurée pour ça.

Je m'étais endormi avec cette interrogation. Elle m'avait accompagné dans mon sommeil puis elle était revenue, intacte, peu après mon réveil.

Quand j'étais rentré du bar, j'avais trouvé chez moi Alice. La coiffeuse m'y attendait sans m'attendre, comme elle le faisait parfois. Elle avait fermé le salon de coiffure mais n'était pas partie, avait rejoint mon appartement où, penchée sur des casseroles, elle s'occupait à la préparation de pâtes accompagnées d'une sauce non identifiée.

C'était une chic fille, embauchée au salon avant même que j'en devienne le propriétaire. Ainsi disait-elle « faire partie du mobilier ».

Comme moi, pour y avoir perdu la maîtrise de sa propre destinée, elle se préservait de relations amoureuses trop passionnées.

Nous avions le même âge, à quelques mois près. Remontions nos généalogies respectives sur des arbres enracinés dans le soleil et aux bourgeons éclos sur les branches de la France de l'immigration. Avec des signes plus marqués chez elle, née des amours légitimes entre un père portugais et une mère marocaine.

Typée sud, elle ne dépareillait pas d'une partie de la population locale issue d'implantations mauresques ayant, quelques siècles plus tôt, contribuée à faire de Croix-de-Vie, Saint-Gilles, ou des

Sables-d'Olonne, de prospères terres de pêcheurs et de commerçants tournés vers le grand large.

Elle portait avec aisance et sans le moindre complexe quelques kilos au-delà de la norme en vogue, se prénommait Alicia mais préférait la version francisée d'Alice. C'était là sa seule coquetterie.

Pour le reste, un pragmatisme parfois désarmant guidait sa vie Elle lisait beaucoup, des romans mais jamais les journaux, ne regardait la télé que pour quelques films et n'écoutait la radio que pour la musique. Qu'on puisse se tenir à ce point et si volontairement à l'écart de l'actualité, m'impressionnait.

Elle affirmait pourtant ne pas être une exception et de manière générale en savoir autant que d'autres, sans que cette connaissance soit polluée par des détails inutiles ne servant qu'à pervertir la réalité.

- Je ne vois pas d'utilité à perdre son temps et son argent à chercher des infos puisque sans le demander, on en est bombardé, m'avait-elle dit un jour où je m'en étonnais.

Ainsi semblait-elle toujours d'humeur égale, dans un monde à elle, refusant de s'inquiéter pour des misères qu'elle déplorait, ici comme à l'autre bout du monde, mais contre lesquelles elle ne pouvait agir.

Alice était pourtant redoutable dans la détection des préoccupations, soucis et autres atteintes au moral parmi les gens de son entourage.

Et son détecteur s'était mis en alerte lorsqu'elle m'avait vu traverser le salon de coiffure, sans un regard pour rien ni pour personne, d'évidence bouleversé. Une intuition confirmée par mon retour à la démarche approximative, ma diction incertaine et mon haleine de levure et houblon brassé.

- Il me semble que manger te fera du bien, et je partagerais bien ce modeste plat avec toi, à moins que tu aies mieux à faire. Auquel cas je rentre chez moi, tu sais bien, dit-elle sans même se retourner.

Mais j'avais déjà mis sur la table deux assiettes et sorti les couverts. Elle l'avait remarqué mais cherchait toujours la confirmation d'être la bienvenue.

Nous avons dîné ainsi presque côte à côte, à parler de la journée au salon de coiffure, ou sans rien dire.

- C'est sympa d'être restée, lui dis-je enfin.

Nous venions de ranger la cuisine et je la devinais, se demandant si elle allait ou pas « regagner ses pénates », selon son expression.

- Je n'ai rien d'urgent à faire avant demain matin, lança-t-elle en préparant deux cafés.

- J'ai un peu picolé avec Jean-Claude et Norbert. C'est toujours un traquenard de tomber sur ces deux-là à l'Escale...

- Et alors, même si on ne fait que dormir, ça me va quand même. Tu sais bien que je n'aime pas être tout le temps seule, et j'ai comme l'impression que toi non plus ces temps-ci...

Je ne sais d'où peut me venir ce réflexe de pudeur, mais je rechigne toujours à parler de mes états d'âme que je dissimule, souvent avec maladresse. Je tentais donc une vague plaisanterie.

- L'approche de la quarantaine sans doute, la remise en question, la crise quoi...

Une réponse entre esquive et plaisanterie. Mais sitôt prononcée, je réalisais combien elle occupait une place essentielle dans mes préoccupations.

Après tout, la destinée tragique de mon ancien ami Léo ne me touchait-elle que de loin. Même s'il avait tenté une visite peu de temps avant sa mort, ça ne changeait rien à l'éloignement de tant d'années, autant géographique que relationnel.

Nous avions certes été liés un temps, jusqu'à nous influencer, puis nos destins n'avaient plus eu grand-chose à partager ou à mettre en commun.

Sans doute aurait-il suffi de peu pour relancer notre amitié là où nous l'avions laissée. Que je sois là le jour de sa visite, par exemple. J'imaginais un vaste espace des quelques centaines de kilomètres entre nous, sur lequel l'indifférence aurait trouvé un terrain idéal à sa prolifération. Je la voyais comme l'une de ces herbes envahissantes, sorties de nulle part, reprenant possession des zones les plus urbanisées dès que l'humain les abandonne.

La page était tournée : encore une de ces expressions si simples et si vraies.

La vérité de mon trouble, je l'avais comprise au cours d'une demi-beuverie puis d'une nuit de sexe et de sommeil en partage avec Alice.

Le passé : ce mot avait d'un coup pris un sens. Je n'avais jusque-là vécu autrement qu'au présent et au futur proche. Et voilà qu'un passé, privilège de l'âge, j'en avais un.

Ces amis avec lesquels je venais de renouer, ne seraient plus jamais ceux d'avant. Si nous avions « renoué », c'est qu'entre-temps nous avions dénoué, sans même en avoir eu conscience.

Oui, la page était tournée, et j'avais craint que la suivante, celle d'aujourd'hui, soit blanche. En me retournant sur ma vie, j'avais eu peur du vide.

Mais je m'étais trompé. Alice, par sa présence et des mots simples, me l'avait montré. Pas de vide mais d'autres choses, d'autres gens, d'autres amitiés sur ces pages bel et bien écrites au présent, avec une encre différente, douce et encore fraîche, à peine imprégnée.

Elle durcirait au fil du temps sur d'autres pages auxquelles les événements de mon existence donneraient plus ou moins d'importance, à l'échelle de ma petite histoire. Une continuité donc, avec des ruptures mais sans interruptions, sans le moindre vide.

- Tu sembles encore loin dans tes pensées, mais beaucoup plus serein qu'hier, me dit Alice.

Nous avions attendu l'ouverture de la boulangerie du quai pour prendre tôt le matin un petit-déjeuner. Alice rentrait toujours un moment chez elle avant de revenir travailler au salon de coiffure lorsqu'elle passait ainsi la nuit dans mon appartement. Ce petit plus à notre amitié n'était ni régulier, ni fréquent. Rare et simple, il nous faisait du bien.

Encore assis à la table de la cuisine, nous prolongions l'instant, avec une reconnaissance que ni l'un ni l'autre n'exprimerait. C'était inutile. Nos seules présences nous satisfaisaient.

- Oui, je me sens à nouveau léger. Nos conversations m'ont remis les idées en place.
- Comme d'habitude…
- Ah non, pas d'habitudes !
- Je plaisante, drôle d'idiot.
- N'oublie pas que tu parles à ton patron.
- Dans deux heures tu seras mon patron, là tu es mon ami, il y a une heure tu étais mon amant. Je gère à merveille les statuts interchangeables…
- Idem pour moi ; c'est une cogestion…

Nous étions d'humeur joyeuse et joueuse. La mort de mon ami Léo occupait toujours mes pensées, mais plus tout à fait de la même façon. Je me surprenais à en être davantage intrigué qu'attristé.

La façon dont l'emballement médiatique avait pu faire de lui une sorte de monstre des temps modernes me fascinait. Surtout après le portrait d'un type bien dont s'étaient fendus ceux-là mêmes qui le vilipendaient aujourd'hui. Et qui dans le même temps faisaient d'une commanditaire d'assassinat une vertueuse abusée.

Intérêt moins émotionnel donc, mais intérêt quand même, que je restais bien décidé à aller voir de plus près. Ça serait la première démarche vers une sorte de retour à moi-même.

Ces événements m'influençaient d'une manière inattendue. Ils m'incitaient à m'assumer davantage encore, à ne plus me laisser porter par la vie.

Pour cela, il me fallait du temps. Élément indispensable et susceptible d'être dégagé désormais, à condition d'abandonner quelque perspective d'aisance financière et aussi à convaincre Alice de s'y impliquer. La sincérité et simplicité pragmatique de cette fille lui avaient toujours valu de ma part une confiance innée. Je me décidais à lui confier une partie de mon projet, celle qui la concernait.

121

- En vertu de ton statut d'employée en chef et de ton aptitude à gérer, je te propose, en plus de tes statuts d'amie et parfois d'amante, la gestion du salon de coiffure pour un moment, lui dis-je.

Ses mâchoires marquèrent un temps d'arrêt en position fermée sur la corne d'un croissant, histoire de montrer sa surprise.

Je continuais.

- Je vais m'absenter, voir ma famille et quelques amis dans le Nord et dans l'Aisne. Et il se pourrait que je prenne un peu de recul avec le salon, maintenant que l'affaire tourne bien et que mon omniprésence n'est plus nécessaire, j'ai envie de faire d'autres choses, de vivre davantage pour moi, plus proche de mes idéaux tu vois…

- Tu n'as pas à te justifier Sacha. Dis-moi seulement combien tu me paies en plus !

- Nous estimerons ensemble, ce n'est pas un problème.

- Si Leila avait été là, c'est à elle que tu aurais fait cette offre, non ?

- Pourquoi une telle question ?

- Nous avons eu un peu les mêmes statuts elle et moi : salariée, amie, amante à l'occasion.

- Et alors, quelque chose t'ennuie là-dedans ?

- J'éprouve simplement le besoin de savoir où je peux me situer, voilà tout.

- Résurgence de concurrence féminine ?

- Possible…

- Quasi certain même !

- Mais tu ne réponds pas à ma question Sacha.

Alice avait retrouvé tout son sérieux. L'importance pour elle de cette interrogation concernant Leila m'avait échappé au début et j'avais poursuivi à tort sur le ton de l'humour. Impassible, le regard rivé dans le mien, elle attendait. Et je la connaissais trop pour imaginer m'en tirer par un lieu commun. Tout espoir de dérobade serait illusoire.

- Avec ou sans Leila, tu avais cette proposition.

- Tu sembles sincère.
- On ne peut l'être plus. Je vais même te donner les motifs d'un tel choix.
- Inutile.
- Si, très utile au contraire.
- Je ne vois pas pourquoi.
- Parce que tu ne veux pas voir, et que ça t'arrange.
La douceur dans ma voix avait disparu, simplement à cause de la concentration que je m'imposais pour ne pas perdre le fil de mon raisonnement. D'évidence, Alice l'interprétait comme un ton de reproche qui la mettait sur la défensive.
- Alice, si je te fais cette offre, ce n'est pas par défaut. Leila aurait été trop frivole pour ça. D'ailleurs, j'en suis certain, ça ne l'aurait pas intéressée. Tu es plus rigoureuse sans aucun doute.
- Et qu'est-ce que je ne veux pas voir ?
- Que dans un autre domaine, vous êtes très différentes. Leila n'a que faire de la concurrence féminine.
- Tu crois ça possible ?
- Oui, vous êtes libres toutes les deux, mais Leila est aussi libertine, pas toi.
- Et la différence, c'est quoi ?
- C'est plutôt une nuance.
- De quel ordre s'il te plaît ?
- Disons philosophique…
- Trop compliqué pour moi !
- Je ne crois pas. C'est un truc à intégrer, pas à décider ou à comprendre. Ça vient tout seul, ou grâce à son entourage affectif.
- Je t'assure, trop compliqué pour moi… Moi tu vois j'aime les hommes. Il m'est arrivé aussi de désirer une femme. Je ne philosophe pas pour autant là-dessus. C'est comme ça et c'est tout !
Sur le départ depuis un moment, Alice cherchait au fond de son sac ses clés de voitures qu'elle trouva finalement sur la table du salon.
- À tout à l'heure patron !
Alice n'aimait pas les discussions philosophiques…

123

35 (Nina)

La semaine qui avait suivi leur découverte, Nimisha et Nina l'avaient quasiment passée ensemble, à fouiller la mémoire du mini-ordinateur qui avait appartenu à Gwladys.

Nina avait voulu immédiatement se rendre à Saint-Gilles-Croix-de-Vie, déterminée à user de tous les moyens pour tirer les vers du nez à ce coiffeur doublé d'un pilier de bar. Nimisha s'était presque fâchée pour l'en dissuader.

- On ne sait même pas ce que ta sœur et son copain allaient faire là-bas, avait-elle opposé.

- Ce type les a attirés dans un piège, c'est un sadique, probablement de mèche avec les trois imbéciles qui portent actuellement le chapeau. C'est évident, ils habitent à quoi ?... 15 km les uns des autres !

- C'est une possibilité, avait admis Nimisha, mais pas une certitude !

- Il faut qu'ils paient tous, tu comprends !

- Je comprends surtout qu'on n'en sait pas assez pour débarquer comme ça et juste demander : « dites monsieur, quand vous serez dessaoulé, vous pourrez nous dire si vous avez participé au massacre de ma sœur ? » Il va nous rire au nez, ou nous démolir, sans compter qu'il n'est pas seul. Et crois-moi, les gars qui picolent avec lui ont les nerfs sensibles et le coup-de-poing facile.

- Je ne peux pas supporter l'idée qu'un sale type concerné d'aussi près par les derniers instants de Gwladys soit comme ça en liberté. Et d'après ce que tu me dis, il n'a pas l'air malheureux...

- On n'en sait rien !

Nimisha avait haussé la voix et Nina cessé immédiatement de laisser monter sa colère.

- Il faut que je maîtrise mes impulsions, avait-elle dit après un moment de silence.

Elles étaient assises toutes les deux devant la petite table de salon où les narguait l'Eee PC.

- Il semble nous dire « venez voir, j'ai encore des secrets pour vous ».

En disant cela, Nimisha avait appuyé sur la touche de mise en marche.

- Tu as raison, faisons-le parler d'abord, avec lui on ne risque rien. Quant à l'autre barbier de malheur, s'il faut lui régler son compte, je le ferai tôt ou tard.

Et Nina s'était résolue à plus de patience.

L'ordinateur avait parlé, ouvrant des pistes pour les brouiller aussitôt.

Nina avait renoncé à comprendre les méandres informatiques suivis par son amie, mais elle ne ratait aucun résultat de recherche, prenait des notes, découvrait sa sœur sous un aspect inédit, dans son intimité absolue.

- Le moins qu'on puisse dire, c'est qu'Éric et Gwladys ne faisaient pas dans l'ordinaire, question sexualité, dit-elle lorsqu'elle comprit que de découverte en découverte, il lui fallait admettre les activités hors normes pratiquées par sa sœur.

Pratiquées, assumées, mais inavouées car inavouables.

Au fur et à mesure que s'assemblait leur étrange puzzle, elle espérait percer les pensées de Nimisha, l'idée qu'elle se faisait désormais de Gwladys, le jugement qu'elle portait sur sa sœur.

Mais l'expression du visage de la longue métisse ne trahissait rien. Concentrée sur ses déductions, souvent agacée lorsque celles-ci n'aboutissaient à rien, la jeune femme s'abstenait de tout commentaire, même lors des discussions par lesquelles elles dressaient un bilan de leurs découvertes, même lorsqu'elles faisaient tout autre chose.

Nimisha s'absentait pour ses entraînements de handball, rentrait chez elle très tard le soir, cumulait ses heures de travail pour se libérer le plus tôt possible et passer ses soirées avec Nina. Le rythme d'une tacite mission s'était instauré.

- Et ton copain, tu ne le vois plus ? s'était inquiétée Nina au bout de quelques jours.

- Ah mon sportif… Il encadre des séjours de remise en forme, des sortes de raids, des voyages quoi. C'est comme ça que je l'ai connu, par le boulot.

- Il n'est pas d'ici ?

- Si, mais pas souvent là. J'adore ça et lui aussi je crois.

- Tu préfères ne pas y penser quoi…

- Je ne comprends pas ce que tu veux dire.

- Tu es forcément jalouse si tu l'aimes !

- La jalousie possessive est un manque de considération pour l'autre. Cette citation, je l'ai lue un jour quelque part et l'ai trouvée si vraie, si juste, que je l'ai reprise à mon compte.

- C'est de la confiance entre vous alors.

- Ah ça oui je lui fais confiance… pour ne pas s'ennuyer !

- Il est pareil ?

- Pareil ! Et même si je dis "mon amoureux", c'est sans illusion sur la longévité de notre histoire. Elle nous convient en ce moment, c'est tout...

- Et ma sœur, tu la juges comment, après tout ce qu'on sait d'elle maintenant ?

- Je ne la juge pas.

- C'est un peu facile de ne porter comme ça de jugement sur rien.

- Juger quoi, et sur la base de quoi ; qui sommes-nous pour juger ? Nina était restée songeuse un instant, avant de reprendre le fil de sa pensée.

- Nous avons tant d'idées sur ce qui est bien ou mal, j'avoue que je ne sais plus où me situer.

- Avec cette histoire, tu te rapproches de moi, lui dit Nimisha. Je suis un mélange de races, mais surtout de cultures. Chez moi, l'accomplissement compte davantage que le comportement. Quand une personne aimée est bien dans sa peau et dans sa tête, on s'en réjouit. Son épanouissement est un bien pour elle, mais plus encore

126

pour son entourage. Peu importe la façon dont elle s'épanouit et se réalise.

Nina avait ri.

- Tu parles comme un sage, prêtresse indienne d'une tribu disparue, avait-elle tenté de plaisanter.

Mais Nimisha n'était pas tombé dans le panneau de la diversion dans laquelle se réfugiait Nina dès qu'une conversation la gênait ou titillait son intimité.

- Tes parents devaient adorer ta sœur n'est-ce pas ?

- Ça oui, elle était si joyeuse, si rayonnante. Gwladys était l'exemple pour la famille, pour ses amis ; partout où elle passait en fait.

- Que se serait-il passé si tes parents avaient su tout ce qu'on vient de découvrir ?

- Aïe, pourvu qu'ils ne l'apprennent jamais !

- Tu vois, ça c'est votre culture. Un peu étriquée n'est-ce pas…

- Donc tu ne juges pas Gwladys ?

- Avec mon amoureux du moment, je nous imagine capables de vivre les mêmes choses que Gwladys et Éric. Eh bien si un jour on en arrivait là, nous aurions atteint le sommet de l'amour et de la connivence entre deux êtres, le voilà mon jugement. Ta sœur, je l'envie !

36 (Sacha)

J'étais arrivé dans l'Aisne deux jours avant l'ouverture du procès de Mireille Martin et de son complice, un jeune homme de 26 ans répondant au nom lui aussi très commun de Philippe Poulet.

C'est lui que tout accusait d'avoir froidement tué mon ami Léo, sans même le connaître. Mais de ce bras armé, les journaux ne parlaient guère. Si bien que je n'en savais pas grand-chose.

J'avais confié le salon de coiffure à Alice et me disais que je le ferais désormais plus souvent. L'affaire tournait suffisamment bien sans moi pour m'accorder ce genre de liberté. J'avais aussi envie de reprendre le théâtre, de voyager, de rencontrer davantage de gens nouveaux... Bref, je ressentais de plus en plus le temps qui passe et le devoir d'en faire quelque chose. C'en devenait une idée fixe, à la limite de l'obsession.

J'avais passé la première nuit chez ma mère, retournée vivre tout près de la frontière belge, dans un univers industriel en friche, près de sa famille et de Valenciennes, dans le Nord.

Du pays minier où mes ancêtres avaient trimé vers des décès prématurés, ne subsistaient que quelques traces, des vestiges de vies ouvrières, entretenus comme des musées.

La seconde nuit, je l'avais passée chez un cousin, à Saint-Quentin. Aldo était un grand gaillard d'1,98 m qui avait eu ses heures de gloire au sein de l'équipe de basket locale.

Quelque peu épaissi par l'âge, il jouait toujours dans un club plus modeste et ne cachait pas sa fierté de « tourner encore à 20 points par match à 40 ans bien sonnés »...

À lui, j'avais confié le véritable motif de mon séjour dans l'Aisne. Cela ne l'avait pas étonné. À ma grande surprise, il se rappelait parfaitement ma passion pour le théâtre dans cette ville qui avait toujours été la sienne, et aussi mon amitié d'alors avec Modeste Person.

- Toi tu venais parfois voir mes matches, mais moi aussi j'allais te voir sur les planches, souviens-toi...

Nous avons ri de cette fois où je lui avais passé une invitation un soir de première. Une place VIP au premier rang. Les gens assis derrière sa haute stature râlaient car ils ne voyaient que ses larges épaules.

- Depuis, je demande toujours une place au fond. Je préfère en voir moins et ne pas sentir les regards hostiles dans mon dos, dit-il.

Il se souvenait aussi de Léo, alias Modeste Person.

- J'ai failli t'appeler quand c'est arrivé. Puis je me suis dit qu'il était inutile de te contrarier avec ça. Surtout que...

Et Aldo laissa sa phrase en suspens.

Nous étions à table pour le repas du soir, avec sa femme que je voyais pour la première fois, et leurs deux garçons âgés de 14 et 12 ans. Deux grands échalas montés sur ressorts comme leur père à leur âge. Sportifs eux aussi. Basketteurs, ça va de soi.

Je me suis dit qu'il ne voulait sans doute pas en dire davantage en leur présence. Et nous avons poursuivi l'évocation de nos souvenirs, dont les plus incongrus liés aux fêtes de famille très en vogue à l'époque de notre enfance, amusaient la petite assemblée.

Les deux garçons en redemandaient. La femme d'Aldo riait tant qu'elle en pleurait. L'anecdote la plus hilarante fut sans conteste celle de l'oncle qui avait trop bu et perdu son dentier en vomissant dans les toilettes.

Ah les réunions de famille, à cette époque, c'était quelque chose !

Quand tout le monde fut couché, nous prolongeâmes la soirée, Aldo et moi, avec d'autres évocations, plus ou moins joyeuses. Ceux des nôtres qui n'étaient plus là. Ceux qui avaient connu des galères. Ceux à qui, au contraire, le destin avait souri...

Puis je revenais à mon ami Léo et incitais mon cousin à m'en dire davantage.

- Il y a eu beaucoup de ragots au sujet de ton copain. Je ne sais pas si c'est vrai. Mais ce n'est pas très reluisant, me dit-il.

- Tu veux parler de sa séropositivité ?

- S'il n'y avait que ça, passe encore. Tu sais l'un des plus grands basketteurs du monde, Magic Johnson tu te souviens, était séropositif, ça arrive. Mais il se dit que ton Léo était un partouzeur.

- Et alors, chacun vit sa sexualité comme il l'entend non ? Tant que c'est un truc entre adultes consentants...

- Certes, sauf que Modeste, lui, connaissait son état, le cachait et essaimait son virus à tout va ; et ça, c'est dégueulasse !

- Oui enfin, c'est ce que prétend cette Mireille Martin...

- En tout cas, tout le monde ici la croit. Il y a même eu des manifestations pour qu'elle sorte de prison. J'ignore si le juge a cédé à cette pression populaire. Toujours est-il qu'il l'a remise en liberté conditionnelle.

- Je sais tout ça, j'ai lu la revue de presse du site de soutien à cette femme.

Aldo n'avait pas seulement été un bon sportif. Il avait aussi poursuivi un honorable cycle d'études qui lui valait aujourd'hui de figurer sur la liste des avocats du barreau, à Saint-Quentin. La boutique pénale, il connaissait.

- J'ai l'impression que ton juge a surtout cédé à une pression médiatique, lui dis-je.

- L'un ne va pas sans l'autre...

- Tu veux dire que le juge peut mettre la pression sur les médias ?

- La pression peut-être pas, mais les influencer oui, surtout quand tous vont dans le même sens : procureur, enquêteurs, opinion publique, avocats.

- Les avocats aussi ?

- Le cabinet choisi au départ par la famille de Modeste Person s'est désisté quand cette histoire de sida est venue sur le tapis. Plusieurs consœurs et confrères ont ensuite refusé la défense de cette encombrante partie civile, qui n'a trouvé que très récemment un défenseur assez fou pour y aller. Mais ces dérobades successives d'avocats nuisent énormément à la mémoire de ton ami Léo.

Nous restâmes un moment silencieux, puis il me proposa de montrer la chambre où j'allais dormir, et me dit :

- Je t'accompagnerais demain matin à Laon, pour la première journée d'audience. Je te présenterais quelqu'un... Bonne nuit cousin.

Et nous nous sommes embrassés, comme quand nous étions des enfants.

37 (Patrice)

Dans la grange, Patrice avait repris ce que Madeleine avait fini par appeler « ses aménagements ».

La grand-mère, plusieurs fois par jour, avançait encore jusqu'à la porte, écoutait, cherchant à deviner le motif de tant d'activité. Son petit-fils la tenait toujours à l'écart, maintenait la grand-porte barrée de l'intérieur ou la verrouillait derrière lui les rares fois où il sortait. Cette femme, il l'avait toujours connue indifférente, comme recluse en elle-même, le visage fermé, sans joie. Il camouflait certes son chantier dans la grange ; mais loin de lui l'idée qu'elle puisse s'y intéresser. Ainsi ne remarqua-t-il pas l'attention nouvelle de la Vieille grand-mère à son égard.

Car depuis la dernière visite des gendarmes, Madeleine se sentait différente, ou plus exactement redevenir elle-même.

Elle n'avait pas aimé la façon dont la jeune gendarmette l'avait toisée, cette manière de lui adresser la parole, cocktail de froide politesse, d'autorité et de mépris.

Qui était-elle cette imbécile dont la personnalité tenait en un uniforme et un règlement appliqué à la lettre ?

Depuis la mort de Jules, Madeleine avait réussi à tenir ses distances avec un monde pour lequel elle n'éprouvait que rancœur et abjection. Mais avec cette histoire, la société patiemment rejetée l'avait assaillie, rattrapée. Les quelques hectares de marais autour d'elle n'avaient garanti ni son refuge ni son isolement. Sa bulle avait éclaté.

La Maraîchine avait exhumé d'une malle jamais ouverte dans sa chambre, des vêtements d'un autre temps. Ils étaient là, pliés, remisés pour toujours avait-elle pensé en refermant sur eux le coffre en bois, une bonne quinzaine d'années plus tôt. Elle les examinait, un à un, intacts ; des chemises en toile, des pulls, des jeans, des jupes amples et légères.

Tâche ordinaire de la vie quotidienne et pourtant tout premier acte de sa révolte : elle passa le tout à la lessive.

Madeleine ne pouvait plus exister dans « la vieille grand-mère ». Tant qu'elle avait pu demeurer recluse et en paix dans son marais, le personnage qu'elle avait façonné, dans lequel elle se dissimulait, avait suffi à lui conférer une autorité sur son entourage, synonyme de tranquillité. Jusqu'à faire le vide autour d'elle. Objectif atteint ! Car l'entourage en question s'était rapidement contenté du petit-fils et ses deux cousins. Les autres de ses familiers, amis ou amours, logeaient dans sa tête, dans ses souvenirs.

Souvent, ils lui faisaient la conversation, la distrayant de la monotonie des besognes paysannes et quotidiennes qu'elle s'imposait.

Telle était sa vie, intérieure, riche et rayonnante de discussions animées sur le monde et son évolution le plus souvent. Car, aussi étrange que cela puisse paraître, il s'agissait de débats contradictoires avec ces êtres du dedans.

Ils n'étaient pas toujours d'accord avec elle…

Si bien que de l'extérieur, des gens de passage l'avaient souvent vue parlant toute seule, ajoutant parfois la gestuelle à la parole, s'emportant pour défendre un point de vue.

Et dans le pays, l'idée était faite que Madeleine, la dernière des « communards » selon l'expression ayant désigné la communauté libertaire du marais dans les années 70, virait folle.

Patrice avait faim. Il sortit de la grange, verrouilla la porte derrière lui, s'avança vers la maison le regard sur le sol un bon mètre devant ses chaussures. L'horizon ne l'intéressait plus, le regard des autres encore moins.

La porte d'entrée était ouverte en grand sur les paroles d'une chanson inconnue, interprétée par un homme au timbre de voix très grave et sur un accompagnement musical dominé par les guitares.

Le niveau sonore était si fort et l'ambiance si inhabituelle que Patrice s'arrêta net sur la dalle patinée marquant le seuil de ce qui fut autrefois une bourrine, l'habitat typique du marais.

Il perçut une présence et, se tournant vers le banc de pierre posé en bout de façade devant la maison, y vit une femme étrange.

Elle était assise, les jambes croisées dans une longue jupe fleurie dont le tissu léger lui caressait les chevilles au grès d'un vent léger. Un chemisier mauve aux longues manches boutonnées aux poignets, enserrait une poitrine en liberté.

La femme, aux longs cheveux noirs et gris noués en plusieurs tresses, offrait un visage détendu aux rayons du soleil déjà chaud pour le printemps, la tête légèrement penchée vers l'arrière, les yeux clos.

Elle fredonnait les paroles de la chanson interprétée par l'homme à la voix grave sur la chaîne stéréo poussée au maximum.

Patrice crut voir la Vieille grand-mère, déguisée, rajeunie, métamorphosée…

38 (Nina)

« L'un des plus grands bonheurs de la vie consiste à liquider les tabous qui nous habitent. Je ne sais rien de plus enrichissant sur la connaissance de soi que d'y parvenir...»

Nina et Nimisha avaient remis à l'écran ce texte extirpé des archives de courriers électroniques reçus ou envoyés par Gwladys. La jeune femme l'avait adressé à Éric, près d'un an avant leurs morts conjointes.

- C'est fou ce que l'on peut laisser comme traces électroniques, s'étonnait Nina pour la énième fois.

Elle n'en revenait toujours pas : en une semaine, la mémoire du petit ordinateur lui en avait appris davantage sur sa sœur que plus de 25 ans de vie quasi commune auparavant.

Visiblement, le couple Éric et Gwladys avait pris l'habitude de se confier par mail des ressentis, désirs et confidences parfois difficiles à formuler de vive voix, ou de ceux que l'on cerne avec clairvoyance l'espace d'un instant seulement et qu'il serait illusoire de vouloir traduire plus tard avec la même justesse et le même élan. Dans ce texte remis à l'écran, on comprenait que Gwladys avait extrait d'un livre des passages auxquels elle s'identifiait mot pour mot : *« En vérité, si j'ai le goût de l'aventure, si je recherche l'inattendu, j'aime avant tout me faire peur. »*

Nimisha avait isolé ce texte parmi d'autres car elle y décelait une analyse que la sœur disparue faisait d'elle-même, susceptible d'être en relation avec son destin tragique.

« Le jeu des situations insolites m'excite et me séduit. Le danger ou ce que j'en imagine me grise, me met en transe et me plonge dans un état second où mon être se sent autorisé à se dédoubler, oubliant ainsi toutes les contraintes dressées par mon éducation. Je suis moi sans être moi. Cette sorte de schizophrénie me permet de libérer certaines pulsions refoulées. Le double jeu déculpabilise...»

Gwladys expliquait à Éric que sans partager les désirs masochistes de l'héroïne du livre en question dont elle ne citait malheureusement jamais le titre ou le nom de l'auteur, elle adhérait au même esprit de recherche de soi et d'amour absolu dans un couple. La conclusion était même très personnelle.

« Tu peux tout obtenir de moi, me forcer, concrétiser tout ce que tu désires ou n'oses même pas m'avouer. Car je suis guidée par la confiance que je te porte. Je t'aime et je sais que tu m'aimes au point d'être certaine que cet amour ne nous égarera jamais sur les chemins osés où nous avançons ensemble... »

- Ils évoquent forcément une exposition commune au danger. Il faudrait savoir lequel, s'il est en relation avec leur assassinat.

Nina ne répondait pas. Elle relisait des passages de ce texte, tentait d'en saisir tous les sens.

- Ma sœur était en fait une vraie salope, lâcha-t-elle soudain.

Un mot de plus et les larmes qui embuaient son regard auraient débordé ses paupières.

Nimisha resta un moment silencieuse, puis n'en pouvant plus, prit la défense de Gwladys.

- Tu ne peux pas dire ça, c'était sa vie !

- Une vie de débauchée, parfois je la hais, hurla presque Nina.

Elle craquait, se prenait la tête entre les mains. Depuis une semaine, elle avait cumulé tant d'indices sur sa sœur. Ces révélations avaient fini par l'écœurer.

Nina avait beau se donner des allures de fille libre, et même s'il lui était arrivé par le passé de céder à quelque aventure à la lisière de la morale, elle se voulait vertueuse, femme amoureuse et exclusive pour celui qu'elle avait aimé ou qu'elle aimerait. Depuis sa rupture avec Jérémy, elle n'avait pas même flirté avec un autre garçon. Quant aux avances de Nimisha, elle les prenait comme un surplus de sympathie, persuadée que jamais elle ne céderait à la tentation d'une relation homosexuelle.

Rien à faire, elle entendait bien les propos mesurés de Nimisha, ses tentatives pour justifier la sexualité hors norme d'Éric et Gwladys, pour la respecter faute d'y souscrire. Mais elle n'en partageait rien. Aucun désir. Aucune envie.

- Je ne sais pas comment Éric a pu la pervertir à ce point, ce petit salaud cachait bien sa véritable nature, dit-elle lorsqu'elle se fut un peu calmée.

- A mon avis, tu fais fausse route Nina. C'était leur choix, à tous les deux. Oublie les détails, ne t'imagine pas les faits et relis dans cette correspondance, puisqu'il s'agit bien d'un échange de lettres en fait, tout l'amour et la complicité qui les unissaient...

Cette fois Nina se mit vraiment en colère.

- Arrête ! Arrête veux-tu... Tu m'énerves à toujours défendre Gwladys, à la porter aux nues. Oui, tu m'énerves et tu arrêtes !

Elle avait hurlé ces mots, comme une injonction.

La personnalité de Nimisha n'était pas à un paradoxe près. Capable de développer pour des recherches pratiques ou techniques une patience infinie, elle n'en avait aucune pour les excès d'humeur et encore moins pour les invectives dont elle était la cible.

- OK, dit-elle.

Elle ramassa son sac, enfila un petit blouson de cuir rouge qui étirait sa déjà longue silhouette, et partit sans en dire davantage.

Nina restait là, assise sur le petit canapé, accablée de colère et de déception, vide de toute compassion. Comme les autres, elle avait d'une certaine façon, idéalisé sa sœur morte.

Plus encore parce qu'elle était morte justement !

Elle avait longtemps écouté cette petite voix lui rappelant à quel point Gwladys n'était pas l'oie blanche décrite par les journaux notamment.

C'est cette petite voix qui l'avait incitée à chercher d'autres indices.

Certes doutait-elle de la version de ces trois soudards surpris dans leur cambriolage.

Elle imaginait, c'est sûr, qu'une autre vérité, si elle venait à émerger, servirait à descendre le souvenir de Gwladys du piédestal dévolu aux victimes. A lui redonner une dimension humaine avec ses faiblesses et ses vices. Mais pas ces vices là...

Car elle prenait conscience maintenant, qu'à l'ombre de ce piédestal, elle-même vivotait.

Elle était devenue « la sœur de ». Vivante et donc imparfaite ; alors que Gwladys, oh Gwladys…

Et si elle n'avait fouillé le souvenir de sa sœur que pour y débusquer l'imperfection ?

Cette question, secrètement, elle se la posait depuis plusieurs jours. Tout en connaissant la réponse. Oui, la mise au jour de travers imputables à sa sœur l'aiderait à exister encore, à retrouver une confiance ébranlée, à jouir à nouveau de l'aura positive confisquée par Gwladys dans son martyre.

Jamais cependant elle n'avait imaginé de telles révélations. L'imperfection découverte tenait tant du scandale qu'elle s'interdisait tout simplement d'en révéler ne serait-ce qu'une partie. Et ce secret, tout juste partagé avec Nimisha dont elle ne doutait pas du mutisme sur le sujet, l'embarrassait.

Elle n'avait pas découvert des travers, mais ce qui pour elle s'avérait être des vices.

Ces pratiques sexuelles, ces exhibitions, ces soumissions, partagées avec d'autres partenaires et en complicité avec l'homme qu'elle aimait… ça dépassait l'entendement.

À qui pourrait-elle en parler ?

Qui voudrait la croire ?

Devait-elle assombrir d'un coup, l'image si limpide laissée par sœur, celle d'une oie blanche ?

Bien sûr qu'elle ne le devait pas.

Mais que faire maintenant ?

Elle ne voyait qu'une seule option : continuer, aller plus loin, s'introduire pour de bon dans ce milieu dont sa sœur semblait s'être délectée, s'y être exposée jusqu'à en mourir.

Après maintes hésitations, elle ouvrit la boite de dialogue d'une communauté internaute baptisée « Libertinum ». Sur le clavier, elle tapa les lettres du pseudo « Erys » puis le mot de passe « Eros2007 ».

Nina vit apparaître sur l'écran du petit ordinateur une liste de pseudonymes précédés d'un carré vert indiquant qu'ils étaient eux-mêmes connectés au même instant, puis une multitude d'autres pseudos précédés de carrés rouges ou oranges. Une légende traduisait les couleurs : vert pour « libre », orange pour « occupé », rouge pour « absent ».

Elle connaissait le système, commun à d'autres boîtes de dialogue en direct sur internet.

Là, en cliquant sur chaque pseudo, une fiche descriptive apparaissait : couple, femme, homme, âge, taille, poids, signe astrologique, couleur de cheveux, département de résidence, orientations sexuelles, quelques lignes pour décliner le type de contact recherché.

À ceux marqués d'un carré vert, elle envoya un message, un simple « bonsoir ».

39 (Sacha-Leïla)

L'image commune du nord de la France est celle d'une grisaille humide, des corons et du maroilles. Ainsi se fait-on, à partir d'une carte postale très caricaturale, une idée sans nuances.

Pourtant, si ce fromage odorant, glorifié par un film au succès phénoménal sur les Chtimis, est apprécié dans la Nord, c'est dans le bocage du département voisin de l'Aisne, vert et méconnu, qu'il est élaboré et affiné. De même, si la région regorge de maisons ouvrières alignées et modestes, celles-ci voisinent avec autant de grandes demeures héritées de la bourgeoisie d'années prospères à fabriquer du fil, des tissus, des broderies, des marmites, du fil électrique, du sucre blanc de betteraves, des vélos ou des mobylettes...

Ces industries ont disparu ou fortement régressé, et avec elles la bourgeoisie qu'elles généraient.

Désertées, la plupart de ces maisons cossues se trouvèrent à vendre, encore chères pour un ouvrier ou un chômeur, mais bien en deçà de leur valeur et à portée des revenus tout juste au-dessus de la moyenne.

C'est ainsi qu'à Saint-Quentin, mon cousin Aldo avait fait une belle acquisition. De la chambre d'amis où il m'avait installé, j'avais une vue imprenable sur le parc arboré en centre-ville appelé sans aucun complexe Les Champs-Élysées.

Penché à la fenêtre sur une douce soirée de printemps, le nez dans les étoiles et les odeurs de frais feuillages et d'herbe humide, je me rappelais que ce nom n'est pas seulement propre à la plus belle avenue de Paris et du même coup du monde, mais désigne en d'anciennes croyances le séjour des âmes vertueuses dans l'au-delà. Si cette vision d'après la mort s'avérait exacte, au regard de ma conduite, j'avais tout intérêt à profiter des Champs-Élysées sur terre, de mon vivant.

Il n'était pas très tard. L'école pour les enfants le lendemain, des dossiers à préparer pour Aldo : on ne veillait pas chez mon cousin. Sur une table faisant office de bureau, j'avais allumé mon ordinateur portable. J'ouvris ma boîte de dialogue, avec l'espoir d'y trouver Leila qui, à La Réunion, se couchait au contraire fort tard. Le pseudonyme « Leilalain » était bien là, précédé d'un carré vert. Mes amis étaient connectés. Je leur envoyais deux émoticônes : une fleur et un sourire.

Dix secondes plus tard, je réceptionnais à mon tour le dessin d'une bouche ouverte en forme de baiser... C'était Leila !

- Comment va mon beau coiffeur ?

- Bien et vous, toujours heureux sur votre île ?

- De plus en plus...

Je suis toujours fasciné par le pouvoir émotionnel de ces dialogues juste écrits. Sans image ni son, on y partage parfois davantage qu'en des conversations physiques ou téléphoniques.

Là, je ressentais notre joie partagée de nous retrouver ainsi, d'autant que ces rencontres relevaient toujours du hasard.

Leila me parlait d'Alain, de nouvelles amitiés qu'ils avaient nouées, de leurs loisirs sur l'île et de leurs enfants restés à Nantes. Je lui donnais des nouvelles de nos connaissances communes, du salon de coiffure et de Saint-Gilles-Croix-de-Vie à l'activité du port de pêche en berne mais à l'effervescence progressive avec l'approche de la saison estivale et son afflux de touristes en famille.

Je lui décrivis l'endroit d'où je lui tenais ce dialogue électronique et lui donnais le motif de ma présence à Saint-Quentin. Je n'avais pas eu encore l'occasion d'exposer mes motivations à quelqu'un qui soit totalement étranger à mon histoire commune avec Léo, alias Modeste Person, dont le procès des assassins débutait le lendemain et auquel je me faisais un devoir d'assister.

- Pourquoi t'intéresses-tu à cette histoire ?

- Parce que Léo était mon ami.

- Mais tu ne l'avais plus revu depuis tant d'années...

- C'est vrai. Mais lui avait tenté de me revoir. Il était même passé au salon quelques mois avant sa mort.

- Oui, je m'en souviens.

- Tu étais là ce jour-là ?

- Oui.

- Tu ne m'en as jamais rien dit…

- Alice t'avait passé le message. Je n'avais rien à ajouter.

L'espace d'un instant, j'eu l'impression que Leila n'accrochait plus à la conversation. Comme si elle n'avait pas envie de parler de ça, que le sujet ne l'intéressait pas, ou l'embarrassait.

Magie de l'écrit encore qui répercute dans l'instant un enthousiasme à la baisse.

Soucieux de ne pas la lasser, je changeais de sujet et réorientais le dialogue sur un échange plus personnel, lui exprimant mon désir de les revoir, elle et son mari, sans trop attendre. J'avais trop mesuré ces derniers temps à quel point les êtres aimés, d'amour ou d'amitié, ne devaient pas être délaissés.

- Vous reviendrez bientôt en métropole, à Saint-Gilles ?

- Peut-être cet été. Mais toi, on t'attend toujours ici.

- J'y pense justement, c'est décidé, je viendrai bientôt.

- Tu dis toujours ça, mais tu consacres ta vie à ton salon de coiffure.

- Justement, j'ai réfléchi à tout ça aussi. J'ai décidé de lever le pied et m'accorder du temps, pour moi, pour mes amis, ma famille et mes passions.

- Aurais-tu enfin compris à quel point le temps nous file sous le nez ?

- C'est un peu ça oui.

Elle répondit non pas par des mots mais par le dessin d'une bouille ronde éclairée d'un large sourire.

Sur le coin droit de l'écran de l'ordinateur, une petite fenêtre indiquait les va-et-vient des pseudonymes se connectant ou quittant le groupe de dialogue « Libertinum ».

Certains m'envoyaient même un « coucou », un « bonsoir », manière de solliciter une conversation.

Je ne m'en préoccupais guère car pour la plupart, je ne les connaissais pas, ou si peu. Depuis le départ d'Alain et Leila, j'avais décroché de cette communauté libertine.

- Il est presque 1 h du matin ici mon p'tit Sacha, je vais aller dormir maintenant qu'il fait un peu moins chaud, m'écrivit-elle.

Je me dis qu'elle devait être vraiment fatiguée. En général, elle se montrait intarissable dans nos échanges à distance, et c'est moi qui, ensommeillé au milieu de la nuit, devais y mettre un terme. On ne voyait pas le temps passer à tchater de la sorte.

Je lui envoyais les dessins d'une fleur et d'une bouche en forme de baiser.

Elle me répondit de la même façon. Et ce fut tout.

Je n'avais plus qu'à me coucher moi aussi pour être à l'heure le lendemain matin. Chez Aldo, on ne veillait pas très tard, mais on se levait tôt...

40 (Leila)

Leila n'était pas fatiguée. Elle était stupéfaite, soudainement angoissée et troublée.

Alors qu'elle suivait le fil léger de sa conversation par internet avec Sacha qui occupait dans son amitié affective une place privilégiée, elle avait vu apparaître dans la liste des internautes de la communauté Libertinum, un pseudonyme ancien. Qu'elle savait disparu à jamais.

Soudain, elle avait eu froid, en dépit des 28 degrés affichés sur le thermomètre de ce coin d'île de La Réunion.

Elle avait abrégé son dialogue avec Sacha et presque hurlé le prénom d'Alain somnolant devant la télé dans la pièce voisine, lorsqu'était arrivé le « Bonsoir » envoyé par le pseudonyme « Erys »…

41(Patrice-Madeleine)

Lorsqu'elle tourna vers lui un visage toujours grave mais débarrassé de sa sévérité devenue légendaire, Patrice n'eut plus le moindre doute. Cette femme savourant soleil et musique était bien la Vieille grand-mère.

- Nous avons à parler, lui dit-elle.

Même l'intonation de sa voix avait changé. Patrice n'osait pas un geste.

- Approche, dit-elle encore.

Mais il restait planté sur le seuil, ne sachant s'il devait l'écouter ou persévérer dans son mutisme des derniers jours.

Voilà qu'elle lui souriait. D'un sourire triste, désolé.

- J'ai fait fausse route durant toutes ces années Patrice, et je t'en demande pardon. Je suis une imbécile. Tu as de bonnes raisons de m'en vouloir, de me détester. En fait, tu ne sais pas qui je suis.

Elle marqua une pause car elle voulait être certaine de l'attention de son petit-fils.

- Je n'étais que rancœur et tu as payé pour ça, toi le plus innocent de notre histoire. Je ne te demande ni de m'excuser ni de m'aimer, je voudrais seulement que tu m'écoutes car tu dois savoir. Ensuite, tu feras ce que tu veux de cette réalité…

Elle parlait calmement, débarrassée de cet accent du marais qu'il lui avait toujours connu. Il finit par s'approcher.

- Tu ressembles beaucoup à ton grand-père tu sais. Assieds-toi près de moi sur le banc s'il te plaît.

Décidément, la Vieille grand-mère était une autre dont il ne parvenait à détourner son regard. Patrice s'assit.

Mais quand elle eut un geste pour lui prendre la main, elle perçut un mouvement de recul et n'insista pas. Elle avait le sentiment de l'avoir un peu apprivoisé et prenait garde à ne pas gâcher ce premier résultat, si minime soit-il.

- Tu as toujours cru que la mort de ton grand-père était accidentelle. Elle ne l'était pas, il s'est pendu dans la grange.

Madeleine n'avait pas prévu de commencer comme ça le récit qu'elle pensait devoir à son petit-fils. C'était venu comme ça, un besoin incontrôlé d'évoquer son cher Jules. Elle l'avait tant aimé et se reprochait aujourd'hui de l'avoir trahi d'une certaine manière en vivant comme elle l'avait fait depuis sa mort. Trahi plus encore en mettant si peu d'amour dans l'enfance de Patrice.

- Jules était un homme bon, idéaliste et d'une grande intelligence…

Elle se savait engagée dans un long monologue et effectivement, Patrice installé près d'elle, adossé au mur de la maison, le regard fixe sur l'horizon sans obstacle du marais vendéen, ne l'interrompit à aucun moment.

Elle lui raconta tout : la quête d'idéal, la communauté, les défaillances successives de ceux que la société dont ils voulaient tant réinventer les fondements avait fini par happer puis asservir, la révolte irréfléchie de leur propre fille et mère de Patrice, puis sa descente aux enfers dans un monde dont ils l'avaient trop préservée et pour lequel ils n'avaient pas su la préparer et l'armer.

Jules, trop clairvoyant pour occulter sa responsabilité, jusqu'à l'insupportable et son suicide. Son désespoir à elle, Madeleine qui avait choisi une drôle de fuite en s'inventant pour s'y cacher, un personnage rustique et acariâtre.

- C'était de l'égoïsme. Volontairement enfermée dans cette carapace de Vielle grand-mère, je n'ai plus su donner d'affection. Tu as subi tout ça sans rien connaître de nos aspirations au bonheur qui ont viré au cauchemar.

- Pourquoi tu me racontes tout ça maintenant Grand-mère ?

- Ne m'appelle plus comme ça s'il te plaît. Madeleine, ça ira très bien.

- Mais pourquoi maintenant ?

- Ta révolte m'a fait réagir, m'a donné la volonté de redevenir moi. Me réfugier dans ce personnage, c'était de la lâcheté tu comprends.

Alors que toi, même petit, tu n'as toujours été que courage. Enfin, je vois ça comme ça.

- Parce que je t'ai enfin envoyée par terre l'autre jour, juste pour ça ?

- Ce fut le déclic oui. Et parce que tout ce qui t'arrive aujourd'hui, avec cette histoire, est injuste. Nous ne serons pas trop de deux pour te tirer de là. T'aider, c'est le moins que je puisse faire pour toi...

- J'ai faim, dit-il en se levant du banc.

Ils n'avaient pas vu les heures filer. Une esquisse de pénombre enveloppait cette campagne isolée. Vers l'ouest, le soleil rougeoyait encore derrière l'océan. Alors qu'à l'est déjà, la lune pleurait ses larmes d'or sur la surface du marais.

- C'est beau, j'avais même perdu ça, m'émerveiller du simple, dit Madeleine. Allons voir ce qu'on peut manger.

Ils partagèrent un repas hétéroclite, fait de pain rassis, de légumes cuits la veille et de conserves de poisson. Le tout fait maison. Madeleine n'achetait pas grand-chose en dehors des produits de base. La consommation facile, très peu pour elle. Au moins pour cette conviction était-elle restée fidèle à la mémoire de Jules.

Madeleine songeait à ces prédictions autrefois esquissées avec Jules, sur ces consommateurs dont des commerçants aux boutiques mondiales organiseraient la mutation en moutons résignés.

Nous y sommes, se disait-elle. Avec la pitié pour ce peuple manipulé à coups de peur du lendemain. Avec la honte pour eux-mêmes de n'avoir su aller au bout de leurs idées et s'être englués dans des contraintes trop personnelles, trop nombrilistes.

Patrice intégrait à la fois ce qu'il venait d'apprendre et la transformation de la femme assise à la même table. Aucun des deux ne parlait, comme si une pause s'avérait nécessaire.

C'est que le récit de Madeleine chamboulait presque tous leurs repères.

42 (Nina)

Nina, dans un premier temps, ne reçut aucune réponse au « bonsoir » envoyé aux internautes de « Libertinum ».

Au bout d'une dizaine de minutes, elle relança avec un autre message : « Personne ne répond ici ? »

Elle patienta encore quelques instants, eut le temps de se préparer un thé.

Elle rédigeait sur son téléphone portable un texto à l'intention de Nimisha, la suppliant d'excuser sa mauvaise humeur, lorsqu'un rectangle se mit à clignoter orange en bas de l'écran du petit ordinateur : le signal d'une réponse envoyée par une certaine Mireille.

Elle cliqua sur le rectangle orangé pour ouvrir la conversation, et lut la réponse de Mireille, cette inconnue.

- Si c'est une plaisanterie, elle n'est pas drôle. Si c'est un piège, il est grossier !

Aïe, et Nimisha qui n'était pas là. Car là, pas la peine de posséder l'instinct du détective pour flairer la piste. La personne dissimulée derrière le nom de « Mireille » savait. Non seulement elle savait à qui avait appartenu le pseudonyme Erys créé par Éric et Gwladys, mais elle n'ignorait pas davantage leur disparition...

Nina composa le numéro de Nimisha. Elle aurait tant voulu un conseil. Elle ne put que laisser un message sur le répondeur : « Rappelle-moi, vite, c'est important ! »

- Alors, qui donc s'amuse avec ce genre de blague vaseuse ?

Mireille relançait la conversation, ne comptant visiblement pas en rester là. En posant elle-même une question, Nina tenta encore de gagner un peu de temps, redoutant par-dessus tout, une maladresse de nature à rompre définitivement ce contact si fragile.

- Qui êtes-vous ?

Elle n'avait pas trouvé mieux qu'écrire la vérité. Qui dissimulait ce pseudo ? C'était tout ce qu'elle voulait savoir à cet instant. Même si un million d'autres questions lui venaient à l'esprit.

L'autre répondit par plusieurs points d'interrogation.

- Sincèrement, je ne sais pas qui vous êtes, insista Nina, convaincue de n'avoir d'autre option que celle de la sincérité.

- C'est plutôt à moi de poser cette question, répondit l'interlocutrice invisible derrière ce prénom : Mireille.

Nina hésita encore quelques secondes. L'autre, c'est évident, savait que ni Gwladys ni Éric ne pouvaient être à l'initiative de cette conversation. Si elle les avait connus dans leur contexte de mœurs dépravées, il convenait de l'amadouer, de ne surtout pas rompre ce lien encore si fragile avec la vérité. Et préserver l'espoir d'en apprendre davantage.

- Je suis la sœur de Gwladys.

L'aveu resta longtemps sans réponse.

- C'est la vérité, relança Nina.

Toujours pas de retour. Néanmoins, avec le carré resté au vert devant le pseudonyme de Mireille, Nina savait cette femme, s'il s'agissait bien d'une femme, toujours connectée.

Immobile devant son écran, elle patientait, s'inquiétait, convaincue d'avoir établi la première et encore si infime connexion avec le versant inconnu de la vie de sa sœur. Cette part peut-être en relation avec les circonstances de sa mort.

- Comment en être sûre, envoya enfin Mireille.

Dans ces dialogues, les mots comptent, mais aussi l'orthographe, les accords, les temps de réponse, les hésitations. Tout cela en dit long.

En relevant le féminin accordé au mot « sûre », Nina eut la quasi-certitude qu'il s'agissait bien d'une femme. Les longues minutes de réflexion avant de répondre par un autre doute, laissaient également penser que l'autre pouvait lui en apprendre beaucoup, mais qu'en même temps elle restait sur la défensive. Comme si elle pouvait elle-même, être inquiétée.

- Rencontrons-nous, osa Nina.
- Ça va être compliqué, répondit l'autre.
- Je veux bien me déplacer, insista Nina.
- Eh bien déplace-toi...
- Où ?
- Comme si tu ne savais pas. Viens demain aux assises de l'Aisne. Mais tu seras bien en peine de me parler. Je comparais libre, mais durant le procès, je n'ai plus de liberté. Quant à la suite, je ne peux présumer de rien.
- Je ne comprends pas !
- Je suis certaine que si, petite bécasse. Mais qui que tu sois, c'était bien essayé. Bye !

Aussitôt, le carré vert passa au rouge. Mireille avait coupé la connexion. Pire, elle ne l'avait pas crue.

Encore un appel sur le portable de Nimisha. Encore le répondeur. « Elle doit faire la gueule », s'énerva Nina.

Tant pis, elle n'allait pas attendre son avis. Elle relisait la conversation restée sur l'écran. Tentait d'y trouver quelque indice. Ce qu'avait dit cette Mireille n'avait guère de sens. Pourtant, elle s'était montrée précise : « je comparais libre » mais aussi « aux assises de l'Aisne » et surtout ce « comment être sûre » rédigé au féminin. Enfin cette certitude exprimée tout au long de la conversation : elle avait connu Gwladys et la savait disparue. Quant à en déduire les circonstances et la nature de leur relation, la question restait ouverte.

« Les assises de l'Aisne » : Nina écrivit ces mots sur son moteur de recherche internet qui lui proposa des résultats par dizaines. Sans avoir à choisir, elle sut que la salle d'audience « magnifique d'un point de vue architectural, située dans la ville haute était à visiter ». Elle apprit que la cité historique culminait sur une sorte de mont dominant des plaines ultraplates, une curiosité géologique appelée cuesta... Elle n'en avait rien à faire.

À « assises de l'Aisne », elle ajouta « Mireille », et le résultat fut tout de suite plus précis.

150

Plusieurs articles de presse, parus quelques jours plus tôt dans différents journaux et magazines, étaient accessibles en ligne. Ils annonçaient un procès qui promettait de faire grand bruit, « *peut-être même jurisprudence* » présageait un éditorialiste.

Une certaine Mireille Martin allait être jugée, accusée d'avoir commandité l'assassinat de son ancien amant. Il l'avait contaminée du virus du sida. Elle arriverait au tribunal, encadrée par des gendarmes. Mais ils seraient allés la chercher chez elle... Voilà qui recoupait les propos de la Mireille l'ayant traitée un peu plus tôt de « petite bécasse ».

Cherchant encore sur internet, elle trouva un site prenant fait et cause pour cette quinquagénaire qui selon les photos ne manquait pas d'allure.

Sur une carte de France, Nina situa la ville de Laon, une cinquantaine de kilomètres à l'ouest de Reims. Six ou sept heures de route depuis Nantes. Elle sortit d'un placard son sac de voyage.

Demain matin, avec ou sans Nimisha, elle irait visiter cette région inconnue...

43 (Sacha)

Ma première image du tribunal de Laon fut celle d'une foule agitée, pressée devant des barrières surveillées par des policiers en tenue de combat, casqués, organisés, tendus.

- Nous y voilà, me dit Aldo, amusé par ma stupéfaction.

Il avait garé sa voiture en bas de la colline. Pour grimper jusqu'à la ville haute, nous avions pris place dans le Poma, une étrange cabine de transport en commun, système hybride entre métro et téléphérique. D'une plaine infinie plantée de forêts, de vignes et plus loin de cultures céréalières à perte de vue, l'engin nous propulsait vers la hauteur de la cité médiévale, la Montagne couronnée où aurait été conçu dans une hostellerie demeurée intacte et très visitée aujourd'hui, le Roi Louis XIV en personne.

Avec ce tribunal aux accès cernés, je me voyais déjà refoulé, contraint de rebrousser chemin où tuer le temps à suivre l'itinéraire touristique, nez levé vers les vieilles pierres de la ville. Certes Laon ne manquait-elle pas de cachet, mais je n'étais pas venu y faire du tourisme.

Dans une foule si compacte, l'idée même de me frayer un passage relevait de la gageure. Au nom de quoi accéderais-je à la salle d'audience avant tous ces gens dont certains agitaient des panonceaux revendicatifs. Les uns réclamaient « Justice pour Mireille », d'autres dénonçaient « On se trompe d'assassin », revendiquaient « Droit à l'autodéfense » ou encore « Condamnez la débauche »...

Je suivis Aldo qui me tirait par la manche.

- Viens, nous passerons par-derrière, me hurla-t-il dans l'oreille.

Mon cousin contourna la foule qui invectivait rageusement les forces de l'ordre n'autorisant l'accès qu'à quelques personnes. Un homme s'était annoncé comme le délégué du préfet. Il vociférait sans beaucoup d'effets dans un porte-voix, tentait d'expliquer la salle d'audience déjà comble et les raisons de sécurité... Sa voix pourtant amplifiée fut couverte par les huées. C'était chaud !

Nous avions atteint l'arrière du bâtiment par de petites rues pavées. Plus calme, cet abord du palais de justice n'en était pas moins gardé par une sécurité casquée.

Aldo s'avança vers celui des hommes qui me sembla être le chef, lui exhiba une carte et des documents dont l'autre prit connaissance. Miraculeusement, la barrière bleue à peine humaine s'ouvrit pour nous.

- Eh bien tu as tes entrées, lui dis-je.

J'éprouvais le besoin de parler, avant tout pour me détendre, oppressé par cette ambiance de lynchage. Car c'est bien de lynchage qu'il s'agissait, celui de la mémoire de mon ami Léo que je semblais être le seul ici à apprécier encore.

- Avec tous ces imbéciles, des moutons transformés en chiens enragés, c'était préférable.

- Impressionnant ce mouvement populaire...

- Populiste conviendrait mieux. Si tu avais vu les manifs à Saint-Quentin pour faire sortir de prison Mireille Martin, et la liesse quand elle avait été libérée. Incroyable, les gens oublient qu'elle a payé pour faire tuer quelqu'un. Les cons !

Jusqu'alors, j'avais marché à ses côtés ou derrière lui sans rien lire des expressions sur son visage. Dans la salle des pas perdus où nous venions de déboucher, il posa son grand cartable et expira longuement sans rien dire, regardant alentour. Ses joues étaient creusées, un pli barrait son front et durcissait son regard.

Des inconnus, hommes, femmes, déambulaient. Aldo les dépassait tous d'une tête au moins. Il avisa un homme d'une bonne soixantaine d'années, à l'allure négligée sans qu'on sache s'il s'agissait vraiment d'un effet de style. Je remarquais aussitôt sa vilaine coupe de cheveux grisonnants lui tombant en mèches éparses. Au milieu d'un petit groupe, il captait l'attention et n'en finissait pas de parler.

Aldo reprit son grand cartable et avança franchement vers le groupe. Je le suivais, comme l'aurait fait un enfant contraint de mettre ses pas dans ceux d'un adulte.

- Alors Joseph, content du résultat, c'est déjà presque l'émeute. C'est bon pour tes ventes ça !

Le ton employé par mon cousin était peu amène, c'est le moins qu'on puisse dire.

- Que justice soit faite, répliqua le mal coiffé dont le visage m'était vaguement familier, vu de plus près.

- Tu aurais été bien inspiré de garder la rubrique sportive, continua mon cousin en lui serrant la main.

- Le temps passe que veux-tu ! Du palais des sports au palais de justice, nous avons tous deux changé de parquet.

- Changé de parquet mais pas d'attitude, moi dans l'action, toi dans ta critique merdique.

Bingo ! À l'époque où mon cousin jouait en championnat national avec la meilleure équipe de basket de la région, cet homme sévissait autour des parquets de gymnases et des pelouses de stades, plus précisément dans la tribune de presse et la rubrique sportive de Nouvelles de l'Aisne, le journal du coin. Avec une inclination assumée pour la polémique.

- Tu sais bien que l'écrit consensuel m'assomme. J'ai besoin d'inconvenance…

- Au point de déclencher la quasi-émeute tout près d'exploser là dehors ?

- Je te l'accorde, un ramassis d'imbéciles. Mais cette Mireille Martin, pour nous les journalistes, c'est du pain béni, un merveilleux personnage. Si vulnérable et si perverse qu'elle fascine, se fait adorer !

- Chapeau les plumitifs : vous arrivez à la faire adorer pour ça, et à faire détester sa victime pour les mêmes raisons.

- L'irrationalité de l'opinion collective mon cher Aldo, toujours si pur et idéaliste que tu es, même en prenant de l'âge.

- Ça te paraît puéril je sais… mais que veux-tu ; je crois en l'homme, c'est tout !

- Mais nous y croyons tous les deux, toi en sa bonté, moi en sa vilenie…

Je suivais sans rien dire cette singulière conversation entre les deux, en profond désaccord et se témoignant pourtant une estime parfaitement sincère.

- Je te présente Joseph Calonne, également connu sous le nom du Calomnieur. Il écrit méchant. Mais il le fait bien. Alors on lui pardonne et pire : on l'attend. Puisque les gens aiment son style dézingueur, il aurait tort de combattre sa nature, me dit enfin Aldo en se tournant vers moi.

Le Calomnieur apparut plus flatté que vexé par la présentation d'Aldo. À ma grande surprise, il conservait de moi quelque souvenir de scène.

- C'était bien ce que vous faisiez. Avez-vous persévéré, me dit-il.

- Pas vraiment…

Mais il paraissait déjà ne plus m'écouter.

- Peux-tu faire une place à mon cousin dans le box de la presse, lui demanda Aldo.

Cette sollicitation inattendue m'avait mis mal à l'aise. La perspective de passer les trois journées de procès au voisinage d'un tel individu m'angoissait carrément. Aldo aurait pu s'enquérir de mon avis.

- Et qu'est-ce que vous faites maintenant ?

- Je coiffe, je taille les favoris, je suis une sorte de barbier.

- Et le théâtre alors ?

- Plus le temps…

- Un beau gâchis, encore !

- Bon, tu peux ou tu peux pas ? Le relança Aldo.

Je souhaitais qu'il dise non et qu'on en finisse. Quémander de la sorte une faveur s'apparente à un autre anachronisme hérité de cette éducation qui fut la mienne, où tout se gagne et se mérite, même une place en première loge dans un tribunal.

- À quel titre ? Interrogea à son tour Joseph Calonne.

- Sacha était un ami intime de Modeste Person. Tu sais : la VRAIE victime, lui répondit Aldo en appuyant sur le sarcasme.

- Je me souviens très bien, vos années théâtre ensemble. Vous étiez plutôt doués d'ailleurs... Bon d'accord, tu feras semblant de prendre des notes.

Il fouilla dans une sacoche informe, en tira une carte dont il lut le nom du titulaire en l'approchant très près de ses lunettes aux verres épais.

- J'en ai toujours quelques-unes que je récupère à droite à gauche. Tu t'appelleras Huriez, Laurent Huriez.

C'était une carte de presse, périmée de quelques mois, mais qui ferait bien l'affaire ici, au nom de Laurent Huriez. Il me la glissa d'autorité entre les doigts.

- Je te présenterai comme le correspondant du journal des barbiers. Maintenant que nous sommes confrères, on se tutoie, me dit-il en me serrant franchement la main avec des doigts poisseux, jaunis par la nicotine.

Il riait de bon cœur et n'aurait pas dû. Sa dentition était une catastrophe.

- Rendez-vous dans une demi-heure à l'entrée, Monsieur Laurent Huriez, ajouta-t-il en se retournant pour reprendre sa précédente conversation.

Mais l'attroupement sur lequel il usait du verbe jusqu'à notre intrusion, s'était désintégré. Je le vis s'éloigner doucement, chercher plus loin, tel un chasseur, quelque oreille pour ses mots...

- Un journaliste à l'ancienne, me dit Aldo.

- Vraiment à l'ancienne. Quel cadeau ! Je suis enchanté à l'idée de passer deux ou trois jours avec lui...

- C'était ça ou rester dehors avec la meute !

- Présenté comme ça. A choisir, je préfère ton dinosaure...

44 (Nina)

En voyageant vers le Nord, Nina s'était imaginée sous un parapluie sans cesse ouvert dans la grisaille d'une cité humide et froide.

- Je dois me débarrasser de mes clichés, se dit-elle.

La jeune femme se découvrait agréablement surprise par la beauté de l'endroit, par le charme tranquille de cette verte campagne à l'approche de la gare, par l'architecture remontant le temps au fil de son ascension en taxi vers les hauteurs de la ville à la fois médiévale et moderne, couronnant la cime d'une forme d'une montagne au sommet unique, posée à même la plaine.

Elle avait trouvé un train avec une correspondance facile à Paris. Un mode de transport qu'elle préférait à la voiture pour des déplacements éloignés et solitaires. Elle croyait au hasard des belles rencontres de voyage. Ce qui lui était arrivé parfois, toujours en transport collectif, alors que disait-elle à qui s'en étonnait : « la voiture nous isole de tout et de tous ».

Devant la gare, un seul taxi stationnait. Elle avait ouvert la portière pour s'installer à l'arrière, mais la place du chauffeur était vide. Elle l'avait refermée, perplexe et percevant un léger fourmillement entre les omoplates, signe annonciateur chez elle d'un agacement capable de virer très vite à la mauvaise humeur.

- Si vous êtes pressée, on y va tout de suite, avait dit quelqu'un derrière elle.

À la terrasse ensoleillée du Café de la Gare, l'homme posait quelques pièces sur la table, se brûlait les lèvres avec un café qu'il n'allait pas prendre le temps de boire. Il était déjà debout et allait reposer la tasse brûlante qu'une jeune fille en tablier blanc au-dessus d'une jupe droite venait tout juste de poser devant lui.

- Prenez votre temps, à vrai dire, je ne sais même pas où je vais ; ni même ce que je viens faire ici, avait répondu Nina.

- Alors asseyez-vous à ma table et expliquez-moi donc ce que vous cherchez. Je connais tout ici. Vous voulez un café ? C'est ma tournée ! Une petite pause me fera du bien, je n'ai pas arrêté aujourd'hui, avec ce bordel là-haut…

Nina s'était assise en face du chauffeur de taxi, se demandait bientôt s'il s'arrêterait jamais de parler.

- Remarquez ça nous fait travailler et je ne vais pas m'en plaindre, mais quand même, quel tintamarre autour de cette histoire. Vous voulez que je vous dise ? Les gens sont fous aujourd'hui, complètement fous. Comme s'il n'y avait pas des choses plus importantes que ça ! C'est pas votre avis ? Un café, Martine, apporte donc un café à la demoiselle…

Il avait haussé la voix sur la dernière phrase. La jeune fille avait crié sur le même ton un « tout de suite Ulysse » qui avait fait sourire Nina.

- Ulysse, oui, c'est pas ordinaire hein. Mes parents m'ont appelé comme ça parce que je suis né au cours d'un long voyage qu'ils n'avaient pas choisi. 1962, ça ne vous dit peut-être rien mais pour ceux de ma famille de pieds-noirs comme on nous appelle encore, c'était le soi-disant retour dans un pays où ils n'avaient jamais mis les pieds. Algériens français de la cinquième génération. Alors la France vous pensez… Et le Nord en plus. Mon père n'y a pas survécu et ma mère a porté le deuil toute sa vie ; autant de mon père que de son pays disparu…

Impressionnant ! En trois minutes à peine, Nina avait presque tout appris des origines de son chauffeur de taxi, sans qu'il sache lui-même où il devrait la conduire.

- De quelle histoire parlez-vous ?

Elle était parvenue à glisser la question dans une pause marquée par Ulysse dans son flot de paroles pour tremper ses lèvres dans sa tasse et allumer une cigarette de marque inconnue.

Il avait suivi son regard intrigué.

- Cigarettes turques, importées directement de Belgique, vous en voulez une ?

Nina avait accepté. Ça valait une Gauloise blonde.

- De quelle histoire ? Avait-elle demandé alors qu'il s'était tu à nouveau pour tendre vers elle la flamme de son briquet.

- Eh bien cette manif devant le tribunal, trop de monde, les gens étaient venus là comme au spectacle. Mais le palais de justice, c'est pas un palais des sports, quand c'est plein, c'est plein !

- Un palais des sports aussi...

- Oui mais c'est plus grand, et on peut ajouter des gradins, alors que là...

- Et ils voulaient voir quoi tous ces gens, le procès d'une certaine Mireille ?

- Exactement ! Avec tout le ramdam qu'on a fait à Saint-Quentin autour de cette affaire... Vous êtes au courant ?

- Vaguement.

Et Ulysse lui avait tout raconté. Heureusement, le compteur du taxi ne tournait pas. Ils avaient eu le temps de reprendre chacun deux cafés.

Le chauffeur était un brave type, volubile et surtout sincère. Pas la peine d'avoir fait psychologie pour s'en convaincre. Devant la gare, des gens passaient, lui faisaient un signe, s'arrêtaient pour lui serrer la main. On l'aimait bien.

Nina lui confia à son tour un bout de son histoire. Sans évoquer les détails un peu trop croustillants et qui la gênaient encore de la vie intime de Gwladys : la mort de sa sœur peut-être un rapport avec la femme qu'on jugeait aujourd'hui sur les hauteurs de Laon, sa décision de venir ici sans trop savoir ce qu'elle y trouverait...

- La manif est finie, ceux qui n'ont pas eu de place sont presque tous repartis, mais la salle est bondée et plus personne n'y est admis, dit-il.

Ulysse avait passé des heures à « redescendre les déçus à la gare ».

- Je n'ai plus qu'à repartir comme les autres alors, avait lâché Nina, déçue elle aussi.

- C'est pas sûr. Parole d'Ulysse, vous n'êtes ni une curieuse ni une furieuse comme ces fanatiques que j'ai trimballés toute la journée.

On va trouver un moyen de vous y faire rentrer dans ce tribunal. C'est comment votre nom ?

- Nina. Nina Bastaos.

- Allez Nina, en route !

L'après-midi commençait tout juste. Sous un chaud soleil de printemps, le taxi roulait vitres ouvertes vers les hauteurs de Laon. Au fil de l'ascension, Nina admirait l'évolution architecturale vers les vestiges intacts ou reconstitués du Moyen-Âge, humait au passage de jardins les parfums de pomme, de cerise ou de lilas, exhalés d'arbres en fleurs. Elle louait une nouvelle fois les vertus du voyage collectif et ses rencontres de hasard.

Isolée dans sa voiture, jamais elle n'aurait causé avec un Ulysse. Personnage si simple, qui se faisait fort pourtant de lui frayer un accès jusqu'à la salle d'audience où elle pourrait voir cette Mireille qui, la veille sur internet, lui avait presque donné rendez-vous. Un rendez-vous inaccessible, sauf si Ulysse lui fournissait vraiment la clé.

Et Ulysse trouva la clé. Ce gars-là semblait avoir des amis partout, des gens comme lui, capables de donner sans rien attendre en échange. Elle les regardait s'agiter pour elle qu'ils ne connaissaient pas, comme des résistants à ces temps présumés modernes où tout se paie. Le chauffeur lui rendait un service inestimable. Pour autant, Nina savait d'évidence que lui proposer en échange une quelconque rémunération eut été incongru.

Ulysse passa ainsi d'un cafetier à un agent de la police municipale, pour arriver à une sorte d'appariteur à la fonction obscure aux yeux de la jeune femme. Dans ce tribunal aux allures de monument historique, elle se retrouva à attendre dans une pièce annexe le bon moment pour entrer dans la salle du procès à la faveur d'une suspension d'audience. Et tout cela par la volonté du modeste chauffeur. Il se chargeait en plus de déposer sac de voyage de Nina à l'hôtel du Roi où il se faisait fort encore une fois de lui dégoter une chambre.

Peu après 15 h, elle se retrouva mêlée à une foule bourdonnante dans la salle des pas perdus. Des files impatientes s'étaient formées devant les toilettes et les distributeurs de boissons et friandises. Les fumeurs à la va-vite revenaient déjà du dehors et attendaient leur tour pour passer un portique de sécurité surveillé par deux hommes et deux femmes en uniforme.

Celui de ses bienfaiteurs à qui elle attribuait la fonction d'appariteur lui avait indiqué des chaises déjà libérées au deuxième rang à gauche, « juste derrière la partie civile » lui avait-il dit sans qu'elle sache trop ce qu'il entendait par là. Elle n'attendit pas le retour des fumeurs et autres incontinents pour s'y asseoir. Moins d'une dizaine de minutes plus tard, une sonnerie stridente annonça la reprise des débats.

Un homme vêtu d'une robe noire, l'huissier d'après ce qu'en savait Nina qui s'était informée sur le déroulement d'un procès d'assises, fit taire tout le monde. Il s'adressait au public avec un ton autoritaire et une gestuelle théâtrale, véritable cérémonial édicté aux grandes heures d'une République soucieuse d'équité.

- Mesdames et messieurs, la cour, veuillez vous lever !

Nina se leva.

Elle repéra les jurés, douze personnes en tenues de ville entourant un homme vêtu d'une robe rouge, le président.

Sur la gauche, sous une longue robe noire agrémentée de blanc au col, une femme qui devait être le procureur.

À droite un homme ayant lui aussi passé une robe noire sur ses vêtements, restait concentré sur un écran d'ordinateur, le greffier.

Ceux-là se partageaient une sorte d'estrade surélevée.

En contrebas, sur un parquet patiné par des décennies de justice rendue, des avocats en robes noires attendaient eux aussi. Un seul se tenait à gauche, juste devant elle, un type immense censé représenter les intérêts de la famille de la victime : « la partie civile », se dit-elle. Deux autres sur la droite, une femme et un homme, pour défendre les accusés : Mireille Martin et Philippe Poulet.

161

Ces deux-là firent leur entrée par une autre porte, précédé et suivi chacun par deux policiers.

- L'audience est reprise, veuillez vous asseoir, dit d'une voix puissante le magistrat à la robe rouge.

Et un silence absolu tomba sur la salle et son public. Si deux personnes n'avaient joué là leur vie, l'ambiance eut été celle d'une salle de spectacle, avec toute son intensité dramatique.

Un seul personnage captait l'attention. Ils étaient deux dans le box des accusés, mais l'homme n'existait pas.

Impeccable d'élégance dans un tailleur bleu azur, cheveux blonds cendrés tirés vers l'arrière du crâne où les nouait un discret chignon, peut-être 1 m 70 pour 60 kg, juste assez de hauteur de talons pour affirmer sobrement une féminité rayonnante, un visage exprimant autant de force de caractère que de douceur fragile ; ainsi était Mireille Martin, ainsi se présentait-elle devant ses juges à coup sûr subjugués dès le premier regard : femme !

Et Nina ne douta plus d'une possible relation amicale entre Mireille Martin et sa sœur…

45 (Sacha)

Le box réservé à la presse faisait face à celui des accusés. Entre les deux : des tables pour les avocats, un meuble en forme de bureau pour le procureur. À droite : la salle et son public. À gauche : le président et les douze jurés choisis par le plus grand des hasards sur les listes électorales des communes du département de l'Aisne. Des gens ordinaires, complètement étrangers jusqu'alors à cette justice qui leur confiait soudain plusieurs destins.

Je me disais qu'eux aussi, avant d'être sollicités pour s'asseoir là et juger, avaient lu les journaux, regardé la télé, visité le site internet du comité de soutien à Mireille Martin

Ma première surprise avait été de taille. Exactement proportionnelle à celle de mon immense cousin d'1 m 98.

Vêtu de sa robe noire coupée sur mesure, il m'avait adressé un clin d'œil en posant son vieux cartable sur l'une des tables destinées aux défenseurs.

Aldo m'avait dit venir à Laon où il avait justement à faire. Je n'avais pas cherché à en savoir davantage et le découvrais dans le seul rôle que j'aurais aimé à ce moment-là tenir : celui de l'avocat, du représentant de la mémoire de mon ami Léo, connu ici sous le seul nom de Modeste Person.

À la nuance près que nous n'étions pas au théâtre et qu'il ne s'agissait pas là de tenir un rôle et donner la réplique.

Et je fus ému jusqu'aux larmes par cette attention qu'il avait eu à ne rien me dire de son engagement dans la défense de mon ancien ami. Ému aussi par le courage dont il aurait besoin pour représenter celui qu'une féroce campagne médiatique et plus encore des réseaux sociaux, avait fait détester de tous.

La partie semblait perdue d'avance pour lui. Car en face, Mireille Martin possédait les meilleurs atouts d'apparence pour l'emporter. Il émanait de sa personne tant de délicatesse que sa vulnérabilité allait de soi. Je comprenais en la voyant, toute la solidarité fédérée pour soutenir cette femme si candide, si charmante, si ensorcelante…

- Je parie ma maigre paie qu'elle va tous les emberlificoter. Et je suis curieux de voir de quelle façon elle va y parvenir, m'avait soufflé Joseph Calonne, le reporter à Nouvelles de l'Aisne, avec les relents d'une haleine très poivrée.

Au fil des heures passées à ses côtés, le négligé plumitif avait eu le don de dissiper l'antipathie qu'il m'avait inspirée au premier contact.

Peut-être cette impression négative des premiers instants avait-elle plus à voir avec sa profession dont une frange avait lynché Modeste Person, qu'avec le personnage lui-même. Il suivait les débats avec une attention jamais distraite. M'expliquait de temps en temps le fonctionnement de la Cour, ayant deviné mon ignorance totale en la matière.

- Plus de 30 ans que mes fesses font reluire ce banc. Même quand je m'occupais de la chronique sportive, je venais aux assises. Ici, c'est la vie, la vraie. On voit l'humain de l'intérieur, dans toute sa complexité. Ça rend humble, tolérant…

- Vous n'avez pourtant guère témoigné de cette tolérance à l'égard de Modeste Person dans vos articles, lui avais-je répliqué.

- Je te conseille une relecture attentive, Monsieur le correspondant du journal des barbiers. C'est vrai, je n'ai pas été tendre avec ton copain. Mais c'est une autre presse qui a fait de lui un assassin armé du virus du sida. On n'y peut rien, à tort ou à raison, Modeste endosse la symbolique d'un phénomène de société. Nous vivons une époque où la peur collective est un instrument de pouvoir. Le terrorisme, les banlieues, la grippe A, les clandestins, le sida… Tout ça c'est pareil !

Je n'avais pas imaginé une réflexion aussi affûtée, autant de discernement chez un gars pareil. Et mon premier réflexe avait été de le contredire.

- On ne peut quand même pas comparer Modeste Person et son sida avec le terrorisme d'un Ben Laden, avais-je avancé.

- Et pourquoi pas ? avait-il répliqué. Les gens veulent croire. Ils croient en Dieu, comme ils croient en Ben Laden. Pourtant en y réfléchissant bien, l'un comme l'autre, personne ne les a jamais vus vraiment...

Décidément, ce type n'était pas ordinaire et, même prononcés avec un cynisme appuyé, ses propos s'avéraient d'une flagrante pertinence.

Nous avons abandonné cette conversation semi-philosophique car le procès rentrait dans sa partie sensible avec le rappel des circonstances dans lesquelles Modeste Person, le coiffeur de Saint-Quentin, mon ami Léo, avait été tué...

De temps en temps, le président à la robe rouge sollicitait de l'un ou l'autre des accusés quelques précisions.

Il se confirma que Philippe Poulet fut un rustre, fasciné par celle qui, disait-il, lui avait « commandé de tuer le coiffeur ». À se demander comment ces deux-là avaient pu être amants. Ce garçon n'avait pour lui que sa jeunesse et un cou de butor en prise directe avec une morphologie un rien primate et le cerveau qui va avec.

L'avocat général lui-même s'en était étonné.

- On a du mal à imaginer comment une quinquagénaire aussi raffinée que vous a pu s'acoquiner avec ce garçon immature de 25 ans votre cadet, demanda-t-il à Mireille Martin.

Bien qu'intime, la question ne déstabilisa pas le moins du monde l'élégante, bien décidée à se défendre bec et ongle.

- Juste une aventure, je n'étais pas attachée à lui. On couchait parfois ensemble dans un hôtel, pas plus...

Philippe Poulet exprime comme il peut une autre perception de leur relation.

- C'est elle qui m'a dragué dans une boîte. Elle courait après tous les beaux hommes qui lui plaisaient. C'est une femme diabolique. Vous voulez savoir son surnom ? La ventouse ! À cause qu'elle se jetait sur tous les clients mâles pour se faire payer à boire !

On devine que la tirade a allumé un feu intérieur chez la femme. Mais un feu qui couve car Mireille Martin contient l'ébullition prête à jaillir.

- Une sacrée cliente ! me souffle encore à l'oreille le plumitif aguerri Joseph Calonne.

La présumée commanditaire de l'assassinat de mon ami Léo s'accorde quelques secondes. Les yeux scintillent mais la voix revient, totalement maîtrisée.

- Je m'amusais, je faisais la fête, puis je rentrais chez moi et c'est tout. D'ailleurs on n'a retrouvé que trois hommes avec qui j'ai eu des relations sexuelles...

L'argument aurait fait mouche, mais le magistrat a lui aussi de la réplique.

- Aujourd'hui, ceux qui ont été vos amants ne se précipitent pas pour s'en vanter Madame.

Sincère ou comédienne, Mireille Martin se replie dans la seule attitude susceptible d'attendrir les jurés. Elle baisse la tête, comme recroquevillée sur elle-même. Et sur sa séropositivité que l'homme de loi vient d'évoquer sans la nommer.

- Là vous êtes méchant, lâche-t-elle comme si elle réprimait un sanglot...

Mon voisin étire sur sa dentition jaunie un sourire admiratif. Comme je l'interroge du regard, j'accepte l'épreuve de son haleine avinée et approche une oreille au plus près de ses confidences distillées à voix très basse. Car dans la majestueuse salle d'audience, c'est tout juste si quelques rares raclements de fonds de gorges ou de tissus frottés par des jambes croisées et décroisées troublent un silence absolu.

- Tu as compris sa stratégie ? me demande-t-il.

- Je la trouve parfaite dans son rôle de victime, à part ça, je ne vois pas comment elle peut s'en sortir...

- Rien ne prouve qu'elle ait demandé à Philippe Poulet de tuer le coiffeur. Elle va jouer là-dessus. C'est très fort !

Le vieux journaliste avait de la bouteille et son intuition se confirma au fil des débats de cette première journée.

Philippe Poulet clamait désormais, chaque fois qu'une question lui était posée, son innocence.

-       C'est une manipulatrice. Elle a payé quelqu'un qui me ressemble pour faire croire que c'est moi. Mais c'est pas moi ! D'ailleurs, personne ne m'a reconnu...

- Pas tout à fait personne, répliquait mon cousin Aldo dans sa robe d'avocat. Deux coiffeuses et le cafetier voisin pensent que c'est vous.

- Mais un témoin à qui l'assassin a demandé où était le salon de coiffure, ne reconnaît pas mon client, répliquait à son tour l'avocate de Philippe Poulet, une courte blonde aux cheveux sobrement tirés vers l'arrière et qui ne croyait visiblement pas en ses chances de tirer d'affaire le rustre qu'elle avait à défendre.

De réplique en réplique, les témoins en question s'étaient succédés à la barre, sans apporter davantage de certitudes.

- Il a sans doute mal interprété mes propos, expliquait Mireille Martin avec un mouvement de menton en direction de Philippe Poulet.

Le jeune homme s'énervait à nouveau, insultait son ancienne maîtresse et se faisait rappeler à l'ordre par le président du tribunal qui le grondait comme un enfant et le calmait avec une menace d'exclusion de la salle. C'était pathétique.

Et l'avocat général demandait alors que soit diffusé l'enregistrement d'une écoute téléphonique.

Mireille Martin, surveillée durant l'enquête au même titre que la plupart des connaissances de Modeste Person, allait être confondue, pensait l'accusation.

Sur cet enregistrement, elle parlait avec un homme. Peut-être Philippe Poulet. Mais rien ne permettait de l'établir avec certitude.

- Mireille, c'est moi, tu n'as pas d'ennuis ?

- Ne prononce pas mon prénom. Non, je n'ai pas d'ennuis... pour l'instant !

On la devinait tendue avec ce « pour l'instant » lancé comme un reproche.

- On doit chercher dans tes relations mais le portrait-robot ne me ressemble pas, continue la voix de l'homme.

- Tu plaisantes ! Moi je t'ai reconnu tout de suite.

- C'est parce que tu me connais, tu fais des rapprochements...

- Les coiffeuses t'ont vu.

- On ne risque rien je te dis, insistait l'homme.

Mais là, la voix de Mireille Martin était celle d'une femme en colère.

- Tu rêves ou quoi ? Tu te démerderas quand ils t'auront, moi je ne t'ai rien demandé. C'est toi qui a fais le truc et basta !

- Ne dis pas ça au téléphone, merde, répondait l'homme, la voix lui aussi plus ferme.

- De toute façon avec cette saloperie, je vais crever. Je m'en fous...

- Ne dis pas ça Mireille.

- Arrête de dire mon nom au téléphone !

Communication interrompue : on supposait qu'elle avait raccroché.

Trois fois, les jurés ont demandé à réécouter cet enregistrement.

46 (Patrice)

Ni Madeleine ni Patrice ne trouvèrent le sommeil, la nuit qui suivit le récit de la grand-mère redevenue elle-même. Son petit-fils pouvait lui en vouloir plus encore maintenant.

Recueillir sa haine alors qu'elle quémandait sa bienveillance, voire même un peu d'amour : c'est la réaction qu'elle redoutait par-dessus tout. Elle avait encore ressassé son passé, ses erreurs et ses faiblesses. Mais elle pouvait désormais songer à un nouveau demain.

Alors elle espérait. Et même de renouer avec le militantisme partagé autrefois avec Jules à qui ressemblait tant son petit-fils à présent.

Patrice n'avait pas fermé l'œil, partagé entre deux sentiments : de la peine pour cette femme dont il avait toujours deviné la douleur intérieure sans pouvoir lui trouver la moindre justification ; de la tendresse pour elle qu'il plaignait plus qu'il ne blâmait.

Et puis il y avait son projet, celui de la grange. Devrait-il lui dévoiler ? Devait-il même aller jusqu'au bout maintenant ? C'était courir le risque de gâcher ce qu'il avait imploré toute sa vie et venait tout juste d'entrevoir : exister pour quelqu'un, de façon affective.

Jamais un sentiment aussi élémentaire ne l'avait concerné.

Au matin, alors que le coq avait déjà chanté trois ou quatre fois, sa décision était prise. Il parlerait à sa grand-mère de ses travaux dans la grange, quitte à renoncer si elle lui demandait. Alors seulement il s'endormit.

47 (Nina)

Nina frissonna au contact de la fraîcheur humide en dépit d'un soleil de fin de journée dont les rayons frappaient presque à l'horizontal les hauteurs de la vieille ville de Laon.

Contraste saisissant avec l'atmosphère chargée de la salle d'audience.

Elle s'arrêta en haut des marches de l'entrée principale du palais de justice pour déguster à pleins poumons cet air frais.

Puis elle suivit la direction d'un panneau indiquant un belvédère à deux pas, s'y assit sur un banc tourné vers une plaine ne présentant aucune particularité, excepté çà et là quelques nappes de brume, comme si des nuages s'étaient posés en douceur sur ce vert paysage de champs et de bosquets.

Paisible ; à peine imaginable si jusqu'à l'horizon, le regard balayait une terre saturée de la chair de tant d'hommes jeunes encore, broyés moins d'un siècle plus tôt par une Grande guerre dont l'humanité tardait encore à assumer la honte.

Elle chassa de son esprits les images que faisait naître cette évocation inscrite en lettres de bronze sur une plaque justifiant l'édification du belvédère, ouvrit son téléphone portable et ne fut pas surprise d'y voir indiqués de multiples appels manqués. L'un prévisible et prévu de sa mère qui chaque jour quémandait de ses nouvelles, tous les autres de Nimisha.

Elle rappela sa mère, histoire d'échanger quelques banalités, se gardant bien de lui dire où elle se trouvait. Puis gagna l'hôtel du Roy où elle trouva bel et bien son bagage et une chambre réservée à son nom, grâce aux bons soins d'Ulysse, le taxi. Une fois installée, elle composa le numéro de la longue métisse qu'elle entendit répondre pratiquement dans la seconde, un brin provocatrice comme à son habitude :

- Alors, je te manque déjà ?

Elle paraissait ne pas lui tenir rancune de son mouvement d'humeur ; déjà un soulagement.

- Te serais-tu inquiétée pour moi ? lui répondit Nina sur le même ton sarcastique.

- Trêve de plaisanteries, j'ai du nouveau.

- Moi aussi !

- Je suis allée chez toi, personne. Tu es vraiment partie là-bas ? Où ça déjà ?

- À Laon.

- Pourquoi Laon ?

- Parce que c'est la ville préfecture du département de l'Aisne et qu'on juge là tous les crimes commis dans ce département, aux assises de l'Aisne.

- Tu t'intéresses à un crime commis dans l'Aisne ?

- Oui, à Saint-Quentin, j'essaie de trouver un moyen d'entrer en contact avec une femme accusée d'avoir fait tuer son ancien amant. Et comme c'est elle qu'on juge, elle est inabordable tu imagines...

Nina raconta le dialogue sur internet avec cette Mireille, sa décision immédiate de venir là. La passion suscitée par ce procès, la quasi-impossibilité d'y assister s'il n'y avait eu Ulysse le chauffeur de taxi... Nimisha l'écoutait sans jamais l'interrompre. Et se rattrapa d'un flot de questions, sitôt fini le récit de son amie.

- C'est très intéressant. Tu vas rester longtemps ? Tu as trouvé un hébergement ? Tu veux que je vienne ? Comment ça se passe dans ce bled paumé ?

- Méconnu, mais pas si paumé, crois-moi. Je ne viendrais pas vivre ici, mais j'y trouve pas mal de charme. L'hôtel que m'a trouvé Ulysse est une petite merveille...

- Dis donc, tu as un vrai ticket avec ce type !

- T'es jalouse ? ne put s'empêcher de taquiner Nina.

- Tu fais ce que tu veux de tes fesses ma belle !

- Mais là, mes fesses, comme tu dis, ne sont pas en question. S'il existe encore quelques personnes à la bonté désintéressée, je les ai rencontrées ici. Ça fait plaisir tu sais !

- J'en suis curieuse. Je viendrais bien te retrouver si tu restes encore un moment.

- Il y a une deuxième journée de procès demain. Après c'est fini, je ne vais pas rester là. Je dois réussir à parler à cette Mireille, qu'elle me dise comment elle connaissait Gwladys.

- J'en ai trouvé une autre, lui dit Nimisha.

- Une autre quoi ?

- Une autre qui a connu Gwladys...

- Où ça ?

- Comme toi !

- Comment ça comme moi ?

- Sur internet.

- Sur Libertinum ?

- Oui.

- Comment as-tu fait ?

- Comme toi je te dis.

- En te connectant avec le pseudo d'Erys ?

- Oui.

- Tu es gonflée !

- Tous les moyens sont bons quand on cherche la vérité.

- C'est juste... et alors ?

- J'ai laissé penser que j'étais toi, la sœur de Gwladys. Mais l'autre, pour parler, veut me voir en webcam. Alors j'ai fait le coup de la panne, la webcam qui ne marche pas. Impossible de me prendre pour toi en me voyant, inutile de te faire un dessin en couleur...

- En effet, la blonde et sa sœur black. Encore que mes parents auraient pu t'adopter...

- Certes, mais si Gwladys lui avait parlé de sa famille, ça ne passait pas.

- Ok, mais dis-moi, qui est cette femme ?

- Pas une femme, plutôt un couple.

- Elle te l'a dit ?

- Non, elle parlait en écrivant au féminin, mais parfois en disant « nous ». Et le nom de leur adresse de dialogue est double : Leilalain.

- Ça veut dire quoi ?

- Probablement deux prénoms unis. Leila et Alain je présume.

- Bien vu ! Ah ça m'angoisse. Pour la première fois depuis bien longtemps, j'ai le sentiment de toucher quelque chose...

À ces mots, la voix de Nina s'était un peu brisée.

- Quelque chose qui te fait peur, poursuivit pour elle son amie.

- C'est exactement ça...

- Il faut pourtant avancer. Tu n'as plus le choix !

- Je préfère quand tu dis « nous »...

- Au risque de t'énerver encore à trop défendre ta sœur ?

- Je cours ce risque.

- Je n'en avais jamais douté, d'ailleurs tu vois, j'ai continué à chercher, malgré tes sautes d'humeur. Mais ce soir, c'est à toi d'avancer, et seule !

- Comment ça ?

- J'ai dit à Leilalain qu'il serait possible de se voir en webcam ce soir...

- C'est ce qui s'appelle décider pour moi !

- Tu ne vas pas recommencer avec tes reproches de gamine. J'ai été prise de court c'est tout.

- De toute façon, le plus tôt sera le mieux...

- Et maintenant, parle-moi de ce procès, cette Mireille, demanda à son tour Nimisha.

Nina lui raconta sa conversation de la veille sur internet, avec la femme laissée en liberté jusqu'au matin de son procès, l'assassinat de son ex-amant coiffeur à Saint-Quentin dans l'Aisne, les dénégations de l'autre accusé, l'ambiance passionnée en raison du motif présumé de ce crime : la transmission délibérée du virus du sida...

La conversation dura longtemps, jusqu'à épuisement de la batterie du téléphone portable de Nimisha.

173

Nina appela alors la réception de l'hôtel du Roy, en quête d'un endroit où dîner sans devoir y passer la soirée. L'établissement pouvait lui monter un plateau-repas. Option approuvée. Alors elle se fit couler un bain chaud. Leilalain attendrai(en)t bien encore un peu.

48 (Sacha)

Au volant de sa voiture, entre Laon et Saint-Quentin, mon cousin s'était plusieurs fois inhibé en une silencieuse méditation. Aldo réfléchissait à la tournure prise par le procès et déjà à sa plaidoirie du lendemain.

- Ou ces accusés sont bien conseillés, ou ils font intuitivement ce qu'il faut pour s'en tirer, me dit-il au sortir d'un de ces silences.

- En tout cas, lui dis-je, il n'est guère question de Léo, comme si on parlait d'un crime sans victime.

Ma réponse l'avait plongé dans une nouvelle méditation, prolongée sur une demi-douzaine de kilomètres.

- C'est tout à fait ça Sacha, un crime sans victime parce que ce mot, victime, induit une part de vulnérabilité et même d'innocence, me dit-il enfin.

- Une part qui ne s'appliquerait pas à Léo c'est ça ?

- Il y a de ça oui. On touche là le cœur de ce procès, l'infime qui va tant peser au moment de faire pencher d'un côté ou de l'autre la balance de la justice.

Le briscard du journalisme, ce drôle de Joseph Calonne, m'avait déjà ouvert les yeux. J'adhérais à son interprétation de la stratégie développée par Mireille Martin. Pas un instant elle n'avait tenté une redistribution des rôles pour endosser celui de la victime.

Je l'exprimais à mon avocat de cousin. Concluant sur le constat que jamais elle n'avait évoqué une forme de compréhensible vengeance ni même de légitime défense.

Aldo poursuivit mon exposé des faits et leur interprétation, mon raisonnement bien aidé par les remarques du chroniqueur de Nouvelles de l'Aisne.

- Elle n'a pas besoin de jouer de ce registre, dit-il.

- Quand même, c'est hyper important pour elle.

- Certes, mais c'est un fait acquis, acté par l'emballement médiatique en sa faveur, par la mobilisation d'un collectif pour la soutenir et la défendre. Tout cela l'innocente déjà dans l'opinion publique dont sont issus les jurés, ne l'oublie pas.

- Eh bien qu'elle en profite ! Pourquoi ne le fait-elle pas ?

- Parce que les jurés sont avec un magistrat, le président, qui leur rappellera en temps voulu ce qu'est un crime au regard du code pénal.

- Et ça change quoi ?

- Ça change qu'elle ne pourra avoir tué et être innocente. Jouer la légitime défense ou justifier une vengeance, c'est reconnaître avoir commis un crime. Or, tout crime doit être puni par la justice. Et dans son cas, elle ajouterait la préméditation, plus grave encore.

- C'est pourtant clair tout ça non ? Cette pimbêche a fait exécuter Léo !

- Eh bien tu as vu comme moi, elle fait celle dont les paroles auraient été mal interprétées, qui n'aurait jamais eu cette intention.

- Mais cet idiot de Philippe Poulet prouve à lui seul que ce n'est pas le cas.

- Poulet joue bien l'imbécile, mais il a opté pour la seule attitude susceptible de le tirer de là : c'est pas lui !

- Qui peut croire ça ?

- La question est plutôt : qui peut prouver son mensonge ? Aucune preuve matérielle, des témoignages d'identification approximatifs et contradictoires, un vague alibi fourni par sa famille certifiant sa présence loin du lieu du crime ce jour-là… Un jury peut y croire, surtout s'il en a envie !

- Et tu penses que ce jury là en a envie…

- Oui, je crois que pour moi et ton ami Léo, c'est quasiment perdu d'avance. Pour un crime reconnu, un jury est obligé de condamner. Et dans ce cas, avec la circonstance aggravante de la préméditation.

- Et si le crime est nié, il faut des preuves. Il y a quand même cette conversation enregistrée…

J'avais bien compris ce que m'expliquait Aldo, mais tentais encore de ne pas y croire. Je n'avais aucun doute sur la culpabilité de Mireille Martin et Philippe Poulet. Mon cousin, avec sa lucide analyse de juriste, balaya mes illusions de voir réhabilitée la mémoire de Léo par la condamnation de ses assassins.

- Un doute ça, pas une preuve. Et tu l'entendras de la bouche du président au moment d'inviter les jurés à délibérer : s'il y a doute, il doit bénéficier à l'accusé !

Nous roulions déjà dans les faubourgs de Saint-Quentin, passant devant d'immenses bâtiments en briques rouges. Leurs toitures offraient l'aspect de multiples équerres alignées qui supportaient des verrières ternes ou brisées. La mauvaise herbe et même quelques arbustes colonisaient les abords. Des usines désertées...

- C'est triste hein, me lança Aldo.

- Quand je pense à tous ces gens qui travaillaient là quand on était gamins.

- Et aux quelques sous qu'on s'y faisait en travaillant l'été quand on était étudiants, ajouta-t-il.

- Mais où gagne-t-on sa vie ici maintenant ?

- Chez Leclerc, chez Auchan, dans la distribution et le transport. Comme on ne produit plus rien ici, on va chercher ailleurs et on revend en faisant semblant de tirer sur les prix. Ça fait toujours du boulot quand même...

Aldo riait, d'un rire teinté d'amertume, en me disant ça. Il n'avait pas oublié qu'en d'autres temps, avec d'autres amis, nous avions maladroitement milité contre une telle organisation de la société.

Je lui répondis par un simple sourire entendu.

- Pas d'inquiétude. Ça convient à la populace puisque personne ne bronche, dit-il, regarde.

Sans doute pour me faire plaisir, pour que je renoue avec les paysages de mon quotidien d'autrefois, il avait obliqué vers le centre-ville. Rues d'Isle, de Paris ou du Palais, places de la Basilique, du Marché ou de l'Hôtel-de-Ville, les chalands se croisaient aux entrées des boutiques, traînaient devant les vitrines, discutaient derrière les vitres ou aux terrasses des cafés.

- Tu vois, ça vit toujours, ça consomme. D'ailleurs, on va y aller aussi, décida-t-il.

Nous avons garé la voiture dans le parking souterrain de l'hôtel de ville. Un édifice dont l'image reste familière, sans qu'elles le sachent, à des générations de Français d'avant l'euro ; imprimé qu'il fut avec le portrait du peintre Quentin de La Tour, à des millions d'exemplaires sur les déjà anciens billets de banque bleutés de 50 francs.

- Ça aussi c'est du passé, lança Aldo.

Il avait évoqué l'anecdote alors qu'un ascenseur translucide nous déposait devant la façade de ce monument historique, sur la place pavée qui fut la première en France à se transformer l'été en plage artificielle. Plus tard, Paris avait imité Saint-Quentin…

Nous nous sommes installés à la terrasse du bar du Carillon d'où tous les quarts d'heure on entend la petite musique des cloches de l'hôtel de ville.

Au soleil couchant, comme autrefois, sans trop parler, nous avons siroté une bière belge en regardant passer les filles.

49 (Patrice-Madeleine)

De l'humidité plein la terre et du soleil à pleines journées, le printemps en était à cette période où chaque tâche décide le devenir d'un jardin, selon qu'elle soit accomplie ou non en son temps.

En cela, jamais Madeleine n'avait failli. Elle était à éclaircir les semis de carottes, laissant une plante parmi les plus robustes tous les deux ou trois centimètres environ.

Elle aimait ces travaux solitaires, dans la fraîcheur du matin, à écouter les bruits et les cris de la faune du marais occupée à chasser sa pitance. Les rongeurs cherchant à ronger, exposés aux multiples menaces des belettes, des fouines, des éperviers, des buses ou autres chats sauvages ; les poissons gobant les mouches, les moustiques et autres insectes, eux-mêmes convoités par les loutres, des cormorans ou d'autres poissons plus voraces encore. La nature, celle de la vie et de la mort, avec son équilibre cruel. Mais d'une cruauté saine, aux convoitises cantonnées aux besoins essentiels, sans autre avidité…

Les parfums de la terre dérangée et des jeunes pousses de carottes déracinées sous ses doigts se mélangeaient. Ces odeurs aussi, Madeleine les appréciait, et tout particulièrement ce matin-là où, après cette discussion avec son petit-fils et son retour à elle-même, ses pensées ne divaguaient plus seulement au passé. Elle ne perçut qu'au dernier moment des pas derrière elle. Il était là…

- Je peux t'aider, lui proposait Patrice.

Quand leurs regards s'étaient croisés, Madeleine avait compris qu'elle avait réussi.

Par sa présence dans ce jardin où il n'était jamais venu autrement que pour une besogne contrainte et résignée, par cette proposition d'aider sans qu'elle ait à lui demander, il lui tendait la main. Elle allait la saisir !

Elle décida que le jardin avait eu assez de ses efforts pour ce matin-là. Qu'elle avait mieux et plus urgent à faire : des années d'abandon à défricher dans une autre culture laissée en jachère, celle du cœur de ce petit-fils apparemment sans rancune.

Elle ramassa quelques outils, tendit au garçon un seau rempli des plans arrachés et d'herbes mauvaises.

- Allons plutôt à la maison, nous avons à refaire connaissance, dit-elle.

Sans vraiment saisir tout le sens de cette phrase, Patrice lui emboîta le pas.

Assis face à face à la grande table en bois qui avait chaque jour accueilli autrefois une bonne douzaine de convives adultes avec leur bel appétit pour la vie et leurs conversations passionnées, ils partagèrent un de ces petits déjeuners tardifs, propres aux gens de la terre. À ceux qui ont déjà bien travaillé à l'heure où ailleurs, dans les zones urbaines, un flux robotique et muet guide vers leur occupation ceux qui en ont encore une.

Madeleine, cheveux noués dans un foulard multicolore, transfigurée dans un pantalon bigarré et une chemise d'homme probablement portée en son temps par le fameux Jules dont la mémoire semblait à nouveau hanter les lieux, avait bien l'intention de poursuivre la conversation entamée la veille. Mais c'est Patrice qui parla le premier.

- Grand-mère, commença-t-il…

Une œillade réprobatrice l'incita à se reprendre dans l'instant.

- Madeleine, recommença-t-il avec un demi-sourire, je dois te parler de la grange.

- Je ne te cache pas que ça m'intrigue un peu, dit-elle

Alors Patrice se lança dans un monologue où il fut question de sa situation mal engagée avec ces corps retrouvés dans l'étier et les accusations pesant sur lui. Une histoire à laquelle il ne comprenait toujours rien. Il tenta d'expliquer son désarroi. Que l'indifférence ou le rejet, il avait toujours su les gérer, « faire avec » disait-il, mais que les regards accusateurs ou suspicieux d'aujourd'hui, ça non, il ne les supportait pas. Il décrivit la haine désormais cristallisée sur ses deux cousins, les responsables, les salauds.

- Je vais les tuer.

Le ton de sa voix n'avait pas faibli. Cette décision s'imposait à lui comme une évidence, une conclusion, la seule chose à faire.

Madeleine avait décidé d'aider enfin son petit-fils, de lui rendre un peu d'un amour si longtemps confisqué. Les premières heures si exaltantes de cette entreprise l'avaient conduite à sous-estimer l'ampleur du vide à combler.

La détermination morbide de son petit-fils l'effraya juste un instant. Pour autant, elle se projeta immédiatement dans son macabre dessein. Lui trouva un sens, et même une logique.

- Et comment t'y prendras-tu ? Tu sais bien que nul ne peut les approcher, là où ils sont enfermés, lui dit-elle.

- Ils vont revenir, pour la reconstitution, j'espère que ça va marcher.

- Ils seront entourés, protégés, certainement des gendarmes partout. Je ne vois pas trop comment tu pourras faire un coup pareil.

- J'ai tout prévu ! coupa le jeune homme.

Le regard fixe dans celui de Madeleine, il tordait les lèvres dans un douloureux sourire, déjà fasciné par des pensées meurtrières.

- Tu m'expliqueras tout ça, dit calmement Madeleine.

Elle avait glissé dans les siennes les mains du garçon posées sur le bois de la table, sans qu'il tente cette fois de les lui extraire.

Elle poursuivit.

- Mais dis-moi sincèrement, as-tu quoi que ce soit à voir avec la mort de ces jeunes gens retrouvés dans le marais ?

- J'ai juste compris plus tard qu'ils étaient dans les sacs qu'on avait balancés dans l'eau, que c'était pas du sanglier pourri.

Un instant à observer un visage bouleversé, un regard à fouiller le néant, suffit à convaincre Madeleine que Patrice disait la vérité.

À cet instant, un crissement de pneus sur les graviers du chemin vint distraire leur attention. Deux portières claquèrent quasiment en même temps. Se penchant vers la fenêtre, Madeleine vit s'avancer vers la maison, avec dans la même démarche exagérément assurée des militaires, deux gendarmes dont la jeune femme de l'autre jour.

Elle se précipita pour ouvrir, amusée par la simple idée de priver la gendarmette du plaisir de sa présentation autoritaire et de son « Gendarmerie nationale ».

Les deux femmes se faisaient face, l'autre baissant un poing inutilement levé dans un geste prêt à s'abattre sur la porte trop vite dérobée.

- Bonjour Madame ! Monsieur Patrice Moreau est-il ici ?

Elle dévisageait Madeleine, gagnée par un doute dont elle ne montrait quasiment rien. Cette fille devait énormément s'entraîner pour ne rien laisser paraître de ses émotions, et s'en tirait plutôt bien.

- Vous êtes la grand-mère ? demanda-t-elle après quelques secondes.

- Oui, quelle question… s'amusa encore Madeleine.

- Je ne vous avais pas reconnue tout de suite Madame, mes excuses !

Par cet aveu d'humilité, bien que dit encore avec une certaine condescendance, Madeleine la trouva tout de suite plus sympathique.

Patrice s'était avancé derrière elle et ne disait rien. Que lui voulait-on encore…

- Monsieur Patrice Moreau, vous êtes convoqué par le juge d'instruction.

- Quand ça ? demanda le jeune homme dans un soupir de lassitude.

- Maintenant. Le juge vous attend. Veuillez nous suivre s'il vous plaît !

50 (Leila-Nina)

Leila avait nourri l'espoir que la chose ne se produise pas, que plus jamais n'apparaisse sur son écran d'ordinateur une fenêtre de dialogue au nom d'Erys. Depuis une bonne heure déjà, elle surveillait, incapable de regarder autre chose, écrasant des cigarettes à demi consumées dans un cendrier déjà rassasié. Illusion, elle le savait bien, et le message satellitaire finit par apparaître : « Erys vient de se connecter ».

Elle expira un nuage gris clair parfumé de tabac blond. À l'autre bout du dialogue, on était venu pour elle car dans l'instant, un message d'Erys l'interpellait d'un « bonsoir », simple et direct.

De son côté, Nina ne se sentait pas davantage assurée. Elle fumait elle aussi plus que de raison, bien que cela fût interdit dans la chambre d'hôtel dont elle avait ouvert la fenêtre à deux battants. Un air frais la saisit soudain, qu'elle n'avait pas senti jusque-là. Leilalain venait de répondre : « bonsoir ».

Nina s'accorda le temps de poser son cendrier sur le rebord de la fenêtre qu'elle referma sans hâte, puis de se glisser dans un gilet imprimé de motifs verts et rouges sur fond noir, ses couleurs préférées du moment.

- Pas de dialogue sans webcam, avait écrit Leilalain, sans autre préambule.

Quand Nina cliqua sur l'icône de la caméra, Leila en fit autant. En quelques secondes, leurs visages, aussi tendu l'un que l'autre, apparurent l'une à l'autre.

Elles s'observèrent un moment, se jaugèrent. Chacune tentait de saisir dans l'environnement de l'image un détail qui permettrait de situer l'autre. Nina se découpait sur le décor d'une pièce claire, sobre et impersonnelle. Derrière Leila, vêtue d'un léger débardeur, rien d'autre que la pénombre. Seuls les mots échangés allaient compter.

- Vous avez connu ma sœur ?

Nina, lasse et surtout mal à l'aise de se sentir ainsi observée, avait pris les devants, pressée de rompre ce qu'il est convenu d'appeler le silence, bien que les mots fussent écrits et non prononcés.

- Je ne vois pas de qui vous voulez parler, répondit l'autre.
- Gwladys, ça vous dit bien quelque chose non ?
- J'ai peut-être causé autrefois avec une Gwladys sur ce site de dialogue. Mais vous savez, ici, n'importe qui peut se baptiser n'importe comment.

Un moment s'invita, sans écrit. Une nouvelle phase d'observation.

Nina découvrait le visage inquiet d'une femme affirmée, brune, méditerranéenne ou peut-être simplement brunie par le soleil. Elle la trouva belle et très certainement sincère, à l'inverse de cette Mireille Martin lui inspirant une inexplicable répulsion.

Leila cherchait quant à elle sur ce visage de jeune fille, un trait, une forme, une mimique. Une similitude à associer au souvenir de Gwladys, cette jeune femme qui avait été son amie, qu'elle avait aimée aussi.

Elle s'était attendue à une interlocutrice aussi blonde que Gwladys. Voilà qu'elle était brune.

Pourtant, cette façon de trahir ses doutes dans la fraction de seconde d'un regard d'animal traqué mais résolu à reprendre l'avantage, cette bouche évoquant la saveur d'un fruit frais, cette douce harmonie du menton aux pommettes… Les mêmes se dit-elle.

Alors elle écrivit.

- Admettons que j'ai connu Gwladys, que voulez-vous savoir ?
- La vérité sur sa mort, sur un aspect de sa vie aussi, répondit Nina.

Et elle expliqua pourquoi elle ne croyait pas à son assassinat par des pauvres types, sa découverte de la sexualité de groupe pratiquée par sa sœur et son compagnon, sa conviction d'un lien entre ces mœurs et leur mort…

- Et si vous aviez raison, ça changerait quoi ? interrogea Leila
- Vous avez donc bien connu Gwladys !
- Oui.
- Vous étiez amies ?

- Oui.
- Ce soir-là, elle avait rendez-vous chez un coiffeur de Vendée.
- Oui.
- Vous le saviez donc ?
- Oui.
- Vous ne pouvez dire autre chose que oui ?
- Je réponds seulement à vos questions...
- Vous vous connaissiez depuis longtemps ?
- Nous avons été assez proches, de l'été jusqu'au printemps suivant, jusqu'à... la fin.

Nouveau silence...

- Vous savez comment c'est arrivé n'est-ce pas ?

Nina avait posé cette question et la femme brune avait disparu de l'écran. Un homme s'était assis à sa place.

- Il ne vous sert à rien d'en savoir davantage. Gwladys a été heureuse, soyez-en certaine et sachez vous contenter de cela, avait écrit ce nouvel interlocuteur.
- Qui êtes-vous ? demanda machinalement Nina.
- Nous sommes un couple. Éric et votre sœur étaient nos amis. C'est tout ce que je suis en mesure de vous dire...
- Où êtes-vous ? Je veux vous voir !
- Nous sommes loin.
- Je m'en fiche, je viens.
- Vraiment loin, à des milliers de kilomètres...
- C'est le coiffeur qui a fait le coup ?

Nina devinait l'homme moins malléable, moins enclin à causer. Pressentant qu'il allait bientôt mettre fin à la communication, elle avait posé cette question, comme elle aurait bluffé au poker.

- La question ne se pose pas comme ça, répondit l'homme.
- C'est donc lui !
- Ce qui est arrivé était involontaire, croyez-nous, s'il vous plaît.
- Mais...

La communication avait été interrompue. Nina n'en saurait pas plus. Elle s'en voulait d'avoir été trop directe, trop pressée.

Dans leur maison réunionnaise, Alain usait de toute sa tendresse pour calmer Leila, bouleversée par cette évocation.

- Nous devons retourner là-bas, lui dit-elle.
- Pourquoi ? interrogea Alain.
- Parce qu'avec cette histoire remuée, trop de gens sont exposés. Cette fille pense qu'un coiffeur est le responsable. Mais sait-elle quel coiffeur ?

51 (Sacha)

J'avais pris cette fois la voiture louée à mon arrivée à la gare de Saint-Quentin et que je laisserai à mon départ à celle de Laon, pour couvrir la quarantaine de kilomètres entre les deux villes. En route pour suivre la deuxième et dernière journée du procès, j'avais préféré la route nationale à l'autoroute, histoire encore une fois de contempler quelques vestiges des paysages familiers de mon enfance.

La veille, j'avais dîné chez Françoise et Patrick.

Ils avaient aussi invité Lucien et Huguette chez lesquels je passais ensuite la nuit dans une chambre d'amis toujours prête et dans laquelle, jusqu'au moindre bibelot, rien n'avait bougé depuis au moins 20 ans que je la connaissais.

Si bien qu'à table, la conversation, après l'évocation de nos souvenirs les plus fameux, avait forcément dérivé sur le procès des assassins toujours présumés de Léo.

J'avais ainsi mesuré la vertigineuse chute de popularité de Mireille Martin. En cela, Lucien constituait un fabuleux baromètre.

Déçu Lucien ! Son soutien à Mireille Martin avait été un réflexe d'assistance à une innocence un peu naïve. Comme au bon vieux temps du militantisme syndical ou politique : de défense du faible contre le puissant.

Dans le cas de Mireille Martin : de ce sexe faible recevant la maladie et la peut-être la mort, en retour d'amour et de don de soi. Du moins, avait-il perçu les choses ainsi, et ils étaient des milliers comme lui. Car ainsi avaient-elles été rapportées puis commentées par nombre de chroniqueurs.

Il avait espéré le procès d'un style de vie. Un style qu'il ne partageait pas, celui de la luxure. Il avait attendu un débat réfléchi au terme duquel serait confondu même à titre posthume le porteur de virus ayant essaimé en toute conscience. Et innocentée la contaminée aimante, même rongée par la haine.

Et voilà que Mireille Martin s'éclipsait, se défendait sans assumer, misait sur une autre innocence, beaucoup trop simple, presque pitoyable.

Pire, elle ne valait guère mieux que Modeste Person par sa vie de débauche.

Et comme pour la perdition de ses combats politiques d'autrefois, « récupérés par les politicards » disait-il, Lucien se sentait floué, abusé, trahi. Berné pour s'être encore une fois engagé pour la bonne cause, mais pas pour la bonne personne !

La fougue du vieux militant amusait Patrick et Françoise. La tournure des événements les confortait dans leur amitié accordée à Léo, même au-delà de la mort. Cette histoire se révélait finalement beaucoup plus complexe.

Une complexité qui laissait Huguette sans avis. L'absence de position de son épouse agaçait Lucien pour qui chacun devait en toute chose choisir, opter pour une idée. C'était noir ou blanc, et même rouge pour lui dans la plupart des cas.

Pour moi, au contraire, l'indécision d'Huguette révélait davantage l'intelligence. Une capacité de réflexion au-dessus du lot que j'avais toujours appréciée chez elle, jamais encline à se ranger d'emblée derrière des avis unanimes et réfléchis par d'autres.

Nous avions passé une bonne soirée…

Comme Lucien ne dérogeait jamais de son rythme d'ancien travailleur levé avec le jour, j'avais calqué sur le sien mon réveil matinal, histoire de passer encore un peu de temps avec mes vieux amis au petit-déjeuner.

Puis j'étais parti très tôt pour Laon où j'étais arrivé en avance.

Assis à la terrasse du bar-hôtel-restaurant du Roy ou je venais de réserver une chambre pour la nuit suivante, je sirotais un café tout en lisant la rubrique « Justice » de Nouvelles de l'Aisne.

Quelle justesse d'analyse et de vocabulaire dans la centaine de lignes signées Joseph Calonne !

D'une écriture subtile, il révélait en peu de mots les personnalités de Philippe Poulet, et encore plus de Mireille Martin dépeinte avec une touche de machiavélisme. Mais sans grossir le trait, juste ce qu'il faut pour deviner sans affirmer. Ce rustre plus assidu au bar qu'à la salle de bain, gravissait un nouvel échelon dans mon estime, même si l'idée de partir en vacances avec lui ne m'effleurait toujours pas.

Il me suffit de plonger dans la lecture d'un autre journal pour percevoir la différence de style. La nuance d'un Joseph Calonne, tout crade qu'il fût, tranchait avec le récit brut du signataire tout en paraître, un brin dandy, côtoyé la veille à la tribune de presse.

« *Le complot raconté par Poulet, c'est du Colombo revu par les Marx Brothers.* » Avec Joseph Calonne, le Poulet en question avait un prénom.

« *Elle a relevé mes empreintes sur un verre, embauché un sosie, trouvé un type imitant ma voix. Elle m'en voulait parce que j'avais refusé de supprimer le père de son enfant pour qu'elle touche l'assurance...* » Des lignes à n'en plus finir de ces citations de Philippe Poulet, très remonté contre Mireille Martin. Pour conclure par : « *La salle se marre comme au Guignol...* »

- Et on en sait toujours autant, avais-je dit sans doute à voix haute, en repliant ce journal.

Absorbé par ma lecture, je ne l'avais pas vu arriver… Assise à la table voisine, une femme me regardait, tirant sur une cigarette. Elle dit « merci » au garçon qui posait un café devant elle, puis me regarda à nouveau.

- Je peux vous emprunter un journal, demanda-t-elle.

- Prenez celui-là, l'autre ne vaut rien pour sa rubrique justice, avais-je répondu en lui tendant Nouvelles de l'Aisne.

- Vous pensez donc que je manifeste un intérêt pour la rubrique justice, répondit-elle, la coquetterie en léger sourire.

- Je vous ai vue hier au procès…

- Il m'a semblé aussi, dit-elle, promenant son regard dans les pages sans se départir de ce sourire narquois.

La veille, nos regards s'étaient croisés à plusieurs reprises. Assise au second rang, comment ne l'aurais-je pas remarquée, belle à damner un saint ! Le plus souvent, elle n'avait pas quitté Mireille Martin des yeux alors que les miens s'attardaient sur son corps, sur sa nuque, sur sa bouche articulant des mots sans son.

Les femmes sont ainsi qu'elles se complaisent d'être admirées et feignent l'indifférence. Elle avait donc perçu ma contemplation. J'en étais vaguement embarrassé et préférait me taire.

- Bon article, dit-elle.

- Je trouve aussi, ce journaliste a autant de talent qu'il est répugnant personnage, avais-je sincèrement répondu.

- Et vous, qu'avez-vous écrit ? demanda la jeune femme.

- Moi ?

- Oui vous ! Vous êtes bien journaliste ? Je vous ai vu hier assis à la tribune de presse. J'espère ne pas vous avoir trop distrait de votre mission...

Le ton sarcastique et amusé de la jeune femme m'atteignait avec un plaisir indéfinissable qu'il m'importait de prolonger, tant il était agréable. Elle ironisait sur mes œillades concupiscentes de la veille. J'allais moi aussi jouer... mais la comédie !

- Je n'ai encore rien écrit, avais-je répondu, donnant à penser qu'elle avait raison de me prendre pour un journaliste.

Je l'imaginais quelque peu fascinée par cette activité et redoutais la rupture d'un charme tout juste naissant, si je rectifiais la vérité sur ma profession et même sur le motif de ma présence à ce procès. Avoir été l'ami de Léo n'engageait pas forcément l'empathie.

Elle n'avait pas répondu tout de suite. Et puis le sourire et le ton espiègle s'en étaient allés.

- C'est parfois mieux comme ça, souffla-t-elle.

- Pourquoi ça ?

- Parce que vous journalistes, écrivez le monde et les gens tels que vous les voyez, tels que vous les voulez, pas comme ils sont vraiment !

Elle me renvoyait quelques semaines et quelques mois plus tôt. Lorsque j'avais lu les vérités tronquées de ces articles censés dépeindre la personnalité de mon ami Léo, si éloignées de la réalité du personnage. J'en étais davantage convaincu après une journée de procès à observer Mireille Martin, enjôleuse, manipulatrice.

À cet instant, je pouvais esquiver la critique et simplement lui préciser : « je suis coiffeur ». Je préférais entretenir l'ambiguïté, continuer à échanger autre chose que des banalités. Alors je ne dis rien.

- Bien sûr vous n'êtes pas d'accord ! ? relança la jeune femme.

Elle plantait son regard vert au fond du mien, toujours tenté par la balade sur ses épaules, ses mains, sa taille.

Je voulais réagir, trouver la réplique, surtout continuer à capter son attention. Mais pas le moindre mot à me mettre sur la langue.

J'étais assis à côté de la femme improbable dont j'avais parfois fait mon idéal : forte et fragile à la fois, au charme assumé. Et voilà qu'elle m'asticotait avec des griefs auxquels j'étais étranger. Mais sur lesquels reposait notre conversation.

J'encaissais donc volontiers la volée de bois vert. Sachant que sans cela, j'eus à coup sûr été vaincu par la timidité à la moindre volonté d'aborder cette femme idéale selon moi.

Combien de fois m'étais-je fustigé pour ces premiers mots arrivés trop tard, ces gestes retenus puis désuets passé l'instant opportun mais fugace.

Alors, qu'elle me prenne pour un journaliste et déverse sur moi sa bile !

Plus tard, je trouverais bien quoi lui dire… Et je ne voulais pas gâcher cette chance d'un plus tard.

- Votre silence en dit long. Vous êtes vraiment bouffis de certitudes dans ce métier. Mais j'admire votre flegme sous la critique monsieur…

Elle interprétait donc mon mutisme comme du pragmatisme, et s'était remise à sourire, sans la moindre animosité. Comme si elle s'amusait.

- Vous avez raison, avais-je enfin réussi à répondre. Il arrive que la presse parle des gens comme de personnages de fiction.

- En voilà au moins un qui l'admet.

- À l'admettre, je pense qu'ils sont nombreux. C'est l'avouer qui s'avère plus complexe.

J'avais retrouvé mon aplomb, maîtrisé le trouble dont j'étais saisi par la seule proximité de cette femme.

- Et qu'est-ce qui fait de vous une exception ?

- Probablement le fait d'avoir été concerné, touché par cette façon de décrire des gens sans les connaître. Donc de les imaginer...

- Vous directement ?

- Non, un homme traîné dans la boue jusqu'à la caricature de l'odieux personnage. À des années-lumière de sa véritable personnalité.

- J'espère qu'il s'est défendu !

- Il n'en a pas eu l'occasion hélas. Il était déjà mort...

- Aïe !

- Vous allez entendre causer de lui aujourd'hui, si vous retournez au procès.

- J'y retourne...

Nous allions donc passer la journée, si ce n'était ensemble, au moins à proximité. Et j'en éprouvais une intense satisfaction.

- Il s'agit de l'assassiné...

- Et vous travaillez sur cet aspect du procès, voilà pourquoi vous n'avez encore rien écrit...

Par un nouveau silence, je laissais la jeune femme croire à la véracité de ses déductions.

- Vous m'intéressez, me dit-elle alors.

- Vraiment ?

- Oui, ça me donne envie de vous entretenir du cas de ma propre sœur.

- Qu'est-il arrivé ?

- Assassinée elle aussi.

- Aïe ! Et traînée dans la boue également ?

- Tout le contraire : les journaux l'ont réinventée telle une oie blanche, quasiment une sainte...

- C'est mieux non ?

- C'est mieux, mais c'est faux. Ma sœur était une vraie salope !
Elle s'était levée brusquement, déjà tournée vers l'escalier des chambres d'hôtel.
- Je file, le procès, je ne voudrais pas être en retard. Nous nous y verrons, dit-elle en mimant un sourire.
Le timbre de sa voix semblait soudain s'être ébréché.

52 (Patrice)

En fin de matinée, Patrice était rentré de sa convocation dans le bureau du juge, débarrassé de sa surveillance électronique, la cheville libre.

Du nouveau dans l'enquête : les propos recoupés des cousins tendaient à confirmer la version toujours réaffirmée par Patrice. Ivre et endormi sur la banquette arrière de la voiture de Lucky et Marco, il n'avait en conscience rien vécu de cette nuit au bout de laquelle les corps d'une jeune femme et son compagnon avaient été découpés dans la grange puis jetés dans le marais.

C'est dans la grange justement que Patrice retrouva sa grand-mère. Elle avait sorti de la fosse à vidange les pics plantés au cours des derniers jours à la verticale par le garçon meurtri. Elle découpait de solides planches de bois aux bonnes dimensions pour recouvrir le trou. Une remise en état, histoire d'effacer toute trace des « travaux » récemment entrepris par son petit-fils.

Le jeune homme avait tout simplement fragilisé l'ancien plancher recouvrant la fosse, puis parsemé le fond de pics acérés. Il prévoyait qu'au cours de la reconstitution, les planches auraient cédé sous le poids des deux cousins, précipités alors vers une mort assurée. Il leur en voulait tant de toutes ces années d'humiliations et de soumission à leurs comportements absurdes.

Il raconta l'entretien du matin avec le juge et l'avocat, sa liberté retrouvée, les démarches et recours à sa disposition pour retrouver sa dignité…

- Ils m'ont parlé d'un préjudice et de réparations, mais je n'ai pas tout écouté. J'avais compris qu'ils allaient me laisser tranquille avec ça et j'avais du mal à y croire…

- On verra ça avec l'avocat, répondit calmement Madeleine.

Elle était certes soulagée pour son petit-fils mais ne parvenait pas pour autant à se détacher d'une idée fixe : lui montrer les aménagements réalisés dans la grange.

Plus rien ne subsistait du piège trop grossier fabriqué par Patrice.

- Tu as tout démonté. Tu crois que ce n'est plus la peine maintenant, que je n'ai plus envie de supprimer ces deux salauds, remarqua le jeune homme.

- Que tu sois tiré de là ne change rien à l'affaire, dit-elle.

- Comme tu veux... Madeleine.

- Ton piège aurait peut-être fonctionné. Mais cette fois, il t'aurait mené pour de bon en prison, et même pour un bon bout de temps.

- Je m'en fichais...

- Eh bien pas moi, et tu vas voir qu'on peut jouer plus fin sur un coup comme ça.

Madeleine expliqua son idée et tous deux se mirent à nouveau au travail. Ils n'avaient plus de temps à perdre...

53 (Nina)

Pour retrouver sa place au premier rang du public dans la salle d'audience du tribunal de Laon, Nina avait usé du même stratagème que la veille, sollicitant les relations d'Ulysse, l'incroyable chauffeur de taxi.

Probablement n'en aurait-elle pas eu besoin cette fois, tant la foule se pressait moins nombreuse pour la deuxième journée du procès de Mireille Martin et Philippe Poulet.

De toute évidence, la déception avait découragé les supporteurs de la charismatique accusée.

Lorsque cette dernière fit son entrée, séparée de son ancien compagnon et présumé complice par deux policiers, elle toisa le public dont elle sentait lui échapper la ferveur des mois passés. Nina chercha encore à capter son regard. En vain. Mireille Martin semblait ne voir personne d'autre qu'elle-même.

À la tribune de presse, le journaliste rencontré moins d'une heure plus tôt à la terrasse de l'hôtel du Roy, avait repris sa place. Comme il l'avait fait le jour précédent, il se penchait régulièrement pour recueillir les confidences de son voisin, un personnage soliloque et ragoûtant. L'un comme l'autre observait, écoutait les débats, prenait quelques notes raréfiées…

Se succédèrent à la barre plusieurs témoins que Mireille Martin, la tête droite comme la chouette d'Athena, fixait sans discontinuer.

Impossible dans ce contexte d'attirer son attention. Et Nina se laissa entraîner dans les péripéties de cette étrange histoire de meurtre sur fond de Sida. Il lui semblait que témoignages et avis d'experts n'étayaient que l'incertitude.

Mireille Martin ayant formellement demandé au tueur d'éliminer son ancien amant séropositif ? Rien ni personne pour l'affirmer !

Le doigt de Philippe Poulet pressé sur la gâchette ayant expédié Modeste Person dans l'autre monde en même temps que les dizaines de plombs de chevrotine dans sa poitrine ? Là non plus, nul ne l'avait vu ou vraiment reconnu...

Jusqu'à se demander qui de Mireille Martin ou Modeste Person avait refilé le Sida à l'autre... Si tant est qu'ils se l'étaient refilé car ça non plus, rien ne le démontrait.

L'imbroglio total !

À midi, le président annonça la suspension et la reprise à 14 h.

Dans la salle des pas perdus, pas tout à fait un hasard si ceux de Nina ne se perdirent pas vraiment et la menèrent sur la trajectoire du journaliste de la terrasse hôtelière. Ce hasard-là, l'un et l'autre l'avaient provoqué. Aucun n'en était dupe. Chacun joua pourtant le jeu de la coïncidence...

Le jeune homme traînait dans son sillage son bavard voisin de la tribune de presse.

Le babillard lorgna la jeune femme de bas en haut et inversement, étira un sourire de gargouille en serrant des doigts tabagiques sur l'épaule de son jeune confrère.

- Je crains, monsieur Laurent Huriez, que vous ayez mieux à faire qu'à déjeuner avec nous, dit-il avant de s'éloigner, théâtral, vers la sortie.

Nina se retrouva ainsi face à celui dont elle connaissait désormais le nom.

- Il semble bien, monsieur Huriez, que votre ami aura décidé pour nous, dit-elle, avec une effronterie assumée.

- Je ne...

Pour couper court à ce qu'elle refusa d'interpréter comme un réflexe de dénégation polie, elle ajouta sans attendre.

- Laurent Huriez : j'aime beaucoup votre nom. Un peu moins le prénom mais il y a tellement pire...

Le garçon en oublia la formule de refus tout juste ébauchée.

- Moi c'est Nina. Nina Bastaos.

Comme il ne trouvait rien à ajouter, elle poursuivit sur la voie de l'impertinence.

- On y va à ce déjeuner ? Puisque votre ami en a décidé ainsi...

197

- Ce dinosaure n'est pas mon ami. Mais j'adhère volontiers à sa décision, tant qu'il ne s'incruste pas.

- Raison de plus pour filer immédiatement, des fois qu'il revienne, dit-elle, espiègle.

Elle filait déjà vers la sortie. C'est lui, cette fois, qui mit ses pas dans les siens, les yeux rivés sur la délicieuse démarche de la jeune femme

En son for très intérieur, Nina s'amusait à ressentir cette contemplation peser sur ses reins…

Ils se retrouvèrent à la terrasse de l'hôtel-restaurant du Roy où était proposée une cuisine influencée par de multiples terroirs. Portrait gastronomique de ce coin de France, méconnu, forgé aux arts de vivre de régions superposées là : le Nord, la Picardie, la Champagne, déjà le Bassin Parisien, et même un peu de la Belgique wallonne.

Nina écoutait l'inconnu assis face à elle, à la fois jeune et mâture, lui parler ainsi de la carte du menu et de ce qu'il appelait « ce pays ». Elle ne cernait pas encore de quoi elle se délectait vraiment à cet instant ; entre les commentaires sur le poulet au maroilles, le brochet ail persillé ou le lapin aux morilles, ou tout simplement cette voix qui lui plaisait, grave, profonde, « apaisante » se dit-elle. Ce gars lui plaisait et, consciente de la brièveté de leur séjour ici, elle avait décidé de ne pas s'en cacher. Advienne que pourra, se disait-elle.

Elle se sentait bien, opta pour le brochet, lui pour le lapin.

54 (Patrice)

Madeleine aurait préféré voir cette poutre en chêne céder presque 20 ans plus tôt sous la pendaison de son cher Jules, elle qui venait d'exhausser son vœu et d'un coup, fracasser deux crânes. Cette pensée l'occupait lorsqu'elle capta l'œillade stupéfaite de Patrice, son petit-fils.

La grange crachait par toutes ses issues des cris et des poussières en nuages.

- Des blessés ? demandait un commandant.

- Les deux suspects, je crois qu'ils ont leur compte, répondait une voix venue de l'intérieur.

- Ne touchez à rien ! ordonnait le procureur...

La reconstitution avait débuté une petite heure plus tôt. Aux questions des magistrats, Patrice se contentait de réponses par oui, par non. Tétanisé, incapable d'articuler d'autres mots. La présence de ses deux cousins l'affolait.

Au grand étonnement de la gendarme féminine ayant connu la version grand-mère acariâtre de son personnage, Madeleine, au contraire de son petit-fils, s'investissait. Quitte à en rajouter, elle qui jusque-là avait prétendu n'être au courant de rien.

Contente de son coup ! Elle avait, mine de rien, raconté au juge d'instruction les nombreuses fois où elle avait sollicité l'aide de Lucky et Marco pour accrocher à la poutre un cochon ou un agneau à dépecer. Et que peut-être...

Induisant forcément l'idée que les deux faux durs avaient pu pratiquer de même avec deux corps humains...

Intrigué, et puisqu'il était là pour ça, le magistrat avait fait apporter un mannequin lesté d'une bonne soixantaine de kilos.

- Montrez-moi ! avait-il ordonné aux deux cousins.

- On n'a pas fait comme ça, s'était rebiffé Jean-Luc.

Raisonnés par leur avocat, les deux faux durs avaient fini par accepter. En tirant vers le bas sur les deux cordes suspendues à la

poutre, ils avaient provoqué sa chute, et avec elle celle d'une partie de la vétuste toiture.
Ensevelis, les cousins ne s'en relèveraient pas…

55 (Sacha)

Ravi de partager la table d'une miraculeuse inconnue se régalant d'un plat aussi simple qu'un tronçon de brochet, même inédit pour elle, je songeais à Leila

En admirant cette fille à l'effronterie subtile, me revenaient les mots de ma shampouineuse partie trop loin et trop vite : « Taratata, ça te tombera bien dessus encore une fois sans même prévenir », avait-elle rétorqué à mon affirmation d'être vacciné contre ma prédisposition à m'amouracher.

C'était à peine quelques jours avant son départ hâtif pour les îles. Je réalisais à quel point mon amie-amante avait su me deviner.

Comme elle avait raison ! Ni guéri ni à l'abri...

Cette Nina alertait les défenses dont je me parais depuis des années pour ne plus me perdre dans un amour passionnel. A cet instant, je diagnostiquais les premiers symptômes d'une possible rechute en d'excessives passions. De celles qui précèdent les convalescences parfois trop longues. De celles qui m'avaient entraîné vers tant de tracas et tant de mauvais choix par le passé. De celles que je fuyais désormais, par pur réflexe de protection.

Assis face à cette fille, je laissais pourtant libre cours à l'enthousiasme du désir. Et je maîtrisais comme je le pouvais la propagation d'autres sentiments.

Elle m'avait interrompu quand j'avais cherché à rétablir la vérité sur mon identité. Après tout, qu'elle m'appelle Laurent Huriez faisait bien mon affaire. Et puis je craignais, en lui révélant à la fois mon nom, le malentendu sur ma profession et la véritable raison de ma présence dans ce box réservé à la presse, de rompre une si charmante ambiance. Il serait bien temps de rétablir la vérité plus tard. Si toutefois l'occasion s'en présentait, et dans l'éventualité même d'un plus tard que rien ne laisser encore présager.

Je restais donc sur mes gardes.

Décelait-elle cette prudence ?

Je spéculais en même temps sur l'éventualité qu'une femme pareille puisse s'intéresser à moi.

Car je n'avais pas été dupe du simulacre de hasard dans la salle des pas perdus. Elle m'avait cherché. Elle m'avait trouvé. J'attendais d'en connaître la véritable motivation.

Ce que je pris pour la réponse à cette interrogation n'arriva qu'à l'issue du nettoyage de l'arrête dorsale du plus vorace des poissons d'eau douce, à son tour dévoré à belles dents.

Nina Bastaos, sans doute des origines portugaises, s'en était délectée, tout en bavardant. Le procès de Mireille Martin et Philippe Poulet occupait bien entendu notre conversation.

Je m'aperçus que la jeune femme connaissait bien peu des détails de cette affaire.

- Avant-hier encore, j'ignorais tout de l'assassinat d'un coiffeur de Saint-Quentin, dans l'Aisne. Je ne savais même pas que cette ville existait, dit-elle pour justifier ses interrogations.

- La région ne figure pas parmi les destinations touristiques les plus prisées, je vous le concède.

- Ne vous vexez pas, c'est mignon chez vous !

Je ne démentais pas davantage. Après tout, dans cette région, j'étais toujours un peu chez moi...

Ma réplique, digression d'ordre esthétique entre Laon l'historique et Saint-Quentin la quelconque, expira au seuil de la première syllabe, occise par la sonnerie de son téléphone portable.

D'un geste désolé, elle me fit comprendre une nécessité de répondre.

« Oui Nimisha, je sais bien que c'est toi... Ah des nouvelles de cette femme... Dans trois jours... Super... Tu ne viens pas... Ce n'est pas grave... Non, pas ce soir... Je reste un peu... Jusqu'à demain... Oui... Oui... Ça suffit... Voilà, tu as tout compris... Bises... »

Elle m'avait regardé à la dérobée, le même sourire espiègle découvert un peu plus tôt dans la salle des pas perdus, passa à nouveau comme un éclair sur son visage. Brève et troublante espièglerie…

Mais l'instant d'après, elle me parut préoccupée, soucieuse.

- Je dois vous demander un service, me dit-elle.

Ainsi donc, j'avais eu raison de ne pas supposer cette fille exclusivement intéressée par ma falote prestance.

- Si c'est dans mes cordes, avais-je répondu d'un ton neutre, un brin déconfit par la tournure que prenait cette rencontre.

- J'ai besoin d'un contact avec Mireille Martin.

- Je ne vois pas ce que je peux faire…

- Les journalistes ont des facilités pour approcher les gens.

- Pas pour approcher une accusée durant son procès en tout cas.

- Peut-être pas elle directement, mais au moins son avocat.

- Sous quel prétexte ?

- Je vous ai bien vu en discussion avec l'avocat de l'assassiné…

- Plutôt de sa famille, de la partie civile. Car le pauvre n'a que faire d'un avocat là où il est…

- Oui, dites ça comme vous voulez. N'empêche que l'aborder ne vous pose aucun problème.

J'allais répliquer que l'avocat en question était en même temps mon cousin, et me ravisais. Toujours titillé par ce plaisir de jouer la comédie. Après tout, ces avocats, même dans une opposition de façade selon la défense à assumer, se connaissaient parfaitement. Je pouvais toujours passer le message par Aldo.

- Quel genre de contact espérez-vous ?

- Juste qu'elle sache que la sœur de Gwladys est venue, qu'elle sache que c'est moi, qu'elle me repère. Ensuite, on verra bien…

- C'est si important pour vous ?

- C'est hyper important ! Cette femme peut m'en apprendre sur la vie secrète de ma sœur, probablement sur sa mort.

- La mort de votre sœur aurait à voir avec l'affaire jugée ici ?

J'entrevoyais soudain la perspective d'une version différente, éclairée. Qui rétablirait peut-être la vérité sur la personnalité toujours bafouée de mon ancien ami Léo.

Cette Nina traduisit ma question comme un réflexe de journaliste flairant l'info inédite, le fameux scoop. Et tua dans l'œuf ma nouvelle illusion.

- Je suis désolée mais ça n'a rien à voir. Mireille Martin et Gwladys se sont connues, c'est tout. Peut-être même pas directement.

- Comment ça : pas directement ?

- Peut-être simplement par Internet. Enfin, voilà, je n'en sais pas plus justement.

- Comment pouvez-vous affirmer que le crime de Modeste Person est sans rapport avec l'assassinat de votre sœur et son ami ?

- Tout ce que j'ai entendu ici l'indique. Le meurtre de ma sœur est quasiment élucidé et ses meurtriers dorment en prison. Il n'y a aucun lien.

- Sauf Mireille Martin.

- Mais de si loin…

- Ce n'est pas anodin.

- Mireille Martin l'a dit hier : elle fréquentait des lieux de débauche. Eh bien j'ai l'intuition que ma sœur et Éric les fréquentaient également. Pour le reste, les faits, les circonstances, les dates… Non vraiment, aucun point commun !

Je n'avais pas envie d'insister pour en savoir davantage.

À la jeune femme tourmentée parlant à l'économie de la mort de sa sœur, je préférais la Nina d'avant, l'enjouée, l'impertinente.

Désireux de renouer avec plus de légèreté, et n'entrevoyant pas non plus de rapport avec l'assassinat de Léo, je lui promis de tout faire pour passer son message. Par l'intermédiaire d'Aldo, peut-être de Joseph Calonne, voire en profitant simplement de la proximité de la tribune de presse avec les avocats, je ne doutais pas de trouver un moyen…

56 (Nina)

Par l'entrée latérale réservée aux magistrats, au personnel du palais de justice et à quelques accrédités de la presse, Nina avait suivi le duo de plumitifs formé par Joseph Calonne et Laurent Huriez. Le plus ancien semblait connaître tout le monde et être connu de tous par ses attentions familières à l'égard de chacune des personnes croisées dans les couloirs ou chargées de contrôler les entrées. Il ouvrait le passage. Son jeune collègue plus jeune suivait, renvoyant seulement çà et là quelque politesse.

Dix bonnes minutes avant la reprise du procès, pour le dernier après-midi consacré aux plaidoiries des avocats, la jeune femme accéda ainsi par ce qui serait au théâtre l'entrée des artistes, à une salle d'audience encore déserte. Un instant plus tard, tel d'énormes mâchoires, les battants de la porte principale s'ouvraient pour avaler le flot des curieux. Elle précéda cet afflux pour choisir sa place au premier rang, encore plus proche du box où serait bientôt amenée Mireille Martin.

Elle avait aimé son déjeuner avec ce journaliste un peu mystérieux. Pas vraiment timide, franchement sur la réserve, ne parlant guère de son métier, peut-être troublé par leur rencontre fortuite. Du moins l'espérait-elle.

Qu'un garçon lui plaise, Nina le ressentait très vite, davantage séduite par une façon d'être que par un physique. Celui-là n'avait pas dit grand-chose de personnel sur sa vie dont il semblait avoir tiré bien des leçons. Il se comportait en homme libre, un rien satisfait mais pas tout à fait, comme en quête et serein à la fois, tranquille.

Sans empressement ni mots faciles, il avait su lui dire qu'elle lui plaisait. Et elle aimait ça. Elle aimait tout ça…

À quelques mètres d'elle, il discutait avec l'immense avocat de la partie civile dont la robe accentuait la largeur de solides épaules. Cet homme dont la taille voisinait le double mètre, toisait le prétoire et la salle tout entière avec une extrême bienveillance. Son regard croisa celui de Nina, s'y arrêta un instant. Ils parlaient d'elle. Probablement de sa doléance d'être remarquée par Mireille Martin. Elle en eut la conviction lorsque le géant échangea quelques mots avec le défenseur de l'accusée, et qu'à nouveau leurs regards convergèrent sur elle. L'autre répondit par un mouvement de tête impossible à interpréter.

Sans doute trouvait-il la demande de Nina bien futile au regard de la joute verbale à laquelle il se préparait contre son confrère et adversaire.

Ils allaient plaider, faire leur numéro, certes. Mais un numéro dont la pertinence engageait plusieurs destins. Pas question de se louper, d'écorner en même temps son propre crédit. À ce moment-là, chacun des avocats avait cherché dans les doutes, les fissures où insinuer des mots, avec l'espoir de faire ces fissures des failles.

Mais pour Nina aussi le moment comptait. Elle aussi avait décelé des fissures dans trop d'évidences. Elle aussi doutait. Elle aussi cherchait la faille dans une autre histoire trop lisse.

Quelques minutes plus tard, après le cérémonial de l'arrivée de la cour, soit du président tout de rouge vêtu, et des jurés en tenue de ville, réapparaissait Mireille Martin, toujours encadrée d'uniformes bleus dont deux la séparaient de Philippe Poulet, son présumé complice.

Son défenseur, installé devant elle, face à une sorte de pupitre au niveau du sol, se tourna vers le box légèrement surélevé des accusés. Il prit dans ses mains celles de la femme aussi élégante et austère que la veille dans un tailleur vert pomme. Un geste prolongé, appuyé, peut-être sincère, peut-être composé pour susciter la compassion.

Puis il reprit ses mains et son maintien de tribun, sans aucun mot prononcé.

L'instant d'après, il se tourna à nouveau. La femme en vert penchée vers lui l'écoutait comme un confident. Son regard, enfin, fouilla le premier rang du public, et s'arrêta sur Nina.

57 (Patrice)

Fine comme la poussière à tant s'être, de tout temps, offerte au jardinage, la terre mélangée à la rosée du matin s'agglutinait en pâte sur l'outil. Pour l'ôter, Madeleine passait d'un geste aussi régulier que machinal, le fil de la lame entre le pouce et l'index. Rendue à nouveau tranchante par ce nettoyage sommaire, la rasette, guidée par des gestes experts, reprenait un rythme précis, ne coupant que les mauvaises herbes, au ras du sol et à quelques millimètres des plants cultivés.

Le concert de chants d'oiseaux, avant la première lueur du jour, avait annoncé une belle journée, et appelé la femme à ses tâches potagères. Celles qui ne s'effectuent profitablement que de bon matin.

Patrice observait, penchée sur la besogne, sa grand-mère que rien des événements de la veille ne paraissait avoir affectée.

La toiture effondrée de la grange avait fracassé les deux cousins.

Un « accident » dont ne pouvaient attester de meilleurs témoins : un parterre de gendarmes et de magistrats. Car au terme d'une journée d'observations et de constats, c'est bien à cela que les enquêteurs avaient conclu : un accident !

Lucky et Marco étaient morts sur la reconstitution du crime dont on les suspectait.

L'avocat avait expliqué que sans accusé, le procès n'aurait jamais lieu.

« Justice est faite », avait lâché la femme gendarme en adressant à Madeleine un « au revoir » et regard appuyé. Nul ne pouvait dire, entre naïveté et finesse d'esprit, ce qui l'emportait chez elle. Car la jeune femme en bleu semblait dire en même temps : « je ne suis pas dupe ».

Patrice était seul à partager avec sa grand-mère un secret dont ni l'un ni l'autre ne doutait qu'il resterait bien gardé.

À la veille de la reconstitution, tous deux s'étaient mis à l'ouvrage. Ils avaient d'abord effacé les traces du piège échafaudé par Patrice, inspiré par de grossiers stratagèmes vus dans des films d'action. Ensuite, Madeleine avait indiqué le faîte du pignon délabré où, quelque 20 années plus tôt, Jules avait sommairement renforcé les supports de la charpente de la grange. À cet endroit, le vieux mur fissuré en terre cuite ne tenait plus grand-chose de la poutre principale. Démonter l'étayage bricolé en son temps par Jules avait suffi.

Madeleine avait rapporté les mots de son homme : « cette poutre ne supporterait pas un pendu ». Il avait dit vrai. Dommage qu'il l'eut renforcée avant de s'y accrocher lui-même par le cou, quelques mois plus tard.

Penchée sur la terre meuble, la femme se redressa d'un coup.

- C'est toi ? dit-elle sans se retourner à l'adresse de Patrice.

- Je ne pensais pas que tu m'avais entendu, répondit le jeune homme resté à observer sa grand-mère.

- Tu es là depuis au moins cinq minutes à me regarder.

- Comment le sais-tu ? Tu n'as pas des yeux dans le dos...

- Les chants d'oiseaux qui changent, les bruissements interrompus, la campagne parle tu sais.

- Je sais. J'avais déjà remarqué aussi.

Ils se souriaient.

- Je t'aide si tu veux, proposa le garçon.

- C'est pas de refus.

Il était venu avec cette intention, son propre outil à la main. Tous deux se mirent à travailler côte à côte.

- Il faudra bien qu'on sache, dit la grand-mère au bout de quelques minutes à ne produire d'autres sons que le raclement des lames sur la terre.

- Qu'on sache ce qu'avaient vraiment fait les cousins ?

- Oui, c'était deux bons à rien. Ils te maltraitaient, me prenaient pour une idiote. Je n'ai aucun regret. Mais je doute toujours qu'ils aient vraiment tué ce couple.

- Je croyais que tu voulais savoir comment ils avaient tué...
- Tué ce jeune couple, eux, je n'y crois pas !
- C'est pourtant évident...
- Mais je n'y crois pas quand même.
- Et pourquoi ça ?
- Jean-Luc et Jean-Marc n'étaient que deux poltrons. Il faut du cran pour faire un truc pareil.
- C'était peut-être un accident, un truc involontaire.
- Tuer une personne par accident, je veux bien le croire, mais deux, c'est autre chose...
- La fille avait eu les mains attachées. Peut-être que...
- Qu'ils l'aient attachée pour abuser d'elle ? Même ça, ils n'en auraient pas eu le courage !
- Alors quoi ?
- Je ne sais pas mais j'ai bien envie de chercher. Car maintenant, ce ne sont plus les enquêteurs qui le feront puisque pour eux, avec deux suspects morts, c'est une affaire classée. Et ça va m'obséder tant que je ne saurai pas !
- Et tu vas t'y prendre comment ?
- Je n'ai pas de recette. Mais je pense à cette fille qui avait eu peur de toi l'autre jour.
- La belle brune ?
- Oui, tu dis qu'elle ressemblait à la morte. C'est probablement sa sœur. Les journaux avaient dit qu'elle avait une sœur.
Ils reprirent leur rébarbative et silencieuse besogne.
- Tu as raison, cherchons. Il faut savoir. Je t'aiderai, dit Patrice.

58 (Sacha)

Aldo s'était tourné vers moi, ses longs bras ballants le long de sa robe d'avocat, paumes de mains ouvertes vers le vide. Posture de dépit, caractéristique de l'impuissance éprouvée au terme d'un rude combat. Un combat perdu.

« Non » : les jurés, à l'unanimité, avaient répondu « non » à toutes les questions.

Mireille Martin est-elle coupable ? Non !

Philippe Poulet est-il coupable ? Non !

Léo n'avait pas d'assassin.

- Toutes les vies ne se valent pas, lâcha Joseph Calonne, refermant brusquement son carnet de notes.

Il était en colère, tentait de n'en rien laisser paraître. Pas si indifférent, comme il avait fait mine de l'être tout au long du procès, le vieux journaliste.

J'étais abasourdi moi aussi par cette conclusion. Jamais encore je n'avais suivi un procès d'assises dans son intégralité. Et je tombais sur le plus rebondissant.

Me venait à cet instant l'image symbole de la justice. Cette balance hésitante mais bien obligée de pencher, déséquilibrée au final par l'infime pesée de l'aléatoire. Ici, l'insignifiante pression d'un doute avait primé sur des tonnes de certitudes.

Aldo, n'ayant personne avec qui partager son désarroi, avançait vers nous. Il avait quand même réussi quelque chose. Et Joseph Calonne lui dit, avec toute son expérience et sa sincérité.

- Ta plaidoirie revalorise au moins la mémoire de votre ami. Modeste Person n'est plus un ignoble salaud, c'est déjà pas mal.

- Des compliments ? Tu dois vraiment être ému Joseph, répliqua Aldo.

- J'avoue. Ce verdict me fait gerber. Et je ne suis pas le seul. Regarde, personne ne bouge dans la salle. Ils sont tous KO, même les militants pour la clémence à l'égard de Mireille Martin.

- Cette Mireille a bien manœuvré. Mais Poulet...

Aldo n'eut pas besoin de finir sa phrase. Il était évident pour lui que le pauvre type avait été le porte-flingue de Mireille Martin.

- Elle a eu l'intelligence d'escamoter le débat sur le sida, poursuivit le briscard du journalisme

- Elle n'en avait plus besoin. Cet aspect de l'affaire était déjà jugé, par certains médias misant plus sur le sensationnel que sur l'info, et par l'activisme de son comité de soutien sur les réseaux sociaux. C'était dans les têtes, y compris celles de jurés, avant même le procès : s'il y avait un assassin, c'était le beau Léo. Ce Modeste Person qui lui avait refilé la maladie et fait d'elle la victime.

- Encore qu'aucune preuve n'a été apportée quant à savoir lequel des deux avait contaminé l'autre.

- D'ailleurs, personne au procès ne s'est aventuré sur ce terrain-là. Les deux hommes se tenaient en grande estime. Les piques qu'ils s'envoyaient à chacune de leurs conversations n'étaient qu'une sorte de jeu. Je les écoutais disserter sur cet épilogue, inattendu pour moi, écrit d'avance selon eux.

Naïvement, j'avais imaginé l'ancienne maîtresse de mon ami Léo, justifiant son crime par une sorte de loi du talion. Œil pour œil, dent pour dent. Un scénario où Léo agressait le premier, armé de la maladie. Où Mireille Martin ripostait avec les coups d'un fusil trop rude à manipuler pour elle. Poulet, payé avec de l'argent ou quelques étreintes sexuelles, l'aurait fait à sa place, en son nom.

Sans que je leur demande, Joseph et Aldo déroulaient le fil.

Et je comprenais.

Mireille Martin s'était présentée devant ses juges avec ce statut de victime. Un statut préalablement accrédité par l'enquête, une partie de la presse, l'opinion publique.

Pourtant, impossible pour elle d'espérer l'acquittement si elle se reconnaissait l'instigatrice d'un meurtre, aussi justifié soit-il.

Car la justice n'intègre pas les notions de vengeance, d'autodéfense, de règlement de comptes. Elle les condamne, elle les punit.

Cette même justice ne s'accommode pas du doute. « Le doute doit bénéficier à l'accusé », avait insisté auprès des jurés le magistrat en rouge, le président.

Mireille Martin n'a misé que sur ce doute, sur des paroles qui auraient été mal interprétées par Philippe Poulet. Ou par un autre, puisque Poulet, jamais formellement reconnu, s'est engouffré lui aussi dans de ce doute.

- C'est clair, personne ne voulait les condamner. Ça va faire un beau papier. Mon dernier car j'arrête. Je prends ma retraite avant que nos gouvernants m'obligent à bosser jusqu'à 70 ans.

Joseph Calonne avait dit cela en tapant sur l'épaule d'Aldo. Il avait renoué avec cette attitude narquoise de qui serait blasé de tout.

Pas de tout, le coquin… Son regard allumé fila soudain de haut en bas derrière moi. Je me retournais pour découvrir Nina, la fille du restaurant. Elle avait suivi la conversation, et recevait comme un compliment ou une aimable plaisanterie les concupiscentes œillades du grossier plumitif.

J'eus droit à mon tour à une tape dans le dos du peu ragoûtant et quand même attachant Joseph.

- Jeune homme, heureux de vous avoir connu. Montrez-vous à la hauteur !

Puis regardant à nouveau Nina pas seulement dans les yeux…

- Mademoiselle, merci d'être. Et croyez bien qu'à vous voir, je jalouse le prochain qui va vous culbuter et me fustige de m'être laissé vieillir par inadvertance.

Sans attendre un mot en retour, il disparut nonchalamment vers la sortie.

Le rouge était monté aux joues de la jeune femme.

- Ne lui en veuillez pas, il ne sait pas ce qu'il dit.

J'avais dit ça sans trop réfléchir, juste pour l'aider à dissiper un éventuel embarras. Sa réplique m'éclaira sur l'idiotie de mon intervention.

- J'espère bien que si, qu'il sait ce qu'il dit ! rétorqua Nina.

- Un compliment joliment formulé d'homme averti, renchérit Aldo.

Et nous avons ri tous les trois, attirant sur nous quelques regards étonnés. Rire en cet instant et en cet endroit était vraiment incongru.

- Je voulais vous remercier, dit Nina s'adressant à mon cousin, grâce à vous, j'ai pu voir brièvement Mireille Martin et lui glisser mon numéro de téléphone. Je n'en espérais pas davantage. Merci encore…

- J'aurai au moins été utile à quelqu'un aujourd'hui, répondit Aldo.

La jeune femme lui serra la main pour lui dire au revoir.

- Je ne vous salue pas. Je suppose que nous nous croiserons bien ce soir, puisque nous sommes dans le même hôtel, me dit-elle.

Sans doute, en la suivant qui s'éloigner, avais-je le même regard que Joseph Calonne, quelques instants plus tôt…

59 (Leila)

En attendant la réception des valises devant le tapis à bagages de l'aéroport de Nantes, Leila avait cherché l'épaule d'Alain, s'y était appuyée. Elle appréhendait ce que pouvait engendrer leur retour précipité tout en éprouvant une intime satisfaction.

- Finalement, je suis contente d'être là, avait-elle soupiré à l'oreille de son mari.

Il n'avait pas été surpris. Ça l'avait fait sourire.

Dans la voiture de location, entre Nantes et Saint-Gilles-Croix-de-Vie, ils n'avaient pas dit grand-chose. Alain, négligeant l'itinéraire direct par le vignoble, s'était engagé dans un long détour par le pont de Saint-Nazaire. Il voulait prendre ensuite la route du bord de mer, par les Pays de Retz et de Monts. Ils roulaient vitres baissées, s'imprégnant autant des odeurs iodées que des paysages retrouvés.

Vers l'océan changeant, d'un bleu vif ce jour-là, l'île de Noirmoutier s'étire tel un bras tendu par le continent pour retenir une eau étonnamment chaude dans la baie de Bourgneuf.

Ils ont laissé derrière eux les parcs à huîtres de Beauvoir et de Bouin pour s'engager sur des routes étroites, bordées de saules et d'étendues inondées en parcelles rectangulaires.

- C'est là, dit soudain Leila

- C'est là quoi ? questionna Alain.

Il avait d'un coup levé le pied et la voiture décéléra tant qu'elle fut dépassée par un cycliste en grande tenue publicitaire. Vêtu tel un pro, le style en moins…

- Ce lieu-dit, La communauté, c'est ici qu'ont été trouvés les corps de D'Eric et Gwladys…

- Tu as raison, tu as vu un panneau ?

- Oui, fais demi-tour, on va jeter un coup d'œil…

Une minute plus tard, la voiture avançait dans un chemin de terre damée. Une herbe meurtrie poussait quand même entre deux bandes parallèles, vierges et pelées. Alain, comme tant de

214

conducteurs l'avaient machinalement fait avant lui, y dirigeait les roues, comme on suivrait un rail.

Il avisa sur le côté un arbre bizarre. Un saule penché presque à l'horizontal pour avoir trop subi les assauts des vents marins... Il stationna à côté.

- On va faire un tour ? proposa-t-il.

Sans attendre la réponse de Leila, il était déjà dehors, contournait la voiture, ouvrait la portière de sa passagère pour l'inviter à descendre.

Ils avancèrent à pas lents jusqu'à l'arbre chétif où ils purent s'appuyer et contempler un environnement à la fois rude et paisible.

Un peu plus loin, un flegmatique chien de ferme montait gentiment la garde devant une maison basse, typique du marais. De l'autre côté de la cour, une voiture marquée du logo d'une chaîne de télévision et à proximité deux silhouettes occupées à filmer ce qui avait été une grange à présent effondrée.

- Décidément, il se passe toujours quelque chose ici, dit Alain en observant la scène.

- C'est donc bien ici, poursuivit Leila

- Ça ne fait aucun doute. La communauté, les hippies comme on disait à l'époque, on y est.

Et Alain, enfant du pays que son travail dans la transaction et la promotion immobilière avait amené à connaître les histoires de chaque parcelle de ces terres maraîchines, raconta une nouvelle fois à sa femme celle de cette communauté, plutôt appréciée par les gens d'ici, jusqu'au suicide de son fondateur.

Leila connaissait son récit mais l'écoutait quand même, glanant par-ci par-là un détail ignoré, un autre oublié.

- Et donc, des enfants de cette communauté pacifiste sont aujourd'hui tenus pour responsables de la mort d'Éric et Gwladys...

- Oui, mais ces deux-là n'avaient rien hérité, dans leur hérédité, du pacifisme de l'illustre Jules.

- En es-tu bien certain ?

- Absolument certain. Des habitués du tribunal des Sables-d'Olonne, voleurs et violents, mais ne s'attaquant qu'à plus faibles. Des sales types. De ce côté-là, on ne peut nourrir aucun scrupule.

- Aucun scrupule à leur faire porter le chapeau d'un drame dans lequel nous avons notre part de responsabilités.

- On ne pouvait pas savoir.

- Quand même…

- Écoute Leila, nous en avons parlé cent fois déjà. Sauf d'avoir organisé cette soirée, que pouvons-nous nous reprocher ? Rien !

- Quand même, si je n'avais pas invité cette femme et ce coiffeur que nous connaissions à peine…

- Tu ne pouvais pas savoir. Et puis, ils ne l'ont pas fait exprès.

- Ils sont allés trop loin ! Je m'en veux encore d'avoir mis entre leurs pattes la pauvre Gwladys, bien trop fraîche pour eux.

- Même si ça a mal tourné, ce n'était qu'un jeu, une sorte d'accident. Cesse de te rendre responsable comme ça !

- Je pensais avoir évacué tout ça, mais tu vois, le fait d'être là, d'imaginer leurs corps immergés quelque part dans ces marais, je me revois encore disant à ce coiffeur de venir avec son amie. Et qu'on appelle ça un hasard, un accident ou un jeu, ils ont quand même provoqué la mort de Gwladys et Éric !

Alain ne sut que répondre. Sa femme pouvait être d'une lucidité désarmante. Il lui prit la main.

- On va faire un tour ? C'est un chemin de randonnée par-là, dit-il en montrant un panneau directionnel et son balisage.

60 (Nina)

Nina ne rêvait pas. Cet air de blues de plus en plus fort quelque part dans la chambre, c'était bien son téléphone portable. Mais où ? La musique enregistrée en guise de sonnerie s'était tue mais l'avait extirpée d'un sommeil assouvi.

Assouvie… Sans se retourner, elle tendit un bras derrière elle, jusqu'à l'extrémité du lit. Personne. Il était parti. Ça, pourtant, elle ne l'avait pas rêvé non plus. Son corps lui confirmait, qui gardait au plus intime une sensation de plaisir, bien après les jouissances répétées. Lui n'était plus là, mais cet amour qu'ils avaient fait la veille et une bonne partie de la nuit, jusqu'à l'épuisement, jusqu'à l'endormissement, l'emplissait encore.

Nina revoyait leurs gestes décomplexés par le désir. Il avait toqué à sa porte avec l'intention de l'inviter à dîner. Ils n'avaient pas dîné…

Elle se souvenait, jusqu'à cette visite inopinée, avoir fainéanté dans un bain à la température plusieurs fois rajustée d'eau chaude, n'être vêtue pour ouvrir que d'un peignoir informe et d'une serviette enturbannée sur sa chevelure mouillée.

- Ah, c'est vous, avait-elle bredouillé.

Ça ne pouvait être que lui. Elle n'y avait pourtant pas pensé.

Il aurait pu faire l'homme embarrassé, confus à l'idée d'avoir pu la déranger. Pas du tout.

- Oui, c'est moi. Dans mon manuel du langage des femmes, « nous nous croiserons ce soir » se traduit par « je souhaite vous voir ce soir ». Il se trouve que je le souhaite aussi, alors je suis là.

Il aurait pu aussi ne pas entrer dans la chambre, ne pas fermer la porte derrière lui, ne pas tirer sur le cordon du peignoir pour l'attirer, ne pas faire en sorte que le dit peignoir soit ouvert quand leurs lèvres se mêlèrent…

Elle aurait pu se rebiffer, retenir les mains glissant déjà sur son dos, ses reins, ses fesses…

217

Elle s'était au contraire cambrée pour mieux sentir contre son pubis l'érection de l'homme qu'elle allait posséder, et qui la possèderait...

Basculée sur le lit, défaite du peignoir glissé de ses épaules, elle avait laissé l'homme explorer son cou, ses seins, son ventre. Elle avait enserré entre ses mains la chevelure de ce quasi-inconnu, non pour le retenir ou le guider mais pour l'accompagner, l'encourager dans sa visite à l'extrême intimité. Il lapait son goût, humait ses odeurs à fleur de peau. Personne, jamais, ne l'avait aimée avec une telle convoitise, une telle gourmandise. Elle en avait frissonné, s'était ouverte avec l'idée incontrôlée de tout céder d'elle à cet appétit mâle.

Ils s'étaient bus, caressés, pénétrés, dévorés ainsi durant des heures, oubliant le dîner et tout le reste de leurs vies.

Elle s'était endormie, repue, sa peau contre la sienne. Voilà qu'au matin, Laurent Huriez n'était plus là.

Mais sur l'oreiller où sa tête avait reposé, un mot était écrit sur une feuille de papier. « Peu sûr de maîtriser mes ronflements dans vos oreilles, je crains par-là de gâcher la magie de ces instants et préfère m'éclipser. RDV si vous le voulez au petit dej... » Et il laissait son numéro de téléphone portable.

Elle eut envie de l'appeler tout de suite. De lui dire « reviens ! »

Mais cette évocation du téléphone lui rappela son réveil. Quelqu'un l'avait appelée. Il était encore très tôt. C'était peut-être important...

Un peu que c'était important. Mireille Martin, avec un numéro caché, avait laissé un message que Nina écouta plusieurs fois, prenant des notes pour ne rien oublier.

Une proposition sans discussion : elle l'attendrait à midi à l'Odessa, un café parisien du quartier Montparnasse, tout proche de la gare, et n'aurait pas plus d'une heure à lui accorder. Ensuite, elle disparaîtrait.

Ça lui laissait en gros quatre heures pour accrocher ce rendez-vous. Nina ne savait même pas si un train partirait à temps de Laon. Elle chercha dans son sac la carte de visite laissée par Ulysse, le chauffeur de taxi.

61 (Patrice)

Lorsqu'une voiture de la télévision s'était avancée sur le chemin puis garée devant la grange en ruine, Patrice et sa grand-mère ne s'étaient pas concertés pour interrompre leur besogne. Sans délai, ils avaient quitté le potager. Le sans-gêne de ces gens les insupportait. Plusieurs fois, ils s'étaient retrouvés sur des images, sans que nul leur demande leur avis.

Au début, Madeleine avait tenté la médiation. N'était-elle pas ici chez elle, pouvait-on lui demander l'autorisation et témoigner une once de respect. Filmée de plus belle, ses invectives avaient fait l'ouverture de journaux télévisés.

Depuis, elle s'enfermait dans la maison, attendant le départ de ces malotrus dont le comportement desservait une profession que Madeleine avait pourtant estimée autrefois. Ce qui l'attristait davantage encore.

Patrice disparaissait lui aussi. Allongé dans les herbes hautes, à quelques mètres de l'arbre penché, son regard et ses rêves divaguaient une nouvelle fois dans les formes de quelques nuages blancs accrochés au bleu du ciel.

Une évasion troublée cette fois par l'arrivée d'une autre voiture. Celle-ci n'avança pas plus loin que l'arbre qui délimitait l'entrée de la propriété de sa grand-mère.

Au moins ceux-là respectaient-ils leur espace.

Le moteur fut arrêté à quelques mètres de sa planque. Il entendit des bruits discrets de portières ouvertes puis refermées sans claquer, risqua un œil pour apercevoir, moins de cinq mètres devant lui, d'affolantes jambes de femmes brunies par le soleil. La jupe courte qui les enserrait se posa sur le capot et les jambes disparurent de son champ de vision, masquées par la calandre.

Sans le voir, il entendait aussi un homme dont il percevait distinctement les propos.

La femme lui répondait d'une voix rentrée, contrariée. Une conversation stupéfiante. Ce couple avait à voir avec la mort des deux jeunes coupés en morceaux et balancés dans l'étier. Plus fort encore, ce couple les connaissait ; il savait qui les avaient réellement tués : un coiffeur !

Alors comme ça grand-mère voyait juste et les cousins n'avaient pas menti. C'était pas eux ! Merde alors, un coiffeur, mais quel coiffeur ?

Entendant les voix s'éloigner, il risqua un regard par-dessus les herbes. Le couple avançait, comme en promenade, sur le chemin des randonneurs. Lorsqu'il fut assez loin, Patrice fila jusqu'à un petit bâtiment attenant à la maison. Madeleine y abritait une inusable moto ayant appartenu à Jules. Une 125 Motobécane dont la marque n'existait même plus.

Le garçon, passionné de veille mécanique, se l'était appropriée. La bécane démarra au quart de tour. Il l'enfourcha pour aller se poster un peu plus loin, en retrait de la route. Le jeune homme était patient. Il attendit longtemps. Quand la voiture du couple sortit du chemin de La communauté, il se cala à bonne distance, dans son sillage.

62 (Sacha)

Après l'amour, elle s'était allongée sur le côté, dos tourné, fesses calées contre mon pubis. Apaisement de nos corps, plus de sexe tendu ni lèvres ouvertes pour l'absorber, mais nos peaux se prenaient encore. Je devinais dans nos gestes, dans nos postures, les signes de ces rares étreintes sublimées par un désir au-delà de l'attirance sexuelle. Elle s'était endormie.

J'ai écouté son souffle, respiré la moiteur dans ses cheveux, laissé ses omoplates caresser ma poitrine au rythme de sa respiration... J'étais bien.

J'ai pensé à Leila m'ayant parlé de ces trop nombreux hommes, incapables d'attention pour l'intimité des femmes, qui, après l'amour, restent là tels des envahisseurs sur une terre conquise. Des maladroits, jouisseurs sans esprit ni délicatesse.

« Pour rester ou revenir, l'homme devrait y être invité, par un signe, un mot, un geste, un regard, mais invité », m'avait-elle confié.

Je me voulais en marge de ce lot commun du phallocentrisme. Alors je m'étais levé puis éclipsé, avec mille précautions pour ne pas la réveiller, même lorsque que j'avais cherché de quoi lui laisser un mot.

Revenu dans ma chambre, j'avais eu faim. Je m'étais aventuré jusqu'à l'accueil de l'hôtel, déserté bien entendu. Il était presque 5 h du matin. J'avais perçu un discret remue-ménage de vaisselle et surtout senti une odeur de café qui m'avaient guidé jusqu'à la cuisine. Les hôteliers, un couple laborieux comptant sans doute le nombre de trimestres pour atteindre la retraite, préparait déjà le service du matin tout en prenant un petit-déjeuner.

- Y'en a qui se lèvent tôt vous comprenez, me dit l'homme, nullement surpris par mon intrusion.

- Excusez-moi, j'avais un p'tit creux.

- Ça, c'est pas étonnant, me dit la femme avec un sourire entendu.

Je compris immédiatement que rien ne lui échappait de ce qui se passait dans son hôtel. Nina et moi ne détenions déjà plus le secret de nos étreintes. Elle avait posé sur la table un pain rond coupé en tranches, de la confiture, du beurre et du fromage.

- Si vous préférez un peu de charcuterie, ajouta l'homme avec un geste en direction d'un immense réfrigérateur.

- Non, ça ira très bien, je suis déjà désolé de vous déranger à une heure pareille.

- Soyez pas désolé, dit simplement la femme.

Elle avait posé devant elle plusieurs journaux identiques, destinés à la clientèle matinale. Captant mon regard courant sur les titres, elle m'avait signifié, d'un simple geste du menton, ce que je pris comme l'autorisation d'en ouvrir un.

Et je m'étais retrouvé avant l'aube, à lire silencieusement le journal tout en mangeant des tartines au fromage avec deux inconnus vite absorbés, comme moi, par leur lecture.

Le double acquittement de Mireille Martin et Philippe Poulet faisait bien entendu le plus gros titre. Je fus convaincu par la fine analyse livrée dans un style imagé par Joseph Calonne. Il expliquait avec cohérence comment les jurés s'étaient engouffrés avec soulagement sur la voie balisée par la défense de l'ancienne amante de mon ami Léo. Dans ce fameux doute qui légitimait d'absoudre une femme considérée « depuis belle lurette comme la victime initiale de ce drame ».

En d'autres phrases concises, le vieux plumitif parvenait à redorer aussi la mémoire de Modeste Person, introduisant à son tour le doute.

« Il était beau, élégant et joyeux : est-ce blâmable ?
Il portait le virus du sida : était-ce délibéré ?
Il aurait contaminé : était-ce intentionnel ?
Autant de questions auxquelles ce procès a répondu non, sans même qu'elles soient posées... »

- Pour les deux salopards du marais de Vendée c'est réglé aussi, avait soudain lancé l'hôtelière sur un ton laconique.

Elle savait forcément, avec ma fiche d'hôtel sur laquelle figurait mon adresse, que la Vendée, c'était chez moi. Et n'avait pas dit cela tout au fait au hasard. Satisfaite de son effet en croisant mon regard interrogateur, elle avait posé un doigt sur un très court article en bas de page, sans davantage de commentaires.

Le journal départemental n'accordait que quelques lignes à cette information ne concernant que de très loin les gens de Laon et même de l'Aisne.

L'événement, ce qui faisait peu de cas de la mort de deux personnes, était relaté avant tout pour son aspect cocasse : « *Deux hommes qui avaient sauvagement assassiné un jeune couple puis découpé les corps pour les jeter à l'eau, ont trouvé la mort au cours de la reconstitution du drame. Le toit de la vieille bâtisse où ils avaient commis leur crime s'est effondré sur eux...* » Et l'auteur de ce très court texte, déjà affranchi de la présomption d'innocence des deux hommes en question, y voyait « *une forme de justice immanente* », confondant les intérieurs de l'être et de la bâtisse...

Je n'avais pas fait de commentaires, préférant ignorer les regards interrogateurs de la curieuse hôtelière qui, n'y tenant plus de mon silence, avait fini par demander.

- C'est votre coin ça non ?
- Oui, mais je ne sais rien sur cette affaire, avais-je répondu.

Elle s'était renfrognée, convaincue sans doute de mon refus de lui causer. Mal à l'aise, j'avais prétexté un coup de fatigue et regagné ma chambre.

Je n'avais pourtant pas menti. Bien sûr, j'avais eu connaissance de ce double crime à quelques dizaines de kilomètres de chez moi. Mais je me préoccupe assez peu de ces drames, si funestes soient-ils. En trop parler engendre une méfiance collective qui me dérange. Comme si nous n'étions entourés que de prédateurs dissimulés dans une bonne conduite qui serait factice. Alors que ces actes sordides se produisent à la marge, concernent une très infime proportion des gens, n'arrivent qu'au terme d'un enchaînement de faits dont nous ignorons la genèse et la chronologie. Je les déplore, mais ils ne me concernent pas. À moins qu'ils impliquent un de mes proches, comme dans le cas de mon ami Léo, alias Modeste Person. Son histoire tragique confortait d'ailleurs mon choix, plus instinctif que réfléchi, de rester à l'écart des interprétations et vindictes populaires. Dans mon salon de coiffure, j'en entendais chaque jour et me trouvais ainsi bien placé pour en estimer la légèreté.

J'avais somnolé quelques heures, soucieux et exalté à l'idée de retrouver Nina un peu plus tard. J'étais amoureux de cette fille. Et tant pis pour mes ratés d'autrefois en la matière.

Je craignais surtout que notre soirée d'amour n'ait été pour elle qu'un divertissement. Je redoutais encore plus l'instant de la détromper. Car loin d'imaginer une telle tournure pour notre relation, j'avais entretenu, par jeu, la confusion introduite par Joseph Calonne. Ainsi, pour Nina, étais-je Laurent Huriez, reporter. Un personnage à chasser de toute urgence afin de lui présenter Sacha Pozzi, comédien très amateur et passé, désormais artisan coiffeur à Saint-Gilles-Croix-de-Vie…

L'hôtelière m'en voulait de n'avoir pas voulu avec elle ragoter sur le double crime du Marais breton. Quand elle m'annonça l'inutilité d'attendre la jeune femme partie très tôt ce matin sans rien laisser pour moi, passa sur son visage une brève mimique de plaisir. Une petite vengeance.

Nina était partie durant mon sommeil. Je me perdais en hypothèses à chercher une explication. Peut-être une obligation. Peut-être une fuite. Je savais trop peu d'elle, ignorant même sa destination. J'espérais grâce à ce message écrit dans la pénombre et laissé dans sa chambre d'hôtel, avec mon numéro de téléphone portable.

J'avais beau m'inciter à tourner la page, c'est bien l'impatient espoir d'un appel de Nina qui me taraudait.

Dans le train, de Laon à Saint-Gilles-Croix-de-Vie, je n'ai pensé qu'à ça. Mon téléphone n'a pas sonné…

63 (Nina)

- Il faut qu'on parte tout de suite, avait répondu Ulysse.

Moins d'une demi-heure plus tard, il avait arrêté son taxi devant l'hôtel du Roy. Nina n'avait eu le temps que de passer sous la douche, rassembler ses affaires dans son sac, plier au fond d'une poche le mot laissé par son amant de la veille et régler la note.

Pendant qu'elle composait son code de carte de bleu, l'hôtelière lui avait versé un café et glissé dans la main deux croissants emballés dans une serviette de table.

- Vous avez de la chance, avec Ulysse, vous avez le meilleur des guides. Et il vous a à la bonne, avait-elle dit en insistant pour qu'elle prenne les viennoiseries.

Nina avait eu l'impression que la dame encourageait son départ précipité avec une jubilation maladroitement dissimulée, tel un enfant jouant un mauvais tour.

Mais un mauvais tour à qui ? Pas le temps de chercher à comprendre. Elle dit merci et grimpa dans le taxi.

- On y sera demoiselle, vous pouvez même dormir si ça vous chante, on dirait que vous manquez un peu de sommeil, dit le chauffeur, un œil moqueur dans le rétroviseur.

Mais Nina n'eut pas même le temps de somnoler. A travers la vitre maculée de bruine, défilait un paysage plus conforme à l'idée qu'elle se faisait auparavant du nord de la France. La campagne si souriante la veille sous un généreux soleil, paraissait tellement triste aujourd'hui. Ténébreuse sous un ciel de plomb qui la privait de lumière bien qu'on soit en plein jour.

Elle se serait volontiers assoupie, mais dans sa poche, son téléphone vibrait. C'était Nimisha.

- Je te réveille ? questionna son amie en guise de bonjour.
- Pas du tout, j'ai plein de choses à te raconter.
- Vas-y, raconte.

Nina eut un regard vers Ulysse. Elle préférait ne pas mettre le chauffeur de taxi dans la confidence de sa rencontre avec Laurent Huriez et encore moins des étreintes qui l'avaient conclue une bonne partie de la nuit.

- Plus tard, dit-elle. Je suis en route pour Paris. Mireille Martin accepte de me voir à midi près de Montparnasse...

Nina trouva bizarre que son amie ne réagisse à cette nouvelle que par un silence de quelques secondes qu'elle égraina comme des minutes.

- Il s'est passé quelque chose, répondit Nimisha.

- Comment ça quelque chose ?

- Je ne l'ai découvert que ce matin dans le journal. Depuis deux jours, j'étais avec mon amoureux et ne m'étais préoccupée de rien, tu comprends.

- Mais découvert quoi ?

- Les deux gars censés avoir tué ta sœur. Ils sont morts.

- Morts ?

- Pendant la reconstitution, une grange s'est écroulée sur eux.

- C'est dingue ça !

- Le journal a interviewé le procureur. Accidentel qu'il dit. Plus de suspects, plus d'accusés, il n'y aura pas de procès. Affaire classée...

Nina accusait le coup. Elle réalisa à quel point elle avait attendu ce procès, ce besoin de savoir, même le plus sordide, pour espérer s'en débarrasser. Depuis la mort de Gwladys, les supputations sur un calvaire enduré par sa sœur la hantaient trop souvent...

Le téléphone toujours à l'oreille, elle ne parlait plus.

- Rappelle-moi un peu plus tard ma belle, le temps de digérer ça. T'inquiète, on ne va pas laisser tomber.

Et Nimisha coupa la communication.

Dans le rétroviseur, Ulysse eut un regard de compassion, sans pour autant chercher à en savoir davantage sur l'origine de la contrariété qui venait de saisir la jeune femme.

Une vraie délicatesse, bien plus innée que professionnelle, se dit Nina. Elle relativisait déjà la déception. Après tout, ça ne changeait pas grand-chose. Le mystère entourant le déroulement de la soirée fatale à Éric et Gwladys demeurait entier, autant que celui de leur vie intime. Le tout restait à élucider.

Le taxi d'Ulysse butait déjà sur les ralentissements des portes de Paris, sur une oppressante multitude de voitures aux passagers anonymes, souvent solitaires, indifférents et agacés.

- Nous serons à l'heure, dit Ulysse.
- J'ai confiance, répliqua Nina.

Elle rappela Nimisha.

- On va continuer à chercher, ça ne change rien, dit-elle dès la communication établie.
- C'est bien mon avis. Dès ton retour, nous irons là-bas, voir ces gens du marais. Et aussi cuisiner le barbier de Saint-Gilles en le prenant à jeun.

Ulysse engagea son taxi sur le boulevard Montparnasse avec une petite demi-heure d'avance sur le rendez-vous. Rue d'Odessa, arrêté en double file, il encaissa la course, ouvrit la portière de sa passagère, descendit du coffre son sac de voyage. Très pro jusque-là, puis il embrassa Nina sur chaque joue avant de filer derrière son volant.

- Donnez des nouvelles si vous passez par-là, dit-il en passant son visage par la vitre ouverte.

Et le taxi disparut, libérant dans son sillage une enfilade de véhicules klaxonnant.

À la terrasse de l'Odessa Café, impossible de manquer Mireille Martin, déjà installée à l'une des tables en bordures de trottoir. Jambes croisées, droite comme une flamenca dans son tailleur rouge tulipe, elle avait commandé le plat du jour et déjeunait déjà. Un serveur, typique des cafés parisiens à l'ancienne, virevoltait autour d'elle. Il trouva en un clin d'œil une chaise et une place là où il n'y en avait pas. C'est gars-là sont des magiciens, se disait Nina en s'y posant, face à Mireille.

L'autre avait juste dit « bonjour », puis plus rien. Cachée derrière des lunettes de soleil, elle observait la sœur de Gwladys. Nina le devinait, le sentait, même sans pouvoir suivre ces regards courant sur elle comme pour l'explorer.

- Différente certes, mais vous avez quelque chose de votre sœur, dit enfin Mireille Martin.

Elle avait cette autorité et ce détachement des gens qui ont eu fort à faire pour défendre leur dignité.

 - Elle était adorable, poursuivit-elle.

 - Gwladys ?

 - Oui, Gwladys. D'ailleurs je l'ai adorée.

 - Comment ça adorée ?

 - Cela m'appartient.

Nina s'était crispée un peu plus à chacune de ces réponses.

 - Je ne suis pas venue jusqu'ici pour me faire servir ce genre de réponse !

 - Ne vous énervez pas ma petite. J'ai aimé votre sœur c'est tout. Je ne vais pas vous faire un dessin...

Pour la première fois, Nina vit Mireille Martin se tasser légèrement sur elle-même et baisser la tête vers ses mains dont elle croisait et décroisait les doigts. Elle se reprit en un instant et poursuivit sa phrase.

 - Pour cette seule raison, parce que je l'ai aimée, vous saurez ce que voulez savoir. C'est bien pour ça que vous êtes venue jusqu'à mon procès, à Laon, n'est-ce pas ?

Nina estima une réponse inutile, se contentant d'acquiescer d'un mouvement de tête.

Elle fut distraite par le serveur qui l'interpellait. Elle commanda « la même chose » : la blanquette de veau proposée en plat du jour et un quart de vin rouge du Languedoc.

 - Pas très diététique, mais c'est bon, dit Mireille Martin en ôtant ses lunettes noires.

Enfin Nina voyait ses yeux, plus verts que bleus, rougis par un vilain manque de sommeil. Probablement celui de l'angoisse dont elle n'avait pas manqué d'être envahie ces derniers jours, alors que son destin dépendait de quelques jurés d'assises.

La jeune femme pensa qu'elle aussi devait porter les signes de sa nuit presque blanche, en grande partie occupée à faire l'amour avec un quasi inconnu. Mais cette fatigue, à l'inverse de celle de Mireille Martin, l'apaisait et décuplait son énergie. L'échange de regards durant ce moment sans mots à se jauger, dissipa un peu de l'inexplicable tension qui avait saisi les deux femmes. Sans doute parce que l'une voulait savoir et l'autre ne pas trop en dire.

- Nous avons été très liées et confidentes ma sœur et moi. Je la connais bien. Cette image d'oie blanche servie dans les journaux ne lui ressemble pas. Intelligente, altruiste, généreuse, tout ça oui. Mais cette sagesse : ah non !

- Confidente ?… Jusqu'où ?

- Justement, là j'ai besoin de vous. Nous avions toujours partagé nos plus intimes secrets et états d'âme. Or, je lui découvre aujourd'hui des sorties débridées. Des amis inconnus, faisant partie d'une sorte de communauté de mœurs en relation sur internet, sur un forum de dialogue baptisé *« Libertinum »*. Des amis avec lesquels elle avait justement rendez-vous le soir de sa mort…

- Et alors ?

Nina s'était résignée à subir l'assurance de Mireille Martin. Cette femme était forte, peut-être parce qu'elle avait souffert, et souffrait encore. Mais il y avait autre chose. Une forme de quiétude, comme débarrassée des principes et préjugés qui pourrissent la vie. En dépit du virus du sida qu'elle portait, de l'épreuve du procès dont elle venait de s'extirper, elle était sereine.

- C'est bizarre, je réalise tout à coup que les derniers mois de sa vie, Gwladys était un peu comme vous. Elle avait changé.

- Comment ça ?

- Les tracasseries du quotidien ne la concernaient plus que de loin, elle les avait dépassées. Et c'était plus net encore chez Éric, mon beau-frère. Deux vrais philosophes, bien dans leur tête, en concordance. L'osmose de leur couple me ravissait je crois.

- C'est parce qu'ils visitaient ensemble toutes les libertés, répondit Mireille Martin en regardant sa montre.

Elle n'avait pas laissé une bouchée de sa blanquette de veau ni une goutte de son vin, s'était même servie dans la carafe de Nina. Elle fit signe au serveur, commanda un café et son addition.

Voyant Nina prête à poser une nouvelle question, elle eut en direction de ses lèvres un geste du plat de la main lui signifiant le silence.

- Je vous avais prévenue. J'ai très peu de temps. Je pars dans quelques minutes. Loin de tout ça. Vous comprenez...

- Je n'imagine pas Éric et Gwladys passant un week-end de début d'hiver en amoureux dans une station balnéaire déserte. Cette histoire ne tient pas debout, dit Nina qui voulait en apprendre davantage sur cette soirée fatale à sa sœur.

Elles attendirent le départ du serveur venu encaisser et déposer le café serré commandé par Mireille Martin. La femme y trempa les lèvres, puis but le contenu de la tasse à petites gorgées. Nina attendait sans la quitter des yeux.

- Gwladys n'a pas été tuée par ces petites frappes n'est-ce pas ?

L'autre parla enfin.

- Elle aimait trop jouer.

- Vous y étiez ?

- Oui. C'était un jeu qui a mal tourné.

- Que s'est-il passé ?

- Il est allé trop loin.

- Qui ?

- Le coiffeur !

La voix brisée, Mireille Martin ne pouvait en dire davantage. Elle saisit un sac posé sous sa chaise, se leva, posa sa main libre sur les cheveux de Nina. Elle lui adressa un regard pour la première fois de compassion, puis lâcha deux mots étranglés.

- Adieu petite...

En direction d'une file de taxis stationnés sur la place, où subsistaient les reliefs du marché du matin fouillés par quelques

231

personnes paraissant toutes âgées, Mireille Martin marchait si vite qu'elle semblait courir.

La poursuivre dans l'espoir qu'elle en dise davantage serait vain. Nina l'avait bien compris.

64 (Sacha)

Dans le train, le voyage du retour m'avait paru bien monotone. Moi qui d'ordinaire ne m'ennuyais jamais au simple spectacle des gens et de la vie autour de moi. J'étais resté immobile et muet à espérer un appel de Nina. Mais le téléphone n'avait pas sonné.

J'en étais à me raisonner, à me reprocher un nouvel emballement sentimental, de ceux que j'avais pourtant décidé de proscrire à tout jamais.

Il était clair que j'avais frôlé la rechute. Finalement, c'était aussi bien comme ça. Même si j'allais devoir surmonter quelque regret à l'idée de ne pas revoir cette fille.

Je songeais à cette aventure terminée aussi vite qu'elle était née, tout en tournant la clé dans la serrure. La porte de mon appartement n'était pas fermée. Je n'en fus guère étonné. J'étais capable de négliger ce genre de détail en partant. Ou alors était-ce Alice qui en mon absence avait régné sur mon salon de coiffure et mon logement du même coup.

Mais elle n'était pas là. Personne, a priori. J'avais déposé mon sac dans la chambre et sirotais une bière belge dans la cuisine, quand je perçus un bruit d'eau remuée venu de la salle de bain.

Alice ? Cette liberté ne lui ressemblait guère. Un bref instant, je pensais à Nina. Mais comment aurait-elle pu découvrir mon adresse en ignorant jusqu'à mon nom...

Je poussais la porte pour découvrir dans ma baignoire, la femme la plus apte à me protéger de la rechute amoureuse.

Leila extirpa de la mousse son corps pain d'épices, souple et intégralement bronzé par le soleil des îles.

Ravie de son effet de surprise, radieuse, elle vint coller à mes vêtements sa peau ruisselante.

- Tu sens la gare comme moi je sentais l'aéroport. À ton tour de plonger, dit-elle.

Elle avait déjà ouvert ma chemise et s'attaquait maintenant à la ceinture de mon pantalon. Quelques secondes plus tard, j'étais nu, dans l'eau. Leila, assise derrière moi, me savonnait les épaules, la poitrine, et bientôt le bas-ventre.

Elle vint à califourchon sur moi pour m'embrasser en glissant mon érection en elle. Et nous fîmes ainsi l'amour très simplement. Comme autrefois.

J'étais dans l'ambiance d'un songe dont seule cette femme semblait détenir le secret.

Nous sommes sortis de la salle de bain, elle dans une longue serviette nouée sur la poitrine, moi dans un peignoir de bain au tissu râpé par l'usage.

Dans la cuisine, Alain déballait d'un sac de courses une bouteille de vin de Bordeaux et différentes victuailles. Il vint vers moi pour une accolade qu'il prolongea de quelques tapes amicales dans le dos. Il parlait toujours autant avec les gestes qu'avec les mots.

- Vous parlez d'une surprise, dis-je enfin.

- Nous sommes arrivés tout à l'heure, avant la fermeture du salon. Selon Alice, tu rentrais aujourd'hui. Elle nous a ouvert. Nous avons pris une chambre à l'hôtel des Voyageurs, mais on trouvait sympa de t'attendre et passer un moment avec toi. Sauf si tu as prévu autre chose, bien entendu.

- Je n'ai rien prévu, dis-je en posant sur la table trois verres à pied. Nous avons goûté le vin sans dire grand-chose. Le bordeaux était savoureux. L'instant l'était plus encore. Pas toujours utile de parler. Nos visages radieux suffisaient à exprimer le bonheur de ces retrouvailles.

Je me rendis compte alors à quel point j'appréciais Alain.

- Tu n'es donc jamais jaloux ?

Ma question l'a fait rire.

Il allait se contenter de ce rire en guise de réponse. Mais Leila, provocatrice, l'incita à se livrer davantage.

- Oh que si ; tu es même très jaloux n'est-ce pas mon amour, lui dit-elle

- Aimerais-tu que je ne le sois pas ?

- Tu sais bien que non, dit-elle.

Elle s'était approchée tout contre lui, dégustant son vin par petites gorgées et promenant sa main libre sur la nuque de son mari.

- C'est une question de nuances, dit-il.

- Sois plus précis, s'il te plaît. C'est important pour moi que Sacha perçoive cela très clairement, insista Leila.

- Disons que je prends mon plaisir, et c'est très masculin, dans celui que je te procure. Quelle qu'en soit la forme.

- C'est tout ? C'est trop abstrait, dit-elle avec une moue taquine.

- Eh bien, distinguons le fait de faire jouir et celui de procurer du plaisir. La jouissance, c'est facile, pas besoin d'aimer l'autre pour ça. Un vibromasseur suffit, c'est dire...

Il s'interrompit un instant mais voyant que nous ne riions pas de sa plaisanterie, que nous attendions la suite, il poursuivit.

- Le bien-être c'est autre chose. Il vient d'ailleurs, d'une absence de frustration, d'un accomplissement. La femme a besoin, pour atteindre cet état, de se sentir femme tout simplement, désirée, donneuse...

- Ça ne me dit pas en quoi tu serais jaloux quand même, lui dis-je. J'étais fasciné par sa perception du couple.

- Favoriser un environnement susceptible de sublimer la femme que j'aime m'importe avant toute chose. Leila est belle, désirée. Je fais le choix d'en être émerveillé, pas d'en avoir peur. Je ne suis pas jaloux du sexe puisque par notre connivence, nos confidences, notre liberté, nous en partageons le plaisir.

- Mais je vous connais suffisamment pour savoir que vous ne vous accordez pas tout...

- Il faut savoir s'étendre sans se répandre et c'est délicat, dit une chanson. C'est tout à fait ça. Pas n'importe comment, encore moins avec n'importe qui. Ces instants sont aussi rares que les gens capables d'en apprécier le privilège.

- Mais, de quoi pourrais-tu être jaloux alors ?

- Je tiens à l'exclusivité de la connivence entre nous deux. L'idée même que Leila puisse la partager avec un autre me rend jaloux. Tu vois, nul n'est parfait...

Nous avons ri tous les trois.

- Soyez certains que j'apprécie le privilège. Mais je ne m'imagine en couple et fonctionner comme vous, je le crains.

- On ne prétend pas te convaincre, dit Alain.

- Et ce voyage retour, sans même prévenir ; des affaires à régler, besoin de voir vos enfants ? Vous n'avez pas de soucis j'espère...

Avant de répondre à ma question, ils s'étaient consultés d'un regard que je fis mine d'ignorer.

- Un peu tout ça oui, dit finalement Leila.

J'eu l'impression qu'ils n'avaient pas envie d'en parler et n'insistais pas.

- J'ai acheté un tas de cochonneries, la charcuterie qu'on ne trouve pas là-bas. Aller, dînons, proposa Alain.

Ils m'ont raconté leur nouvelle vie dans les îles, moi le train-train d'ici et quelques croustillantes histoires dont le port a le secret. Le vin était bon. La soirée fut joyeuse.

65 (Patrice)

Il arrivait à Patrice de frimer avec sa vieille bécane, quasiment un modèle de collection. Pétaradante telle une grosse cylindrée, repeinte en noir, les chromes étincelants, elle ne passait pas inaperçue, éveillait l'intérêt des plus connaisseurs. Cette fois, il aurait préféré moins de clinquants.

Quai du Port Fidèle, à Saint-Gilles-Croix-de-Vie, il avait mis l'engin sur béquille, à deux pas du fleuve et du port de plaisance aménagé dans son estuaire. La marée était basse. Accrochés à leur filière, des petits voiliers et canots à moteurs reposaient, un flanc dans la vase. À marée montante, ils retrouveraient leur flottaison et un aplomb plus digne.

Suivre le couple depuis la maison du marais, n'avait posé aucun souci. Le conducteur roulait plutôt lentement, comme s'il visitait la région. Il avait garé la voiture sur ce parking du centre-ville.

Tant mieux, s'était dit Patrice, soulagé de pouvoir se fondre parmi les passants, des retraités en balade touristique pour la plupart. Mais il n'eut pas à poursuivre sa filature à pied. La femme était entrée la première dans un salon de coiffure, juste en face, de l'autre côté de la rue. L'homme était sorti un instant plus tard, avait pris dans le coffre de la voiture une petite valise, puis était entré à nouveau.

Patrice, assis en travers sur le siège de sa moto, fumait cigarette sur cigarette pour se donner une contenance, tout en observant. L'homme sortit encore, accompagné cette fois d'une autre femme un peu forte. Elle verrouilla la porte en verre puis lui tendit les clés qu'il mit dans sa poche. Ils semblaient bien se connaître. Elle rejoignit une voiture sur le parking. Lui partit à pied vers la place du Marché aux Herbes, pour revenir trois bons quarts d'heure plus tard, chargé d'un cabas bien rempli.

Entre-temps, un autre homme, plus jeune, un sac de voyage sur l'épaule, avait tenté sans succès de pousser la porte du salon de coiffure. Il s'était engagé dans la ruelle voisine pour entrer dans l'immeuble par une porte latérale. Et puis plus rien…

Patrice en avait assez de sa surveillance. Il reviendrait rôder dans les parages les jours suivants s'il le fallait. En attendant, il allait rentrer et raconter tout cela à Madeleine.

Couvert d'un casque bol, paré de lunettes d'aviateur, il lança le moteur qui démarrait au kick. Au troisième coup de jarret, la machine pétaradait, faisant converger en sa direction des regards surpris, réprobateurs ou admiratifs. Parmi eux, celui déjà croisé d'une fille brune. Celle que Patrice avait fait fuir quelques semaines plus tôt, perché sur son arbre dans le marais, alors qu'il portait encore à la cheville ce maudit bracelet électronique en guise de prison.

Assise en terrasse au bar de L'Escale quasiment voisin du salon de coiffure à l'enseigne Pozzi'Tif, elle semblait très contrariée. Une grande métisse lui caressait les cheveux, comme pour la consoler.

Tout cela lui semblait bien étrange. Il tourna vers lui la poignée droite, lâcha progressivement l'embrayage de sa main gauche et la moto démarra lentement, dans un bruit d'explosions répétées, puissant et régulier. Il espérait que sa grand-mère saurait que penser et quoi faire de cette découverte.

66 (Nina)

Pour Nina, ça commençait à faire beaucoup d'émotions contradictoires en l'espace de quelques heures. Elle aurait préféré s'enivrer encore des sensations de la soirée passée avec Laurent Huriez, ce quasi inconnu dont elle ne savait guère plus que le nom et la profession.

Au lieu de cela, Nimisha lui apprenait que n'aurait jamais lieu le procès du meurtre de sa sœur en raison de la mort des assassins présumés, puis Mireille Martin lui confirmait ses soupçons d'une autre hypothèse pour la mort d'Éric et Gwladys. Elles l'avaient privée du ravissement qui aurait pu suivre sa dernière nuit à Laon, dans cette chambre de l'hôtel du Roy.

Gare Montparnasse, elle avait pris l'un des TGV qui partent toutes les heures pour Nantes. Elle avait soigneusement noté le numéro de téléphone de son amant de la veille. Mais avait repoussé le moment de l'appeler, préférant le faire lorsqu'elle se sentirait un esprit plus serein. Aussi appliquait-t-elle un bon vieux principe qui avait fait ses preuves. Celui de maintenir un homme dans l'incertitude, afin qu'il la désire davantage, ne la considère pas comme acquise. Laurent Huriez attendrait ce soir ou même demain. Elle avait l'initiative et, finalement, ça lui plaisait.

À Nantes, elle n'avait eu besoin que de quelques minutes pour faire à pied le court trajet entre la gare et son appartement du quartier Bouffay. Elle avait appelé ses parents, sans réaction à l'annonce de la mort des accusés de l'assassinat de leur fille aînée. Puis composé le numéro de Nimisha.

- Je suis rentrée
- Je quitte le boulot dans une demi-heure. J'arrive tout de suite après, avait répondu son amie.

Le temps pour Nina de rangers quelques affaires, passer sous la douche, consulter ses courriers électroniques et postaux. Nimisha sonnait déjà à sa porte.

- Contente de te revoir, dit la longue métisse en l'embrassant.
- Et moi donc ! J'ai plein de choses à te raconter…
- Si on allait là-bas, tu me diras tout ça dans la voiture.
- Voir ces gens du marais tu veux dire ?
- Oui, il faut qu'on sache.
- De plus, si j'en crois cette Mireille Martin, c'est un coiffeur qui serait responsable de la mort de Gwladys.
- Notre pochetron vendéen ? Celui de Saint-Gilles-Croix-de-Vie ?
- Forcément ! Ça ne peut pas être un hasard si c'est chez lui que ma sœur et son homme avaient rendez-vous ce soir-là.

Elles décidèrent, avant de rendre visite aux habitants de la ferme du marais, de passer par le quai du port Fidèle à Saint-Gilles-Croix-de-Vie. Nina voulait voir à quoi ressemblait cet endroit. Avec un peu de chance verrait-elle aussi ce fameux coiffeur.

Elle n'eut pas trop de l'heure de route pour relater à son amie son séjour à Laon, sa découverte de l'ambiance d'un procès d'assises, Mireille Martin, l'immense avocat Aldo, le journaliste grincheux Joseph Calonne, Ulysse le chauffeur de taxi, le reporter indépendant Laurent Huriez dont l'évocation avait modifié le timbre de sa voix.

Nimisha avait l'oreille.

- Oh toi, tu ne me dis pas tout, avait-elle dit dans un éclat de rire.
- Il est séduisant, sensible…
- Et c'est un bon coup ?
- Tu n'as vraiment aucune poésie !
- Pas mal de grands amateurs de sexe parmi nos grands poètes…
- Admettons alors que mon reporter est peut-être aussi un poète…
- Oh mais ne serais-tu pas déjà amoureuse ?
- C'est un peu tôt pour le dire, mais sa compagnie m'a plu. Et oui, j'ai aimé baiser avec lui. J'ai hâte de le revoir c'est sûr.
- Elle est amoureuse, se mit à fredonner Nimisha sur l'air d'une chanson d'enfant.
- Tu peux me chambrer, je suis peut-être vraiment amoureuse. Et ça me fait un bien…

Nimisha montra en passant quai du Port Fidèle, à Saint-Gilles-Croix-de-Vie, le bar de L'Escale, l'enseigne Pozzi'Tif du salon de coiffure. Elle stationna sa voiture un peu plus loin.

- Viens, je t'offre un verre à L'Escale. Tu verras, ça vaut le jus...
- C'est si typique que ça ?
- Avec ses gueules de marins les plus authentiques !

Elles s'installèrent en terrasse. À l'opposé d'un téléviseur qui diffusait en direct un match de football suivi sans passion par une dizaine de jeunes. À l'intérieur, pas la moindre gueule de marin. Juste la serveuse et un paisible retraité regardant distraitement eux aussi un autre écran branché sur le même programme.

- Ça n'a pas l'air si terrible que ça, dit Nina.
- T'as raison, je n'ai même pas l'impression d'être au même endroit.

Comme c'était l'heure de l'apéritif, elles commandèrent toutes les deux une Trouspinette, une spécialité vendéenne de vins mélangés dont le secret de composition a la réputation d'être bien gardé.

Elles sirotaient le breuvage en scrutant cet environnement très différent de la description faite par Nimisha.

- J'admets. Je me suis plantée. Mais cette bagarre de l'autre jour m'avait impressionnée.
- Et tu es tombée dans le cliché du bistrot mal famé du port avec ses marins alcooliques.
- Probablement de l'histoire ancienne tout ça...

Elles en étaient à la fois déçues et soulagées. Ne disaient plus rien. S'accordaient un instant de répit.

- C'est lui, dit soudain Nimisha.

Suivant le regard de son amie, Nina se tourna pour voir derrière elle, assez loin sur le trottoir, l'homme qui marchait dans leur direction, un sac de voyage sur l'épaule.

- Tu le connais ? s'étonna Nina.
- Je ne l'ai vu qu'une fois, ça ne s'oublie pas !

Stupéfaite, Nina tentait de trouver une cohérence à tout cela.

- Tu l'as vu une fois ?

- Oui, tu sais bien, ici même ? Il n'a pas l'air bourré cette fois, poursuivait Nimisha.

- Mais de qui parles-tu ?

Nina paraissait paniquée.

- Mais ne t'énerve pas comme ça ma belle. Ce type sur le trottoir, c'est Pozzi, le coiffeur.

- Mais non, ce type comme tu dis, c'est Laurent Huriez, mon reporter.

- Qui était dans ton lit la nuit dernière ?

- Mais oui !

La confusion et le doute cessèrent à l'instant. La serveuse quittait la terrasse pour entrer dans le bar, un plateau couvert de verres vides porté bien haut.

- Salut Sacha, lança-t-elle.

L'homme lui rendit son « salut ». Une trentaine de mètres avant L'Escale, il poussait la porte vitrée du salon de coiffure. Comme elle était fermée, il s'engagea dans une étroite ruelle perpendiculaire, et disparut.

- Je me demande ce que tout cela signifie, dit Nina.

Nimisha redoutait encore avoir trop bien compris.

- Tu veux dire que ton amant de Laon, soi-disant Laurent Huriez, serait en fait ce Sacha Pozzi ?

- Voilà, j'ai baisé avec le type qui a peut-être tué ma sœur.

- Et s'il t'a inventé un personnage, c'est qu'il a une bonne raison pour ça.

- Quelque chose sur la conscience, je le crains.

- Si c'est le cas, le cynisme est à son comble…

- Mais quelle conne je suis !

Nina, exaspérée, avait presque crié. Nimisha, pour la calmer, avait posé les mains sur ses épaules. Pour les jeunes absorbés par leur match de foot, la manifestation de panique passa heureusement inaperçue, couverte par la pétarade d'une moto ancienne en pleine accélération sur la route juste à côté.

- Allons là-bas, nous apprendrons peut-être quelque chose, a proposé Nimisha.

- Dans le marais tu veux dire ?

- Oui, allons-y. Celui-là de toute façon, on sait où le trouver.

67 (Madeleine-Patrice-Nina)

Les coudes appuyés à la longue table de ferme, Madeleine ne perdait aucune des paroles de Patrice. Assis face à elle, dans la même position de l'autre côté de l'épais plateau en bois rustique, son petit-fils parlait sans interruption. Très excité par ses découvertes, il avalait de temps en temps une gorgée de bière et reprenait son récit.

Le couple ayant stationné sa voiture tous près de l'arbre penché, sa discrète filature jusqu'à un salon de coiffure de Saint-Gilles-Croix-de-Vie, la présence de cette fille à l'étrange ressemblance avec celle de l'étier…

Quand il eut fini, Madeleine sollicita quelque précision.

- Un autre homme est entré dans le salon de coiffure ?
- Oui, mais en passant par une ruelle sur le côté.
- Et la fille, elle faisait quoi ?
- Elle prenait un verre avec une copine, une grande black.
- Et elle avait l'air énervée tu dis ?
- Oui, comme si sa copine la calmait…
- Et ceux de la voiture, ils ont dit quoi ?
- Que les cousins portaient le chapeau.
- Ils ont parlé d'une femme et d'un coiffeur ?
- Oui.

Et il rapporta quasiment mot pour mot la conversation surprise près du saule couché. Patrice était doté d'une infaillible mémoire…

Ils en étaient tous deux à méditer en silence sur ces faits nouveaux, quand les phares d'une voiture balayèrent la façade. La pièce s'illumina un instant sous un rai de lumière blanche lancé par la fenêtre ouverte, puis replongea dans la pénombre. Ni Madeleine ni Patrice n'avait vu naître le crépuscule.

- Qu'est-ce que c'est encore ? grogna la femme.

Elle se sentit soudain fatiguée, avide de tranquillité. Elle maudissait le destin qui lui donnait l'impression d'atteindre en tout point l'opposé de la vie d'amour et de quiétude dans laquelle elle s'était projetée autrefois avec Jules. Ils avaient rêvé d'harmonie et s'étaient sans cesse confrontés à quelqu'un ou quelque chose qui brisait ce rêve. Madeleine ne s'expliquait pas les raisons d'un enchaînement si contraire.

En contre-jour sur les lueurs d'une journée pas complètement éteintes du côté de l'océan, se dessinaient deux silhouettes de femmes. La plus grande, aux allures un peu masculines, avança la première vers la maison. Madeleine alluma les lumières dans la salle et dans la cour. En relation avec le récit de Patrice et les événements de la veille, elle devinait qui serait l'une des deux visiteuses, et aussi qu'était arrivé le moment d'une discussion désormais inévitable.

C'est Nimisha qui entreprit les présentations.

- Bonsoir, nous sommes…
- La sœur de cette pauvre fille c'est ça ?
- Oui, c'est moi. Mon amie m'aide, dit Nina avec un geste vers Nimisha, trouvant superflu d'aller au bout de sa phrase.

La femme avait noué en natte ses cheveux poivre et sel. Elle portait une jupe longue et un chemisier multicolore en vogue dans les années 70. En retrait dans la maison, Nina voyait le jeune homme qui l'avait effrayée quelques jours auparavant. Mais elle n'avait plus peur. Quant à la vieille en noir aperçue ce jour-là, elle n'était pas là.

- Elle vous aide à quoi ? questionna la femme.
- À trouver la vérité, dit Nimisha.
- Je m'appelle Madeleine, je suis…

Madeleine interrompit son propos, leur signifia d'un geste qu'elles pouvaient entrer.

D'emblais, en guise de présentations et du regret dans la voix, elle résuma brièvement la communauté puis sa solitude, son petit-fils, jusqu'à cette affreuse histoire et « l'accident » de la veille avec la mort des cousins sous la grange effondrée. Le scellement de la poutre maîtresse avait cédé…

À part leurs prénoms, Nina et Nimisha avaient moins à dire pour se présenter.

Madeleine les précéda dans la maison où ils se retrouvèrent, tous les quatre, assis à la table de ferme.

- Je cherche à comprendre ce qui est arrivé à ma sœur, dit Nina.

- Nous avons longtemps admis que les deux cousins avaient fait le coup, dit Madeleine.

- Ils en étaient capables ? interrogea Nimisha.

- Mauvais comme la gale. Aptes à rien dans la vie mais quand ils avaient bu, capables de n'importe quoi.

- Et toi, t'en dis quoi ?

- Je ne sais pas…

Patrice n'avait jamais su grand-chose de cette histoire. Il avait l'impression d'en savoir encore moins aujourd'hui. Les deux filles l'intimidaient. Surtout la sœur qui ne cessait de le regarder.

- Pourtant, toi aussi tu y étais, insista Nimisha.

Les deux copines avaient convenu qu'il lui reviendrait de mener ce genre d'entretien, de poser les questions. Elle serait plus détachée alors que Nina, émotive et passionnée, pouvait tout gâcher si elle venait à s'emporter.

Patrice ne répondait pas. Le juge l'avait délivré de ce bracelet électronique, innocenté. Mais le soupçon lui pesait encore, sans doute pour toujours. Un doute terrible à supporter.

- Je ne sais pas, dit-il encore.

Il mourait d'envie d'exprimer ses tourments, mais les mots ne venaient pas.

- Il dormait dans la voiture et n'a pas le moindre souvenir, dit Madeleine.

- Un sacré sommeil, dit quand même Nina.

- Ils le faisaient boire. C'était deux p'tits salauds je vous dis.

- C'est dommage.

- Dommage ?

Madeleine ne comprenait pas le sens de la réplique lâchée par Nina. Nimisha reprit la parole et l'initiative.

- Si Patrice avait quelques souvenirs, ça pourrait nous aider. Ce qu'ont fait vos cousins, couper des corps, les cacher ; ça les accuse de tout. Pourtant, nous pensons qu'il y a d'autres gens dans cette histoire, dont personne n'a jamais parlé.

- Nous le pensons aussi, dit Madeleine.

- Et vous n'en avez jamais rien dit ?

- C'est tout frais d'aujourd'hui.

- D'aujourd'hui ?

- Raconte mon fils…

Jamais Madeleine ne l'avait appelé comme ça, mon fils. Ça lui donnait soudain une assurance énorme, lui qui avait tant souffert autrefois du rejet de sa grand-mère.

Ainsi mis en confiance, Patrice rapporta une nouvelle fois le couple près du saule penché, leur conversation, la moto derrière la voiture, le quai du Port Fidèle avec son salon de coiffure, son bar de L'Escale.

- Vous étiez même assises à la terrasse…

- Encore ce coiffeur, dit Nimisha.

À l'évocation de ce garçon au cynisme inouï, capable de pousser la perversité jusqu'à lui faire l'amour sous un faux nom dans un hôtel de Laon, Nina se raidit.

Les deux filles dirent à leur tour leurs découvertes, leurs doutes, les indices qui au final les menaient toujours à la même personne : le coiffeur.

- Les cousins se renvoyaient la responsabilité, mais disaient quand même la même chose, dit Madeleine.

Elle laissa passer un instant, soucieuse d'être écoutée de tous.

- Ils avaient volé une voiture. Ça ils en étaient capables. Mais les corps, ils disaient les avoir découverts plus tard, dans le coffre. Chacun accusait l'autre et personne ne les a crus.

- C'est peut-être vrai qu'ils étaient déjà dans la bagnole, insista Patrice.

- Il faut du cran pour tuer deux personnes. Jean-Luc et Jean-Marc n'en avaient pas, dit encore Madeleine.

Elle songeait, à cet instant, comment elle-même les avait tués, et n'en éprouvait pas même le soupçon d'un remord.

Chacun des quatre, à sa façon, étayait ses certitudes. Leur coupable, c'était le coiffeur !

68 (Sacha)

Le matin qui suivait mon retour, je me suis réveillé tôt, de bonne humeur. J'éprouvais encore le regret d'être sans nouvelles de cette fille, mais la bonne surprise du retour d'Alain et Leila tombait à point nommé. Grâce à eux, j'avais refoulé le tourment de la déception dont j'avais senti les prémices. J'étais capable de profonds cafards pour ce genre de désillusion.

Ce séjour dans ma région natale, où j'avais grandi puis débuté ma vie d'adulte, produisait des effets salutaires. La nostalgie, la pesante impression de me sentir parfois loin de chez moi ; j'en étais débarrassé. Chez moi serait désormais l'endroit où je me trouverais. Et à cet instant, sur mon quai du Port Fidèle, je me sentais chez moi. Alain et Leila n'étaient pas restés très tard. Nous avions tous les trois à récupérer d'un voyage.

Alain avait promis de passer dès ce matin, peut-être même assez tôt pour prendre un café au bar de l'Escale.

En attendant de les revoir un peu plus tard dans la journée, j'éprouvais une certaine jubilation à retrouver mon salon de coiffure. Il n'était pas encore 9 h. Alice, que j'avais prévenue de mon retour, arriverait plus tard. Il était convenu que j'assure l'ouverture et le premier rendez-vous.

Un peu plus tôt, en passant directement par ce qu'il appelait son « labo », j'avais acheté chez mon ami Renaud, deux croissants à l'imperceptible parfum de chocolat. En même temps que le pâtissier et le plus grand farceur du quartier, il était le chocolatier le plus fameux de la région. Chez lui, le chocolat était dans l'air, jusqu'à imprégner les viennoiseries les plus classiques. Je n'ai jamais su s'il s'agissait d'une sensation ou d'une saveur bien réelle. Renaud lui-même, que j'avais élevé au rang d'artiste tant il créait des goûts et des formes, s'est toujours amusé de mon incertitude.

J'avais préparé mes ciseaux, mes peignes, mes rasoirs. Je consultais le grand livre des rendez-vous. Le premier n'allait pas tarder. Une habituée qui passerait là sa matinée.

Quelqu'un poussa la porte vitrée puis entra dans le salon. Ce n'était pas elle.

- Bonjour, dis-je au jeune homme.

Tirée par son ressort, la porte se refermait doucement derrière lui. Je fus tout de suite inquiet. Sûr, il n'était pas là pour une coupe ou un rasage. Malgré la température plutôt douce, il portait un imperméable. Son teint était livide, son visage couvert d'une fine transpiration, une sorte de sueur froide.

Il eut un bref regard vers l'arrière si bien qu'un instant, j'ai cru qu'il allait ressortir sans avoir dit un mot. Mais, voyant la porte fermée, il se ravisa et parut se faire violence pour parler enfin.

- Vous êtes le coiffeur ?

Mais que pouvait bien vouloir ce garçon si mal à l'aise ?

- Sachaz Pozzi, oui, c'est moi…

Il ouvrit alors l'imperméable sous lequel apparut une arme. Un vieux fusil à deux canons juxtaposés. Quasiment un objet de collection qu'il a pointé vers moi.

J'ai pensé à Léo, stupéfait par l'incroyable similitude entre cette scène et la circonstance de sa mort. C'était bien le moment…

Je voulais parler à cet inconnu, lui demander « pourquoi ». Mais les mots ne venaient pas. Il avait le regard affolé de celui qui ne pourrait faire autrement que presser la détente. Il allait tirer, j'en étais sûr. J'ai fermé les yeux.

Il y eut un grand fracas. J'ai sursauté, rien qu'une fraction de seconde. L'instant d'après, j'étais dans le néant.

Mourir, je n'avais pas imaginé qu'un truc pareil puisse m'arriver.

69 (Madeleine)

Quoiqu'il arrive en ce monde, de joies ou de galères, les matins sont immuables dans les campagnes pour la faune encore libre et sauvage. Elle accueille avec tapage chaque jour nouveau, avant de se fondre jusqu'à l'oubli dans un silence protecteur.

Madeleine s'était éveillée, comme chaque matin depuis plus de 40 ans qu'elle vivait dans ce marais, avec le chant des oiseaux. Avec l'impression de n'avoir pas vraiment dormi, tout juste somnolé.

La conversation avec ces deux filles dont elle appréciait la sincérité, s'était prolongée une bonne partie de la nuit, autour de miches de pain maison et de conserves de charcuteries et confitures.

Avec l'heure si avancée, elle avait préparé l'une des anciennes chambres de la communauté et, sans trop se faire prier, Nina et Nimisha s'y étaient installées pour le reste de la nuit.

La communarde, rompant ses habitudes, ne se levait pas. Elle écoutait coasser, croasser, cancaner, criailler, gazouiller, glapir, plonger, feuler, glousser... les bruits de la vie et de quelques morts pour ces animaux qui se dévorent entre eux pour équilibrer la nature. Des bruits qui s'estompaient à mesure que le soleil durcissait.

Elle ressassait des pensées qui la déculpabilisaient. Car même si elle l'avait fait pour protéger son petit-fils, les deux cousins étaient bel et bien morts par ses soins. Or, elle savait maintenant qu'ils n'avaient pas tué la sœur de Nina. Mais quand même, ce qu'ils avaient osé faire des corps révélait l'odieux des personnages dont elle avait trop longtemps toléré qu'ils fassent de Patrice leur souffre-douleur.

Ils n'avaient pas volé leur châtiment. Bon débarras !

Voilà qui la ramenait à Patrice. Elle avait changé radicalement d'attitude avec lui et s'en félicitait.

Lui avait rompu avec son isolement, se montrait intéressant, presque agréable.

« Il est quand même un peu simple », se disait Madeleine, s'interrogeant sur l'origine de cette simplicité, innée ou imputable au rejet dont il avait forcément souffert.

Ceci la culpabilisait davantage.

La naïveté du garçon le rendait imprévisible. Elle songeait à la grossièreté du piège qu'il avait entrepris de creuser dans la grange pour éliminer ses cousins, et s'inquiétait de ses réactions incohérentes.

Madeleine était préoccupée par l'attitude qu'avait eue le jeune homme au fil de la discussion avec les deux filles. Elle cherchait à retrouver les mots ou révélations qui l'avaient progressivement crispé, sans qu'il regarde grand-chose d'autre que les yeux, la bouche ou les seins de Nina.

Et le moment clé revint à la mémoire de Madeleine. Quand Nina avait dit son écœurement, son sentiment d'être avilie après avoir été abusée, au point de baiser avec ce coiffeur dissimulé sous un faux nom et une fausse activité. Elle avait exprimé des envies de meurtre.

- Cet idiot est capable de le faire pour elle, juste pour ses beaux yeux, dit la femme, habituée à ne parler qu'à elle-même.

Elle sauta littéralement de son lit, se couvrit les épaules d'un long châle multicolore et fila jusqu'à la chambre du garçon, désertée…

Il pouvait être à se balader dehors. Madeleine s'accrochait à cette idée, quand elle vit, revenant vers la cuisine, la place vide sur le râtelier où elle gardait comme une relique le vieux fusil à chiens de Jules.

Il fallait réveiller les deux filles et partir là-bas, s'il n'était pas déjà trop tard…

70 (Leila-Alain)

Une vingtaine de personnes formaient un attroupement tenu à distance par des policiers municipaux, quai du Port Fidèle, entre le salon de coiffure et le bar de l'Escale. L'angoisse étreignit un peu plus la gorge déjà serrée de Madeleine.

Mais en approchant, Nina et Nimisha sur ses talons, elle distingua la silhouette de Patrice parmi les badauds. Il portait un vieil imperméable laissé par son grand-père. Un inconnu, la cinquantaine alerte, tenait son bras, lui parlait sans cesse à l'oreille, probablement à voix basse. Sa main libre enserrait celle d'une femme brune, un peu typée et très inquiète.

71 (Gwladys)

- Lorsque j'ai vu votre sœur pour la première fois, elle nous fascinait tous… Elle ne portait rien d'autre qu'un body porte-jarretelles et des bas résilles à jarretière. J'ai su plus tard que les talons de ses chaussures argentées mesuraient 15 cm. Sur la piste d'une discothèque du Cap d'Agde, elle dansait à la barre. De Gwladys rayonnaient l'aisance et la beauté de la femme libre, amoureuse, accomplie. Elle ne quittait pas des yeux un homme dansant gentiment au pied de son estrade. C'était Éric. Il était émerveillé. Elle s'offrait à tous les regards, mais ne dansait que pour lui…

- Jamais elle ne m'avait parlé de ça. Racontez-moi encore, j'ai tellement besoin de savoir, de comprendre.

Une curiosité légitime estima Leila, bien décidée à poursuivre pour Nina l'évocation de la personnalité très intime de Gwladys.

Sans se donner rendez-vous, les deux femmes s'étaient retrouvées quai du Port Fidèle à Saint-Gilles-Croix-de-Vie. Même accablées par ce qui venait de s'y produire, elles s'étaient reconnues devant le salon de coiffure Pozzi'tifs.

Deux gendarmes en interdisaient l'accès alors que s'activait derrière eux une demi-douzaine de sapeurs-pompiers. Leila avait immédiatement deviné la sœur de Gwladys, par la similitude des traits sur les visages, mais surtout par son allure, féline, sensuelle. La même !

Nina avait elle aussi reconnu la femme avec laquelle elle avait conversé en webcam, en se connectant sur internet à la communauté Libertinum sous le pseudonyme d'Erys.

Comme si cela allait de soi, elles ne s'étaient plus quittées, attendant un moment propice et plus calme pour se parler. Elles avaient tant à s'apprendre…

Les présentations faites et la défiance surmontée, Alain et Nimisha avaient mesuré l'urgence qu'il y avait à mettre de la distance entre Patrice et le quai du Port Fidèle. Ensemble, ils reconduisirent le jeune homme et sa grand-mère dans leur maison du marais. Ils avaient eux aussi, beaucoup à se dire.

Leila refusait de quitter le quai du Port Fidèle. Le petit groupe, même si les uns et les autres se connaissaient à peine, admit que Nina resterait avec elle parmi les curieux.

Elles avaient patienté jusqu'au début de l'après-midi, suivi les opérations de secours, pour atteindre enfin ce moment où leur isolement serait propice aux révélations et confidences.

Leila pouvait révéler librement à Nina, la personnalité secrète de sa sœur. Celle qui était en même temps la seule que Leila connaisse de Gwladys.

- Éric et Gwladys étaient en quête d'absolu. Ils avaient l'un pour l'autre un amour immense, un désir gargantuesque. En même temps, ils étaient loin d'être idiots. Ils savaient que cette passion perdure à la seule condition d'être entretenue, cultivée.

- Et ça se cultive en dansant en tenue sexy devant son mec et un tas d'autres gens ?

- Entre autres…

- Parce que ce n'est pas tout ?

- Au risque de vous choquer, non, ça ne se limitait pas à ça. Je vous décris simplement la première fois où je les ai vus.

- Ils partouzaient ?

- Quand on ne connaît pas ce milieu, ce mot est souvent utilisé. Disons qu'ils participaient à des jeux collectifs.

- Collectifs…

Ça faisait rire Nina. D'un rire sans joie. Pourtant, elle imaginait sans peine sa sœur dans de tels ébats.

- Dites-moi pourquoi une femme peut avoir cette envie, en présence de son homme, surtout si elle en est amoureuse ? Je ne parviens pas à le concevoir.

- C'est assez subtil je vous l'accorde. Il convient d'admettre ce désir sans forcément se l'expliquer. Moi par exemple qui suis en couple avec Alain depuis 25 ans, j'ai la sensation qu'à me voir ou me savoir avec un autre, il me considère toujours comme l'amante de nos débuts, la femme attirante, séductrice. Pas seulement comme la ménagère ou la mère de ses enfants. Je reste la maîtresse de maison, mais aussi et surtout sa maîtresse. Je suis sublimée.

- A croire que vous dissociez le sexe de l'amour...

- Exactement. Les sexologues, avec d'autres mots, expliquent fort bien ce constat. Car c'est un constat. Le désir exclusif pour une seule personne et toute une vie, ça n'existe pas.

- Je connais plein de gens qui y parviennent !

- Peut-être... Je n'affirme pas une règle absolue. L'entente amoureuse ne constitue pas une quête pour tout le monde.

- Je n'adhère pas à cette conception du couple, mais je commence à admettre la chose.

- Après cette rencontre au Cap d'Agde, nous sommes devenus très amis, Éric, Gwladys, Alain et moi.

- Assez de préambules, j'ai bien compris la nature « amicales » de vos relations. Dites-moi maintenant pourquoi la mort d'Éric et Gwladys était un accident.

- Nous avions organisé une soirée.

- Libertine ?

- Oui, avec une quinzaine de personnes. Ça se passait dans un appartement de grand standing, face à la mer, du côté de Saint-Jean-de-Monts et Saint-Hilaire-de-Riez. En cette saison, les touristes n'y viennent plus. C'est tranquille.

- Et ça a mal tourné ?

- J'y arrive. Les participants avaient tous plus ou moins une notoriété : une avocate nantaise, des dirigeants d'entreprises, un commissaire de la police, des artistes.

- Des gens connus ?

- Oui, et cette façon de vivre son couple ne se dit pas. Elle est même réprouvée vous le savez bien.

- J'imagine oui. Même à moi, ma sœur n'en avait jamais rien dit.

- Au salon de coiffure, j'avais eu la visite d'un ami de Sacha. Il s'était présenté sous le nom de Léo pour dire aussitôt être coiffeur lui aussi et s'appeler en fait Modeste Person.

- L'amant de cette Mireille Martin dont j'ai suivi le procès aux assises de l'Aisne ? Celui qu'elle a probablement fait tuer ?

- Oui, elle était avec lui. Ça marchait superbement bien entre eux à ce moment-là. Mais Sacha était absent durant plusieurs jours pour le travail, en séminaire.

- Et entre libertins, vous vous reconnaissez ? Il y a des codes ?

- D'habitude non. Mais le jour où Modeste Person est passé voir Sacha, je portais un bijou assez spécifique aux femmes libertines. Il symbolise notre attachement à quelqu'un, au mari, au conjoint, au compagnon, au maître pour certaines. C'est un bracelet relié par une chaînette à une alliance glissée au majeur. Il se trouve que Mireille portait le même bijou. Ça nous a amusées. Quand j'en ai parlé à Alain, il a proposé de les inviter le soir à la maison. Ça a bien fonctionné.

- Fonctionné ?

- Oui, ils ne manquaient pas d'esprit, surtout ce Léo, un garçon d'une grande finesse. Nous les avons conviés à cette soirée programmée quelques semaines plus tard. L'idée était de convaincre Sacha d'y participer, bien qu'il s'y refuse en général. Il aurait eu la surprise d'y retrouver son ami d'autrefois.

- Cette Mireille Martin était donc présente, elle est dans le coup...

- Disons qu'elle était là.

- Et Sacha aussi alors ?

- Non, ce soir-là, il était en mer. Une promesse faite à ses copains marins pêcheurs de compléter l'équipage pour trois jours de marée sur un chalutier dans le golfe de Gascogne...

- Ses copains de beuveries ?

- Ça, c'est la légende. Ils ne picolent pas plus que d'autres, et Sacha encore moins. De bons vivants tout au plus...

- Et qu'est-il arrivé à ma sœur ?

- Elle s'est très bien entendue avec Mireille qui avait un penchant pour les femmes et les jeux de soumissions.

- Ah ! Vous faites ça aussi ?

- Chacun est libre d'essayer ce qu'il veut, tant que rien n'est imposé, c'est la règle. Le respect des gens et de leurs désirs, sans jugement.

- Et Gwladys, elle désirait quoi ?

- Elle a eu envie de jouer la soumise pour Mireille et Léo.

- Gwladys, soumise ?

- C'était un jeu. Ils étaient sur le balcon. Léo avait attaché Gwladys par les poignets à une corde passée dans les barreaux du balcon de l'appartement du dessus. Elle avait les yeux bandés, face au vide. Nue, fascinante, ignorante du vide face auquel elle avait été conduite en aveugle, elle se laissait aller de tout son corps sur ses entraves. Quand Léo a dénoué le bandeau, Gwladys, comme prise de panique, s'est débattue, a tiré sur ses liens.

- Elle avait toujours eu le vertige, pas étonnant.

- Dans la pénombre, ils n'avaient pas remarqué la rouille sur les ferrures du balcon du dessus. C'est assez classique face à la mer. Le sel dissout le fer s'il est mal protégé.

- Et alors ?

- Alors, quand Gwladys s'est débattue, elle a tiré plus fort sur la corde et les ferrures ont cédé.

- Mon Dieu… elle est tombée ?

- Oui, elle a basculé dans le vide, du cinquième étage. Éric était à côté d'elle depuis le début du jeu. Il l'a saisie à bras-le-corps, mais a basculé avec elle…

72 (Alain)

Assis sur le banc devant la maison, Patrice, piteux, se tenait la tête dans les mains. Il venait d'encaisser un sacré savon de la part de Madeleine.

Alain avait expliqué comment il était intervenu alors que le jeune homme pointait un fusil sur un Sacha résigné, les yeux clos. Il avait poussé violemment la porte vitrée du salon de coiffure, déséquilibrant Patrice. Le coup n'était pas parti, mais Patrice avait chuté sur un gros casque sèche-cheveux suspendu et le faisant pivoter sur son axe. Comme un boulet, le séchoir avait cogné la tête du coiffeur puis heurté et brisé une série de miroirs aussi hauts que le plafond. Le tout s'était abattu en morceaux sur Sacha qui s'était retrouvé gisant dans les débris.

Alertés par le fracas, le patron de l'Escale et deux gueules de marins s'étaient précipités à son secours, en même temps que Leila qui prenait un café au bar.

Alain, estimant qu'il ne pouvait en faire davantage, les avait laissé porter secours à Sacha, ne pouvant qu'espérer qu'il ne soit pas trop tard.

Il avait discrètement planqué le fusil et entraîné à l'écart le jeune homme qui semblait pétrifié.

- Je ne pouvais pas tirer, je n'allais pas tirer, répétait-il sans cesse.
Nimisha avait loué le hasard qui l'avait fait être là, avec sa femme, de si bon matin.

- Ce n'était pas un hasard. Nous étions sur le qui-vive car il y a un gros malentendu. Nous avons compris ce que vous saviez sur la mort d'Éric et Gwladys, nous avons aussi compris que Sacha était en danger. Vous pensiez qu'un coiffeur en était le responsable… Mais vous vous trompez de coiffeur !

Alain avait décidé de parler. De dire la vérité qu'il pensait devoir à Madeleine, à Nimisha si proche de la sœur de Gwladys, et même à Patrice en dépit de son immaturité.

Il n'ignorait pas qu'au même moment, Leila éclairait elle aussi Nina sur cette vérité.

Il raconta donc. Après les avoir convaincus que chacun avait un intérêt personnel à préserver le secret.

Que ce secret soit divulgué, ils avaient tous beaucoup à perdre. Qu'il s'agisse de Nina soucieuse de la réputation posthume de sa sœur, de Madeleine et Patrice sous la menace d'accusations d'un double homicide sur les cousins et d'une tentative d'assassinat sur Sacha Pozzi, même de Nimisha solidaire de Nina.

Chacun aurait ses raisons de se taire sur ce qui venait de frapper Sacha dans son salon, que le coiffeur survive ou non...

Ensuite il dit l'amitié particulière qui les avait liés, sa femme et lui, avec Gwladys et Éric. La liberté de mœurs qu'ils partageaient avec un infini plaisir. La rencontre fortuite avec Mireille Martin et Modeste Person plus communément appelé Léo dans ce milieu où l'utilisation de pseudonyme est monnaie courante. Il raconta cette soirée, si belle avant qu'elle vire au drame avec la double chute dans le sable, du cinquième étage, d'Éric et Gwladys.

- Pour la plupart des participants à cette soirée libertine, il n'était pas question d'appeler des secours et encore moins des gendarmes. Expliquer le contexte de l'accident équivalait au scandale personnel, à la vindicte, à des réputation défaites et des carrières anéanties. Bien qu'ils n'aient rien commis de répréhensible, se trouver là était inavouable car hors norme, hors codes. Vous le savez bien Madeleine. Du temps de votre vie en communauté, vous n'aviez que des sentiments de fraternité. Pourtant, vous étiez marginalisés.

- Oh que oui ! On nous appelait d'ailleurs, « les marginaux », confirma-t-elle avec un sourire nostalgique.

- Eh bien 40 ans plus tard, ça n'a pas changé : si vous n'êtes pas dans les codes, vous êtes cassé !

- Vous n'avez quand même pas transformé cet accident en crime sur le dos des deux cousins juste pour préserver quelques notoriétés, s'offusqua Nimisha.

- Pas du tout. Ce qui est arrivé ensuite est un fâcheux concours de circonstances. Je vous ai dit que notre petite assemblée comptait des gens dont l'enquête policière est le métier. Ceux-là se faisaient forts d'emporter les corps d'Éric et Gwladys à leur appartement de location, et d'y transposer l'accident comme s'ils n'avaient été que tous les deux. C'étaient possible disaient-ils, en raison d'hémorragies internes.

Désemparés, horrifiés, nous avons déposé Éric et Gwladys dans le coffre de leur grosse voiture pour les transporter. Nous sommes remontés à l'appartement. Alors que nous étions abattus, nous avions à discuter d'une attitude collective, à rassembler les effets de nos malheureux amis, à reprendre nos esprits aussi. Ce qui prit un peu de temps. Dans la précipitation, et parce que l'endroit semblait désert, celui qui devait conduire avait laissé la clé sur le contact. Quand nous sommes redescendus, la voiture avait disparu. Nous avons compris plus tard, par les journaux notamment, que Lucky et Marco l'avait volée. La suite, vous la connaissez…

- C'était donc vrai ce qu'ils racontaient. Ces imbéciles avaient piqué une bagnole avec deux cadavres dedans…

Madeleine était stupéfaite. En même temps, elle ne parvenait pas à s'apitoyer sur le sort des deux imbéciles en question.

73 (Sacha)

Si je suis mort, je suis au paradis…

Je n'ai jamais voulu croire à ces trucs inventés par l'homme pour rendre sa fin moins cruelle et insensée. Mais que m'arrive-t-il alors ?

Je ne parviens pas encore à ouvrir totalement les yeux. Je suis allongé sur un lit, dans une pièce beaucoup trop claire, trop de blanc ici. Au chevet de ce lit, deux silhouettes de femmes.

Et pas n'importe quelles femmes !

Celles que j'avais le plus aimées les derniers temps où j'étais en vie.

Oui ce sont bien Leila et Nina.

Elles se parlent. Elles qui ne se connaissaient pas de mon vivant.

Elles sont assises derrière un monticule de tissu, blanc lui aussi. À bien y regarder, il s'agit de mes pieds sous un drap.

Comme si j'étais absent, elles s'échangent des confidences. Les voilà qui rient. Elles semblent bien s'entendre. Ça ne m'étonne guère.

Je ne vois pas très bien, mais j'entends.

- Et lui alors, pourquoi m'a-t-il inventé ce personnage de Laurent Huriez ?

Leila éclate de rire à cette question de Nina.

- Il nous a raconté. C'est ce drôle de journaliste qui l'avait baptisé comme ça à Laon, juste pour qu'il soit accrédité et puisse s'installer avec lui dans le box réservé à la presse. C'était totalement involontaire !

Il voulait te le dire et regrettait n'en avoir eu ni l'occasion ni le temps… ça ne t'ennuie pas si je te dis « tu » ?

- Tu parles, bien au contraire. Grâce à lui, nous sommes quasiment intimes, dit Nina…

- On va finir par le réveiller, chuchota Leila.

- Ça ne serait pas trop tôt. Mais dis-moi, notre amant commun, que savait-il au juste de toute cette histoire ?

- Sacha ? Eh bien en fait : rien du tout !

- Quand je pense qu'il a failli en mourir...

Je ne suis donc pas mort. Je ne vais pas m'en plaindre, surtout avec ces deux-là, penchées sur moi et qui m'embrassent.

- Tu nous as fait peur tu sais...

Je ne sais pas laquelle des deux a parlé, peut-être les deux en même temps.

Il faudra que je discute de ça avec Alain. La seule personne susceptible d'objectivement me conseiller.

Car je suis vivant, je les aime toutes les deux, mais pas du même amour.

Fin

Epilogue

Un peu laiteuses ces huîtres. J'apprécie modérément, mais Nina les adore ainsi.

J'en prends deux douzaines car nous recevons pour dîner Alice et Nimisha. Un couple improbable qui attend pourtant bel et bien avec impatience la légalisation du mariage homosexuel pour passer devant le maire.

J'ai pris les huîtres qu'elle préfère. Ma femme apprécie ce qu'elle appelle ces « petites attentions », serre un peu plus ma main dans la sienne.

Par des petits gestes comme celui-là, Nina me témoigne amour, gratitude ou réprobation.

Notre quotidien nous comble de bonheurs simples comme celui-là : acheter des huîtres mais en considérant les goûts de l'autre...

Léo, notre garçon, aura bientôt 3 ans. Il passe le week-end chez les parents de Nina qui ont repris pied dans la vie depuis l'arrivée de ce petit-fils.

Nous sommes tous les deux, en amoureux, davantage à flâner qu'à véritablement faire des courses autour des étals de la place du Marché aux Herbes, ce dimanche matin, à Saint-Gilles-Croix-de-Vie.

Nous y avons nos habitudes. La balade sera conclue sur le quai du Port Fidèle, à la terrasse du bar de l'Escale, après un ultime approvisionnement en légumes et produits bio vendus par Patrice et Madeleine sous l'enseigne désormais réputée de « La ferme de Jules ».

Pendant que Patrice emballe une salade, des carottes et pommes de terre des sables, un poivron et une barquette de fraises, Madeleine chuchote quelque chose à l'oreille de Nina. Elles sourient. Le brouhaha des gens qui causent et s'interpellent ne m'a laissé aucune chance de percevoir de ce qui s'est dit.

Un peu plus tard, à l'Escale, alors que Jean-Marie a servi nos deux verres de vin blanc moelleux sur l'une des petites tables rondes de sa terrasse animée par les conversations, Nina penche vers moi son merveilleux visage de confidente.

- Madeleine vient de m'apprendre une bonne nouvelle, me dit-elle.

- …

- Alain et Leila sont passés une heure avant nous sur le marché. Réconciliés, ils vivent à nouveau ensemble.

- Mais que s'était-il passé au juste pour qu'ils se séparent ? Tu le sais toi ? Aucun des deux n'a jamais voulu m'en parler.

- Oui, je sais, répond Nina.

Elle fait celle qui ne dira rien. Prend le temps de déguster un peu de son vin blanc.

- Délicieux, dit-elle.

Elle arbore la malicieuse mimique de son humeur taquine.

- Allez, dis-moi...

- C'est un grand classique. Leila avait un amant.

C'est plus fort que moi, j'éclate de rire.

- Mais elle a toujours eu des amants, et avec l'approbation d'Alain qui plus est !

- Justement, cette fois, Alain n'en savait rien. Pire, l'homme en question avait été auparavant un complice de jeux libertins à trois...

- Ah là, je reconnais, c'est très différent.

- Oui, Alain s'était senti hors-jeu, exclu.

- Trahison et détournement de l'esprit du libertinage... C'est Leila qui t'avait confié ça ?

- Elle m'avait dit avoir perdu la notion de limites, à ne plus se sentir libre justement. Avoir compris ça trop tard car Alain semblait incapable de lui pardonner. Réaction classique et ridicule du mâle, en dépit de ses idées larges.

- Pourquoi ridicule ?

- Parce que sous couverts de tolérance et de liberté, ce libertinage était pour Alain une manière d'avoir sa femme sous contrôle.

Choisir pour une personne ses espaces de liberté, c'est exercer sur elle une emprise. Leila avait fini par le ressentir comme ça.

- Et c'est mal ?

- C'est ignorer la part secrète dont la femme a besoin...

- Oh là, pas simple la liberté conjugale...

Nina leva son verre, le tendit vers moi pour que nous trinquions.

- Au respect des désirs, sans lequel la liberté ne vaut rien, dit-elle.

Sans quitter son regard, je fis s'entrechoquer nos verres, trinquant en mon for intérieur à la sagesse d'avoir su, depuis que je partage ma vie avec Nina, m'éloigner puis nous tenir à l'écart de ces jeux là...

Conception de couverture
Fanny Marival

Merci à Sylvie Jean, bibliothécaire, pour ses patientes relectures et
corrections